हिन्द पॉकेट बुक्स

शतरंज के खिलाड़ी

तथा अन्य कहानियां

प्रेमचंद हिन्दी और उर्दू के महानतम भारतीय लेखकों में से एक थे। उनका मूल नाम धनपत राय श्रीवास्तव था। प्रेमचंद को नवाब राय और मुंशी प्रेमचंद के नाम से भी जाना जाता है। उपन्यास के क्षेत्र में उनके योगदान को देखकर बंगाल के विख्यात उपन्यासकार शरतचंद्र चट्टोपाध्याय ने उन्हें उपन्यास सम्राट कहकर संबोधित किया था। प्रेमचंद ने हिन्दी कहानी और उपन्यास की एक ऐसी परंपरा का विकास किया, जिसने पूरी सदी के साहित्य का मार्गदर्शन किया। प्रेमचंद एक क्रांतिकारी रचनाकार थे, उन्होंने न केवल देशभक्ति बल्कि समाज में व्याप्त अनेक कुरीतियों को देखा और उनको कहानी के माध्यम से पहली बार लोगों के समक्ष रखा। उन्होंने उस समय के समाज की जो भी समस्याएँ थीं उन सभी को चित्रित करने की शुरुआत कर दी थी। उसमें दलित भी आते हैं, नारी भी आती हैं। ये सभी विषय आगे चलकर हिन्दी साहित्य के बड़े विमर्श बने।

शतरंज के खिलाड़ी

तथा अन्य कहानियां

प्रेमचंद

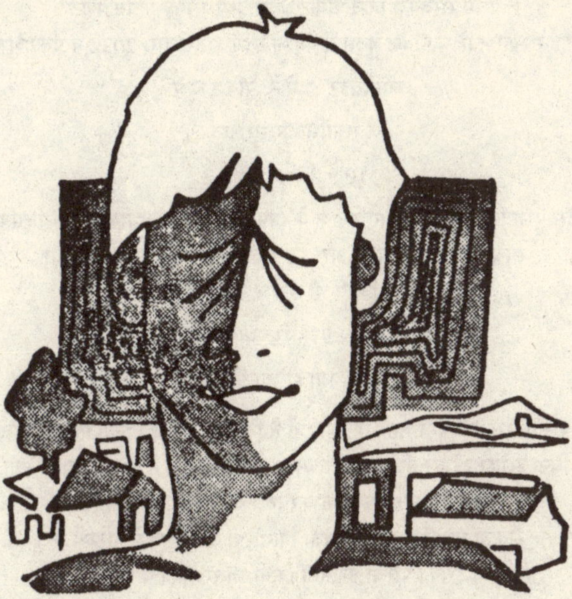

हिन्द पॉकेट बुक्स
पेंगुइन रैंडम हाउस इम्प्रिंट

हिन्द पॉकेट बुक्स

यूएसए। कनाडा। यूके। आयरलैंड। ऑस्ट्रेलिया। सिंगापुर
न्यू ज़ीलैंड। भारत। दक्षिण अफ्रीका। चीन

हिन्द पॉकेट बुक्स, पेंगुइन रैंडम हाउस ग्रुप ऑफ़ कम्पनीज़ का हिस्सा है,
जिसका पता global.penguinrandomhouse.com पर मिलेगा

पेंगुइन रैंडम हाउस इंडिया प्रा. लि.,
चौथी मंजिल, कैपिटल टावर -1, एम जी रोड,
गुड़गांव 122 002, हरियाणा, भारत

पेंगुइन
रैंडम हाउस
इंडिया

प्रथम संस्करण हिन्द पॉकेट बुक्स द्वारा 1998 में प्रकाशित
यह संस्करण हिन्द पॉकेट बुक्स में पेंगुइन रैंडम हाउस द्वारा 2022 में प्रकाशित

10 9 8 7 6 5 4 3 2

ISBN 9789353495152

मुद्रकः रेप्रो इंडिया लिमिटेड

www.penguin.co.in

FSC www.fsc.org MIX Paper from responsible sources FSC® C047271

This is a legitimate digitally printed version of the book and therefore might not
have certain extra finishing on the cover.

क्रम

●

मुक्तिधन : 7
दीक्षा : 18
क्षमा : 33
मनुष्य का परम धर्म : 41
गुरु-मन्त्र : 46
सौभाग्य के कोड़े : 49
विचित्र होली : 62
मुक्ति-मार्ग : 68
डिक्री के रुपये : 79
शतरंज के खिलाड़ी : 93
सत्याग्रह : 113
भाड़े का टट्टू : 127
बाबाजी का भोग : 140
विनोद : 142
मांगे की घड़ी : 160
स्मृति का पुजारी : 176

□

मुक्तिधन

भारतवर्ष में जितने व्यवसाय हैं, उन सब में लेन-देन का व्यवसाय सबसे लाभदायक है। आमतौर पर सूद की दर 25 रु० सैकड़ा सालाना है। प्रचुर स्थावर या जंगम सम्पत्ति पर 12 रु० सैकड़े सालाना सूद लिया जाता है, इससे कम ब्याज पर रुपया मिलना प्राय: असंभव है। बहुत कम ऐसे व्यवसाय हैं, जिनमें 15 रू० सैकड़े से अधिक लाभ हो और वह भी बिना किसी झंझट के। उस पर नजराने की रकम अलग, लिखायी, दलाली अलग, अदालत का खर्चा अलग। ये सब रकमें भी किसी न किसी तरह महाजन ही की जेब में जाती हैं। यही कारण है कि लेन-देन का धंधा इतनी तरक्की पर है। वकील, डाक्टर, सरकारी कर्मचारी, जमींदार कोई भी, जिसके पास कुछ फालतू धन हो, यह व्यवसाय कर सकता है। अपनी पूंजी के सदुपयोग का यह सर्वोत्तम साधन है। लाली दाऊदयाल भी इसी श्रेणी के महाजन थे। वह कचहरी में मुख्तारगिरी करते थे और जो कुछ बचत होती थी, उसे 25-30 रुपये सैकड़ो वार्षिक ब्याज पर उठा देते थे। उनका व्यवहार अधिकतर निम्न श्रेणी के मनुष्यों से ही रहता था। उच्च वर्ण वालों से वह चौकन्ने रहते थे, उन्हें अपने यहां फटकने ही न देते थे। उनका कहना था (और प्रत्येक व्यवसायी पुरुष उसका समर्थन करता है) कि ब्राह्मण, क्षत्रिय या कायस्थ को रुपये देने से यह कहीं अच्छा है कि रुपया कुएं में डाल दिया जाय। इनके पास रुपये लेते समय तो अतुल सम्पत्ति होती है; लेकिन रुपये हाथ में आते ही वह सारी सम्पत्ति गायब हो जाती है। उस पर पत्नी, पुत्र या भाई का अधिकार हो जाता है, अथवा यह प्रकट होता है कि उस सम्पत्ति का अस्तित्व ही न था। इनकी कानूनी व्यवस्थाओं के सामने बड़े-बड़े नीति-शास्त्र के विद्वान् भी मुंह की खा जाते है।

लाला दाऊदयाल एक दिन कचहरी से घर आ रहे थे। रास्ते में उन्होंने एक विचित्र घटना देखी। एक मुसलमान खड़ा अपनी गऊ बेच रहा था, और कई आदमी उसे घेरे खड़े थे। कोई उसके हाथ में रुपये रखे देता था, कोई उसकें हाथ

से गऊ की पगहिया छीनने की चेष्टा करता था; किन्तु वह गरीब मुसलमान एक बार उन ग्राहकों के मुंह की ओर देखता था और सोचकर पगहिया को और भी मजबूत पकड़ लेता था। गऊ मोहनी रूप थी। छोटी-सी गरदन, भारी पुट्ठे और दूध से भरे हुए थन थे। पास ही एक सुन्दर, बलिष्ठ बछड़ा गऊ की गर्दन से लगा हुआ खड़ा था। मुसलमान बहुत क्षुब्ध और दुखी मालूम होता था। वह करुण नेत्रों से गऊ की ओर देखता और दिल मसोस कर रह जाता था। दाऊदयाल गऊ को देखकर रीझ गये। पूछा — क्यों जी, यह गऊ बेचते हो? क्या नाम है तुम्हारा?

मुसलमान ने दाऊदयाल को देखा, तो प्रसन्न मुख उसके समीप जाकर बोला — हां हुजूर, बेचता हूं।

दाऊ० — कहां से लाये हो? तुम्हारा नाम क्या है?

मुस० — नाम तो है रहमान। पचौली में रहता हूं।

दाऊ० — दूध देती है?

मुस० — हां हुजूर, एक बेला में तीन सेर दुह लीजिये। अभी दूसरा ही तो बेत है। इतनी सीधी है कि बच्चा भी दुह ले। बच्चे पैर के पास खेलते रहते है, पर क्या मजाल कि सिर भी हिलावे।

दाऊ० — कोई तुम्हें यहां पहचानता है?

मुख्तार साहब को शुबहा हुआ कि कहीं चोरी का माल न हो।

मुस० — नहीं हुजूर, गरीब आदमी हूं, मेरी किसी से जान-पहचान नहीं है।

दाऊ० — क्या दाम मांगते हो?

रहमान ने 40 रु० बतलाये। मुख्तार साहब को 30 रु० का माल जंचा। कुछ देर तक दोनों ओर से मोल-भाव होता रहा। एक को रुपयों की गरज थी और दूसरे को गऊ की चाह। सौदा पटने में कोई कठिनाई न हुई। 35 रु० पर सौदा तय हो गया।

रहमान ने सौदा तो चुका लिया; पर अब भी वह मोह के बंधन में पड़ा हुआ था। कुछ देर तक सोच में डूबा खड़ा रहा, फिर गऊ को लिये मंद गति से दाऊदयाल के पीछे-पीछे चला। तब एक आदमी ने कहा — अबे हम 36 रु० देते है। हमारे साथ चल।

रहमान — नहीं देते तुम्हें; क्या कुछ जबरदस्ती है?

दूसरे आदमी ने कहा — हमसे 40 रु० ले ले, अब तो खुश हुआ?

यह कहकर उसने रहमान के हाथ से गाय को ले लेना चाहा; मगर रहमान ने हामी न भरी। आखिर उन सबने निराश होकर अपनी राह ली।

रहमान जब जरा दूर निकल आया, तो दाऊदयाल से बोला — हुजूर, आप हिंदू हैं, इसे लेकर आप पालेंगे, इसकी सेवा करेंगे। ये सब कसाई हैं, इनके हाथ मैं 50 रू० को भी कभी न बेचता। आप बड़े मौके से आ गये, नहीं तो ये जबरदस्ती से गऊ को छीन ले जाते। बड़ी विपत में पड़ गया हूं सरकार, तब यह गाय बेचने निकला हूं। नहीं तो इस घर की लक्ष्मी को कभी न बेचता। इसे अपने हाथों से पाला-पोसा है। कसाइयों के हाथ कैसे बेच देता? सरकार इसे जितनी ही खली देंगे, उतना ही दूध देगी। भैंस का दूध इतना मीठा और गाढ़ा नहीं होता। हुजूर से एक अरज और है, अपने चरवाहे को डांट दीजियेगा कि इसे मारे-पीटे नहीं।

दाऊदयाल ने चकित होकर रहमान की ओर देखा। भगवान्! इस श्रेणी के मनुष्य में भी इतना सौजन्य, इतनी सहृदयता है! यहां तो बड़े-बड़े तिलक-त्रिपुंडधारी महात्मा कसाइयों के हाथ गऊएं बेच जाते है; एक पैसे का घाटा भी नहीं उठाना चाहते। और यह गरीब 5 रु० का घाटा सहकर इसलिए मेरे हाथ गऊ बेच रहा है कि यह किसी कसाई के हाथ न पड़ जाय। गरीबों में भी इतनी समझ हो सकती है!

उन्होंने घर आकर रहमान को रूपये दिये। रहमान ने रुपये गांठ में बांधे, एक बार फिर गऊ को प्रेम-भरी आंखों से देखा और दाऊदयाल को सलाम करके चला गया।

रहमान एक गरीब किसान था और गरीब के सभी दुश्मन होते है। जमींदार ने इजाफा-लगान का दावा दायर किया था। उसी की जवाबदेही करने के लिए रुपयों की जरूरत थी। घर में बैलों के सिवा और कोई सम्पत्ति न थी। वह इस गऊ को प्राणों से भी प्रिय समझता था; पर रुपयों की कोई तदबीर न हो सकी, तो विवश होकर गाय बेचनी पड़ी।

2

पचौली में मुसलमानों के कई घर थे। अब की कई साल के बाद हज का रास्ता खुला था। पाश्चात्य महासमर के दिनों में राह बंद थी। गांव के कितने ही स्त्री-पुरुष हज करने चले। रहमान की बूढ़ी माता भी हज के लिए तैयार हुई।

रहमान से बोली — बेटा, इतना सवाब करो। बस, मेरे दिल में यही एक अरमान बाकी है। इस अरमान को लिए हुए क्यों दुनिया से जाऊं; खुदा तुमको इस नेकी की सजा (फल) देगा। मातृभक्ति ग्रामीणों का विशिष्ट गुण है। रहमान के पास इतने रुपये कहां थे कि हज के लिए काफी होते; पर माता की आज्ञा कैसे टालता? सोचने लगा, किसी से उधार ले लूं। कुछ अबकी ऊख पेर कर दे दूंगा, कुछ अगले साल चुका दूंगा। अल्लाह के फजल से ऊख ऐसी हुई है कि कभी न हुई थी। यह मां की दुआ ही का फल है। मगर किससे लूं? कम से कम 200 रू० हों, तो काम चले। किसी महाजन से जान-पहचान भी तो नहीं है। यहां जो दो-एक बनिये लेन-देन करते हैं, वे तो असामियों की गरदन ही रेतते है। चलूं लाला दाऊदयाल के पास। इन सबसे तो वही अच्छे हैं। सुना है, वादे पर रुपये लेते हैं, किसी तरह नहीं छोड़ते, लोनी चाहे दीवार को छोड़ दे, दीमक चाहे लकड़ी को छोड़ दे पर वादे पर रुपये न मिले, तो वह असामियों को नहीं छोड़ते। बात पीछे करते है, नालिश पहले। हां, इतना है कि असामियों की आंख में धूल नहीं झोंकते, हिसाब-किताब साफ रखते है। कई दिन वह इसी सोच-विचार में पड़ा रहा कि उनके पास जाऊं या न जाऊं। अगर कहीं वादे पर रुपये न पहुंचे, तो? बिना नालिश किये न मानेंगे। घर-बार, बैल-बधिया, सब नीलाम करा लेंगे। लेकिन जब कोई वश न चला, तो हारकर दाऊदयाल के ही पास गया और रूपये कर्ज मांगे।

दाऊ० — तुम्हीं ने तो मेरे हाथ गऊ बेची थी न?

रहमान — हां हुजूर!

दाऊ० — रूपये तो तुम्हें दे दूंगा; लेकिन मैं वादे पर रुपये लेता हूं। अगर वादा पूरा न किया, तो तुम जानो। फिर मैं जरा भी रियायत न करूंगा। बताओ कब दोगे?

रहमान ने मन में हिसाब लगाकर कहा — सरकार, दो साल की मियाद रख लें।

दाऊ० — अगर दो साल में न हो, तो ब्याज की दर 32 रु० सैकड़े हो जायगी। तुम्हारे साथ इतनी मुरौवत करूंगा कि नालिश न करूंगा।

रहमान को 200 रु० 3 180 रु० मिले। कुछ लिखाई कट गई, कुछ नजराना निकल गया कुछ दलाली में आ गया। घर आया, थोड़ा-सा गुड़ रखा हुआ था, उसे बेचा और स्त्री को समझा-बुझा कर माता के साथ हज को चला।

3

मियाद गुजर जाने पर लाला दाऊदयाल ने तकाजा किया। एक आदमी रहमान के घर भेजकर उसे बुलाया और कठोर स्वर से बोले — क्या अभी दो सल नहीं हुए! लाओ, रुपये कहां है?

रहमान ने बड़े दीन भाव से कहा — हजूर, बड़ी गर्दिश में हूं। अम्मां जब से हज करके आयी है, तभी से बीमार पड़ी हुई है। रात-दिन उन्हीं की दवा-दारू में दौड़ते गुजरता है। जब तक जीती हैं हजूर, कुछ सेवा कर लूं, पेट का धंधा तो जिन्दगी-भर लगा रहेगा। अबकी कुछ फसल नहीं हुई हजूर। ऊख पानी बिना सूख गयी। सन खेत में पड़े-पड़े सूख गया। ढोने की मुहलत न मिली। रबी के लिए खेत जोत न सका, परती पड़े हुए हैं। अल्लाह ही जानता है, किस मुसीबत से दिन कट रहे है। हजूर के रुपये कौड़ी-कौड़ी अदा करूंगा, साल-भर की और मुहलत दीजिए। अम्मां अच्छी हुई और मेरे सिर से बला टली।

दाऊदयाल ने कहा — 32 रुपये सैकड़े ब्याज हो जायेगा।

रहमान ने जवाब दिया — जैसी हजूर की मरजी।

रहमान यह वादा करके घर आया, तो देखा मां का अंतिम समय आ पहुंचा है। प्राण-पीड़ा हो रही है, दर्शन बदे थे, सो हो गये। मां ने बेटे को एक बार वात्सल्य दृष्टि से देखा, आशीर्वाद दिया और परलोक सिधारी। रहमान अब तक गरदन तक पानी में था, अब पानी सिर पर आ गया।

इस वक्त पड़ोसियों से कुछ उधार लेकर दफन-कफन का प्रबंध किया, किन्तु मृत आत्मा की शांति और परितोष के लिए जकात और फातिहे की जरूरत थी, कब्र बनवानी जरूरी थी, बिरादरी का खाना, गरीबों को खैरात, कुरान की तलावत और ऐसे कितने ही संस्कार करने परमावश्यक थे।

मातृ-सेवा का इसके सिवा अब और कौन-सा अवसर हाथ आ सकता था। माता के प्रति समस्त सांसारिक और धार्मिक कर्तव्यों का अन्त हो रहा था। फिर माता की स्मृति-मात्र रह जायेगी, संकट के समय फरियाद सुनाने के लिए। मुझे खुदा ने सामर्थ्य दी होती, तो इस वक्त क्या कुछ न करता; लेकिन अब क्या अपने पड़ोसियों से भी गया-गुजरा हूं!

उसने सोचना शुरू किया, रुपये लाऊं कहां से? अब तो लाला दाऊदयाल भी न देंगे। एक बार उनके पास जाकर देखें तो सही, कौन जाने, मेरी विपत्ति का

हाल सुनकर उन्हें दया आ जाये। बड़े आदमी है कृपा दृष्टि हो गयी, तो सौ-दौ सौ उनके लिए कौन बड़ी बात है।

इस भांति मन में सोच-विचार करता हुआ वह लाला दाऊदयाल के पास चला। रास्ते में एक-एक कदम मुश्किल से उठता था। कौन मुंह लेकर जाऊं? अभी तीन ही दिन हुए हैं, साल-भर में पिछले रूपये अदा करने का वादा करके आया हूं। अब जो 200 रु० और मागूंगा, तो वह क्या कहेंगे। मैं ही उनकी जगह पर होता तो कभी न देता। उन्हें जरूर संदेह होगा कि यह आदमी नीयत का बुरा है। कहीं दुत्कार दिया, घुड़कियां दीं, तो? पूछे, तेरे पास ऐसी कौन-सी बड़ी जायदाद है, जिस पर रुपये की थैली दे दूं, तो क्या जवाब दूंगा? जो कुछ जायदाद है, वह यही दोनों हाथ है। इनके सिवा यहां क्या है? घर को कोई सेंत में भी न पूछेगा। खेत हैं, तो जमींदार के, उन पर अपना कोई काबू ही नहीं। बेकार जा रहा हूं वहां, धक्के खाकर निकलना पड़ेगा, रही-सही आबरू भी मिट्टी में मिल जायेगी।

परन्तु इन निराशाजनक शंकाओं के होने पर भी वह धीरे-धीरे आगे बढ़ा चला जाता था, जैसे कोई अनाथ विधवा थाने फरियाद करने जा रही हो।

लाला दाऊदयाल कचहरी से आकर अपने स्वभाव के अनुसार नौकरों पर बिगड़ रहे थे — द्वार पर पानी क्यों नहीं छिड़का, बरामदे में कुर्सिया क्यों नहीं निकाल रखीं? इतने में रहमान सामने जाकर खड़ा हो गया।

लाला साहब झल्लाये तो बैठे थे, रुष्ट होकर बोले — तुम क्या करने आये हो जी? क्यों मेरे पीछे पड़े हो? मुझे इस वक्त बातचीत करने की फुरसत नहीं है।

रहमान कुछ न बोल सका। यह डांट सुनकर इतना हताश हुआ कि उलटे पैरों लौट पड़ा। हुई न वही बात! यही सुनने तो मैं आया था? मेरी अकल पर पत्थर पड़ गये थे!

दाऊदयाल को कुछ दया आ गयी। जब रहमान बरामदे के नीचे उतर गया, तो बुलाया। जरा गर्म होकर बोले — कैसे आये थे जी? क्या कुछ काम था?

रहमान — नहीं सरकार, यों ही सलाम करने चला आया था।

दाऊ० — एक कहावत है — सलामे रोस्ताई बेगरज नेस्त, किसान बिना मतलब के सलाम नहीं करता। क्या मतलब है कहो।

रहमान फूट-फूट कर रोने लगा। दाऊदयाल ने अटकल से समझ लिया। इसकी मां मर गयी। पूछा — क्यों रहमान, तुम्हारी मां सिधार तो नहीं गयीं?

रहमान — हां हजूर, आज तीसरा दिन है।

दाऊ० — रो न, रोने से क्या फायदा? सब्र करो, ईश्वर को जो मंजूर था, वह हुआ। ऐसी मौत पर गम न करना चाहिए। तुम्हारे हाथों उनकी मिट्टी ठिकाने लग गयी। अब और क्या चाहिए।

रहमान — हजूर, कुछ अरज करने आया हूं, मगर हिम्मत नहीं पड़ती। अभी पिछला ही पड़ा हुआ है, और अब किस मुंह से मांगूं? लेकिन अल्लाह जानता है, कहीं से एक पैसा मिलने की उम्मेद नहीं और काम ऐसा आ पड़ा है कि अगर न करूं, तो जिंदगी-भर पछतावा रहेगा। आपसे कुछ कह नहीं सकता। आगे आप मालिक है। यह समझकर दीजिए कि कुएं में डाल रहा हूं। जिंदा रहूंगा तो एक-एक कौड़ी मय सूद के अदा कर दूंगा। मगर इस घड़ी नहीं न कीजिएगा।

दाऊ० — तीन सौ तो हो गये। दो सौ फिर मांगते हो। दो साल में कोई सात सौ रुपये हो जायंगे। इसकी खबर है या नहीं?

रहमान — गरीबपरवर! अल्लाह दे, तो दो बीघे ऊख में पांच सौ आ सकते हैं। अल्लाह ने चाहा, तो मियाद के अंदर आपकी कौड़ी-कौड़ी अदा कर दूंगा।

दाऊदयाल ने दो सौ रुपये फिर दे दिये। जो लोग उनके व्यवहार से परिचित थे, उन्हें उनकी इस रियायत पर बड़ा आश्चर्य होता था।

4

खेती की हालत अनाथ बालक की-सी है। जल और वायु अनुकूल हुए तो अनाज के ढेर लग गये। इनकी कृपा न हुई, तो लहलहाते हुए खेत कपटी मित्र की भांति दगा दे गये। ओला और पाला, सूखा और बाढ़, टिड्डी और लाही, दीमक और आंधी से प्राण बचे तो फसल खलिहान में आयी। और खलिहान से आग और बिजली दोनों ही का बैर है। इतने दुश्मनों से बची तो फसल नहीं तो फैसला! रहमान ने कलेजा तोड़कर मिहनत की। दिन को दिन और रात को रात न समझा। बीवी-बच्चे दिलोजान से लिपट गये। ऐसी ऊख लगी कि हाथी घुसे तो समा जाये। सारा गांव दांतों तले उंगली दबाता था। लोग रहमान से कहते — यार, अबकी तुम्हारे पौ-बारह है। हारे दर्जे सात सौ कहीं नहीं गये। अबकी बेड़ा पार है। रहमान सोचा करता अबकी ज्यों ही गुड़ के रुपये हाथ आये, सब के सब ले जाकर लाला दाऊदयाल के कदमों पर रख दूंगा। अगर वह उनमें से खुद दो-चार रुपये

निकालकर देंगे, तो ले लूंगा, नहीं तो अबकी साख और चूनी-चोकर खाकर काट दूंगा।

मगर भाग्य के लिखे को कौन मिटा सकता है। अगहन का महीना था; रहमान खेत की मेंड पर बैठा रखवाली कर रहा था। ओढ़ने को केवल एक पुराने गाढ़े की चादर थी, इसलिए ऊख के पत्ते जला दिये थे। सहसा हवा का एक ऐसा झोंका आया कि जलते हुए पत्ते उड़कर खेत में जा पहुंचे। आग लग गयी। गांव के लोग आग बुझाने दौड़े; मगर आम की लपटें टूटते तारों की भांति एक हिस्से से उड़कर दूसरे सिरे पर जा पहुंचती थीं, सारे उपाय व्यर्थ हुए। पूरा खेत जलकर राख का ढेर हो गया और खेत के साथ रहमान की सारी अभिलाषाएं नष्ट-भ्रष्ट हो गयीं। गरीब की कमर टूट गयी। दिल बैठ गया। हाथ-पांव ढीले हो गये। परोसी हुई थाली सामने से छिन गयी। घर आया, तो दाऊदयाल के रुपयों की फिक्र सिर पर सवार हुई। अपनी कुछ फिक्र न थी। बाल-बच्चों की फिक्र न थी। भूखों मरना और नंगे रहना तो किसान का काम ही है। फिक्र थी कर्ज की। दूसरा साल बीत रहा है। दो-चार दिन में लाला दाऊदयाल का आदमी आता होगा। उसे कौन मुंह दिखाऊंगा? चलकर उन्हीं से चिरौरी करुं कि साल-भर की मुहलत और दीजिए। लेकिन साल-भर में तो सात सौ के नौ सौ हो जायेंगे। कहीं नालिश कर दी, तो हजार ही समझो। साल-भर में ऐसी क्या हुन बरस जायेगी। बेचारे कितने भले आदमी हैं, दो सौ रुपये उठाकर दे दिया। खेत भी तो ऐसे नहीं कि बै-रिहन करके आबरू बचाऊं। बैल भी ऐसे कौन-से तैयार हैं कि दो-चार सौ मिल जायें। आधे भी तो नहीं रहे। अब इज्जत खुदा के हाथ है। मैं तो अपनी-सी करके देख चुका।

सुबह का वक्त था। वह अपने खेत की मेंड पर खड़ा अपनी तबाही का दृश्य देख रहा था। देखा, दाऊदयाल का चपरासी कंधे पर लट्ठ रखे चला आ रहा है। प्राण सूख गये। खुदा, अब तू ही इस मुश्किल को आसान कर। कहीं आते-ही-आते गालियां न देने लगे। या अल्लाह कहां छिप जाऊं?

चपरासी ने समीप आकर कहा — रुपये लेकर देना नहीं चाहते? मियाद कल गुजर गयी। जानते हो न सरकार को? एक दिन की भी देर हुई और उन्होंने नालिश ठोकी। बेभाव की पड़ेगी।

रहमान कांप उठा। बोला — यहां का हाल तो देख रहे हो न?

चपरासी — यहां हाल-हवाल सुनने का काम नहीं। ये चकमे किसी और को देना। सात सौ रुपये ले चलो और चुपके से गिनकर चले जाओ।

रहमान — जमादार, सारी ऊख जल गयी। अल्लाह जानता है, अबकी कौड़ी-कौड़ी बेबाक कर देता।

चपरासी — मैं यह कुछ नहीं जानता। तुम्हारी ऊख का किसी ने ठेका नहीं लिया। अभी चलो सरकार बुला रहे हैं।

यह कहकर चपरासी उसका हाथ पकड़कर घसीटता हुआ चला। गरीब को घर में जाकर पगड़ी बांधने का मौका न दिया।

5

पांच कोस का रास्ता कट गया, और रहमान ने एक बार भी सिर न उठाया। बस, रह-रह कर 'या अली मुश्किलकुशा !' उसके मुंह से निकल जाता था। उसे अब इस नाम का भरोसा था। यही जप हिम्मत को संभाले हुए था, नहीं तो शायद वह वहीं गिर पड़ता। वह नैराश्य की उस दशा को पहुंच गया था, जब मनुष्य की चेतना नहीं उपचेतना शासन करती है।

दाऊदयाल द्वार पर टहल रहे थे। रहमान जाकर उनके कदमों पर गिर पड़ा और बोला — खुदावंद, बड़ी विपत पड़ी हुई है। अल्लाह जानता है कहीं का नहीं रहा।

दाउ० — क्या सब ऊख जल गयी?

रहमान — हजूर सुन चुके है क्या? सरकार जैसे किसी ने खेत में झाड़ू लगा दी हो। गांव के ऊपर ऊख लगी हुई थी गरीबपरवर, यह दैवी आफत न पड़ी होती, तो और तो नहीं कह सकता, हजूर से उरिन हो जाता।

दाऊ० — अब क्या सलाह है? देते हो या नालिश कर दूं?

रहमान — हुजूर मालिक है, जो चाहें करें। मैं तो इतना जानता हूं कि हजूर के रुपये सिर पर है और मुझे कौड़ी-कौड़ी देनी है। अपनी सोची नहीं होती। दो बार वादे किये, दोनों बार झूठा पड़ा। अब वादा न करूंगा, जब जो कुछ मिलेगा, लाकर हजूर के कदमों पर रख दूंगा। मिहनत-मजूरी से पेट और तन काटकर, जिस तरह हो सकेगा आपके रुपये भरूंगा।

दाऊदयाल ने मुस्कराकर कहा — तुम्हारे मन में इस वक्त सबसे बड़ी कौन-सी आरजू है?

रहमान — यही हजूर, कि आपके रुपये अदा हो जायें। सच कहता हूं हजूर, अल्लाह जानता है।

दाऊ० — अच्छा तो समझ लो कि मेरे रुपये अदा हो गये।

रहमान — अरे हजूर, यह कैसे समझ लूं! यहां न दूंगा, तो वहां तो देने पड़ेंगे।

दाऊ० — नहीं रहमान, अब इसकी फिक्र मत करो। मैं तुम्हें आजमाता था।

रहमान — सरकार, ऐसा न कहें। इतना बोझ सिर पर लेकर न मरूंगा।

दाऊ० — कैसा बोझ जी, मेरा तुम्हारे ऊपर कुछ आता ही नहीं। अगर कुछ आता भी हो, तो मैंने माफ कर दिया; यहां भी वहां भी। अब तुम मेरे एक पैसे के भी देनदार नहीं हो। असल में मैंने तुमसे जो कर्ज लिया था, वह अदा कर रहा हूं। मैं तुम्हारा कर्जदार हूं, तुम मेरे कर्जदार नहीं हो। तुम्हारी गऊ अब तक मेरे पास है। उसने मुझे कम से कम आठ सौ रुपये का दूध दिया है! दो बछड़े नफे में अलग। अगर तुमने यह गऊ कसाइयों को दे दी होती, तो मुझे इतना फायदा क्योंकर होता? तुमने उस वक्त पांच रुपये का नुकसान उठाकर गऊ मेरे हाथ बेची थी। वह शराफत मुझे याद है। उस एहसान का बदला चुकाना मेरी ताकत से बाहर है। जब तुम इतने गरीब और नादान होकर एक गऊ की जान के लिए पांच रुपये का नुकसान उठा सकते हो तो मैं तुम्हारी सौगुनी हैसियत रखकर अगर चार-पांच सौ रुपये माफ कर देता हूं, तो कोई बड़ा काम नहीं कर रहा हूं। तुमने भले ही जानकर मेरे ऊपर कोई एहसान न किया हो, पर असल में वह मेरे धर्म पर एहसान था। मैंने भी तो तुम्हें धर्म के काम ही के लिए रुपये दिये थे। बस हम-तुम दोनों बराबर हो गये। तुम्हारे दोनों बछड़े मेरे यहां है, जी चाहे लेते जाओ, तुम्हारी खेती के काम आयेंगे। तुम सच्चे और शरीफ आदमी हो, मैं तुम्हारी मदद करने को हमेशा तैयार रहूंगा। इस वक्त भी तुम्हें रुपयों की जरूरत हो, तो जितने चाहो, ले सकते हो।

रहमान को ऐसा मालूम हुआ कि उसके सामने कोई फरिश्ता बैठा हुआ है। मनुष्य उदार हो, तो फरिश्ता है; और नीच हो, तो शैतान। ये दोनों मानवी वृत्तियों ही के नाम है। रहमान के मुंह से धन्यवाद के शब्द भी न निकल सके। बड़ी मुश्किल से आंसुओं को रोककर बोला — हजूर को इस नेकी का बदला खुदा देगा। मैं तो आज से अपने को आपका गुलाम ही समझूंगा।

दाऊ० — नहीं जी, तुम मेरे दोस्त हो।

रहमान — नहीं हजूर, गुलाम।

दाऊ० — गुलाम छुटकारा पाने के लिए जो रूपये देता है, उसे मुक्तिधन कहते हैं। तुम बहुत पहले 'मुक्तिधन' अदा कर चुके। अब भूलकर भी यह शब्द मुंह से न निकालना।

दीक्षा

जब मैं स्कूल में पढ़ता था, गेंद खेलता था और अध्यापक महोदयों की घुड़कियां खाता था, अर्थात् मेरी किशोरावस्था थी, न ज्ञान का उदय हुआ था और न बुद्धि का विकास, उस समय मैं टेंपरेंस एसोसिएशन (नशानिवारिणी सभा) का उत्साहित सदस्य था। नित्य उसके जलसों में शरीक होता, उसके लिए चन्दा वसूल करता। इतना ही नहीं, व्रतधारी भी था और इस व्रत के पालन का अटल संकल्प कर चुका था। प्रधान महोदय ने मेरे दीक्षा लेते समय जब पूछा—'तुम्हें विश्वास है कि जीवन-पर्यंत इस व्रत पर अटल रहोगे?' तो मैंने निश्शंक भाव से उत्तर दिया—'हां, मुझे पूर्ण विश्वास है।' प्रधान ने मुस्करा कर प्रतिज्ञा-पत्र मेरे सामने रख दिया। उस दिन मुझे कितना आनंद हुआ था! गौरव से सिर उठाये घूमता-फिरता था। कई बार पिता जी से भी बे-अदबी कर बैठा, क्योंकि वह संध्या समय थकान मिटाने के लिए एक गिलास पी लिया करते थे। मुझे यह असह्य था। कहूंगा ईमान की। पिताजी ऐब करते थे, पर हुनर के साथ। ज्योंही जरा-सा सरूर आ जाता, आंखों में सुख की आभा झलकने लगती कि ब्यालू करने बैठ जाते — बहुत ही सूक्ष्माहारी थे — और फिर रात-भर के लिए माया-मोह के बंधनों से मुक्त हो जाते। मैं उन्हें उपदेश देता था। उनसे वाद विवाद करने पर उतारू हो जाता था। एक बार तो मैंने गजब कर डाला था। उनकी बोतल और गिलास को पत्थर पर इतनी जोर से पटका कि भगवान कृष्ण ने कंस को भी इतनी जोर से न पटका होगा। घर में कांच के टुकड़े फैल गये और कई दिनों तक नग्न चरणों से फिरने वाली स्त्रियों के पैरों से खून बहा; पर मेरा उत्साह तो देखिए! पिता की तीव्र दृष्टि की भी परवा न की। पिताजी ने आकर अपनी संजीवनी-प्रदायिनी बोतल का यह शोक समाचार सुना तो सीधे बाजार गये और एक क्षण में ताक के शून्य स्थान की फिर पूर्ति हो गयी। मैं देवासुर-संग्राम के लिए कमर कसे बैठा था; मगर पिताजी के मुख पर लेशमात्र भी मैल न आया। उन्होंने मेरी ओर उत्साहपूर्ण दृष्टि से देखा — अब मुझे मालूम होता है कि वह आत्मोल्लास, विशुद्ध

सत्कामना और अलौकिक स्नेह से परिपूर्ण थी — और मुस्कराये थे। अब उनके मुस्कराने का आशय समझ रहा हूं, उस समय न समझ सका था। बस, इतनी ही ज्ञान की वृद्धि हुई है। उस मुस्कान में कितना व्यंग्य था, मेरे बालव्रत का कितना उपहास और मेरी सरलता पर कितनी दया थी, अब उसका मर्म समझा हूं!

मैं अपने कालेज में अपने व्रत पर दृढ़ रहा। मेरे कितने ही मित्र संयमशील न थे। मैं आदर्श चरित्र समझा जाता था। कालेज में उस संकीर्णता का निर्वाह कहां। बुद्धू बना दिया जाता, कोई मुल्ला की पदवी देता, कोई नासेह कहकर मजाक उड़ाता! मित्रगण व्यंग्य-भाव में कहते —'हाय अफसोस, तूने पी ही नहीं!' सारांश यह कि यहां मुझे उदार बनना पड़ा। मित्रों को कमरे में चुसकियां लगाते देखता; और बैठा रहता। भंग घुटती और मैं देखा करता। लोग आग्रहपूर्वक कहते—'अजी, जरा लो भी।' तो विनीत भाव से कहता —'क्षमा कीजिए, यह मेरे सिस्टम को सूट नहीं करती।' सिद्धांत के बदले अब मुझे शारीरिक असमर्थता का बहाना करना पड़ा। वह सत्याग्रह का जोश, जिसने पिता की बोतल पर हाथ साफ किया था, गायब हो गया था। यहां तक कि एक बार जब कालेज के चौथे वर्ष में मेरे लड़का पैदा होने की खबर मिली, तो मेरी उदारता की हद हो गई। मैंने मित्रों के आग्रह से मजबूर होकर उनकी दावत की और अपने हाथों से ढाल-ढाल कर उन्हें पिलायी। उस दिन साकी बनने में हार्दिक आनन्द मिल रहा था। उदारता वास्तव में सिद्धांत से गिर जाने, आदर्श से च्युत हो जाने का ही दूसरा नाम है। अपने मन को समझाने के लिए युक्तियों का अभाव कभी नहीं होता। संसार में सबसे आसान काम अपने को धोखा देना है। मैंने खुद तो नहीं पी, पिला दी, इसमें मेरा क्या नुकसान? दोस्तों की दिलशिकनी तो नहीं की? मजा तो जभी है कि दूसरों को पिलायें और खुद न पियें।

खैर, कालेज से मैं बेदाग निकल आया। अपने शहर में वकालत शुरू की। सुबह से आधी रात तक चक्की में जुतना पड़ता। वे कालेज के सैर-सपाटे, आमोद-विनोद, सब स्वप्न हो गये। मित्रों की आमद-रफ्त बंद हुई, यहां तक कि छुट्टियों में भी दम मारने की फुरसत न मिलती। जीवन-संग्राम कितना विकट है, इसका अनुभव हुआ। इसे संग्राम कहना ही भ्रम है। संग्राम की उमंग, उत्तेजना, वीरता और जय-ध्वनि यहां कहां? यह संग्राम नहीं, ठेलमठेल, धक्का-पेल है। यहां 'चाहे धक्के खायें, मगर तमाशा घूस कर देखें' की दशा है। माशूक का वस्ल कहां, उनकी चौखट को चूमना, दरबान की गालियां खाना और अपना-सा मुंह लेकर चले आना। दिन-भर बैठे-बैठे अरुचि हो जाती। मुश्किल से दो चपातियां खाता और

मन में कहता —'क्या इन्हीं दो चपातियों के लिए यह सिर-मग्जन और यह दीदा-रेजी है? मरो, खपो और व्यर्थ के लिए! इसके साथ यह अरमान भी थी कि अपनी मोटर हो, विशाल भवन हो, थोड़ी-सी जमींदारी हो, कुछ रुपये बैंक में हों; पर यह सब हुआ भी, तो मुझे क्या? संतान उनका सुख भोगेगी, मैं तो व्यर्थ ही मरा। मैं तो खजाने का सांप ही रहा। नहीं; यह नहीं हो सकता। मैं दूसरों के लिए ही प्राण न दूंगा, अपनी मिहनत का मजा खुद भी चखूंगा, क्या करूं? कहीं सैर करने चलूं? मुवक्किल सब तितर-बितर हो जायेंगे! ऐसा नामी वकील तो हूं नहीं कि मेरे बगैर काम ही न चले और कतिपय नेताओं की भांति असहयोग-व्रत धारण करने पर भी कोई बड़ा शिकार देखूं, तो झपट पड़ूं। यहां तो पिद्दी, बटेर, हारिल इन्हीं सब पर निशाना मारना है। फिर क्या रोज थियेटर जाया करूं? फिजूल है। कहीं दो बजे रात को सोना नसीब होगा, बिना मौत मर जाऊंगा। आखिर मेरे हमपेशा और भी तो है? वे क्या करते है जो उन्हें बराबर खुश और मस्त देखता हूं? मालूम होता है, उन्हें कोई चिंता ही नहीं है। स्वार्थ-सेवा अंग्रेजी शिक्षा का प्राण है। पूर्व संतान के लिए, यश के लिए, धर्म के लिए मरता है, पश्चिम अपने लिए। पूर्व में घर का स्वामी सबका सेवक होता है, वह सबसे ज्यादा काम करता, दूसरों को खिलाकर खाता, दूसरों को पहनाकर पहनता है; किंतु पश्चिम में वह सबसे अच्छा खाना, अच्छा पहनना अपना अधिकार समझता है। यहां परिवार सर्वोपरि है, वहां व्यक्ति सर्वोपरि है। हम बाहर से पूर्व और भीतर से पश्चिम हैं। हमारे सत् आदर्श दिन-दिन लुप्त होते जा रहे है। मैंने सोचना शुरू किया, इतने दिनों की तपस्या से मुझे क्या मिल गया? दिन-भर छाती फाड़कर काम करता हूं, आधी रात को मुंह ढांप कर सो रहता हूं। यह भी कोई जिन्दगी है? कोई सुख नहीं, मनोरंजन का कोई सामान नहीं; दिन-भर काम करने के बाद टेनिस क्या खाक खेलूंगा? हवाखोरी के लिए भी तो पैरों में जूता चाहिए! ऐसे जीवन को रसमय बनाने के लिए केवल एक ही उपाय है — आत्मविस्मृति, जो एक क्षण के लिए मुझे संसार की चिंताओं से मुक्त कर दे। मैं अपनी परिस्थिति को भूल जाऊं, अपने को भूल जाऊं, जरा हंसूं, जरा कहकहा मारूं, जरा मन में स्फूर्ति आये। केवल एक ही बूटी है, जिसमें ये गुण है और वह मैं जानता हूं। कहां की प्रतिज्ञा, कहां का व्रत, वे बचपन की बातें थीं। उस समय क्या जानता था कि मेरी यह हालत होगी? नव स्फूर्ति का बाहुल्य था, पैरों में शक्ति थी, घोड़े पर सवार होने की क्या जरूरत थी? तब जवानी का नशा था। अब यह कहां? यह भावना मेरे पूर्व संचित समय की जड़ों को हिलाने लगी। वह नित्य नई-नई युक्तियों से सशक्त होकर आती थी। क्यों, क्या तुम्हीं सबसे

अधिक बुद्धिमान हो? सब तो पीते हैं। जजों को देखो इजलास छोड़ कर जाते और पी आते हैं। प्राचीन काल में ऐसे व्रत निभ जाते थे, जब जीविका इतनी प्राणघातक न थी। लोग हंसेंगे ही न कि बड़े व्रतधारी की दुम बने थे, आखिर आ गये न चक्कर में! हंसने दो, मैंने नाहक व्रत लिया। उसी व्रत के कारण इतने दिनों की तपस्या करनी पड़ी। नहीं पी तो कौन-सा बड़ा आदमी हो गया, कौन सम्मान पा लिया? पहले किताबों में पढ़ा करता था, यह हानि होती है, वह हानि होती है; मगर कहीं तो नुकसान होते नहीं देखता। हां पियक्कड़, मदमस्त हो जाने की बात और है। उस तरह तो अच्छी-से-अच्छी वस्तु का दुरुपयोग भी हानिप्रद होता है। ज्ञान भी जब सीमा से बाहर हो जाता है, तो नास्तिकता के क्षेत्र में पहुंचता है। पीना चाहिए एकान्त में, चेतना को जागृत करने के लिए, सुलाने के लिए नहीं; बस पहले दिन जरा-जरा झिझक होगी। फिर किसका डर है। ऐसी आयोजना करनी चाहिए कि लोग मुझे जबरदस्ती पिला दें, जिसमें अपनी शान बनी रहे। जब एक दिन प्रतिज्ञा टूट जायेगी, तो फिर मुझे अपनी सफाई पेश करने की जरूरत न रहेगी, घरवालों के सामने भी आंखें नीची न करनी पड़ेंगी।

2

मैंने निश्चय किया, यह अभिनय होली के दिन हो। इस दीक्षा के लिए इससे उत्तम मुहूर्त कौन होगा? होली पीने-पिलाने का दिन है। उस दिन मस्त हो जाना क्षम्य है। पवित्र होली अगर हो सकती है, तो पवित्र चोरी, पवित्र रिश्वत सितानी भी हो सकती है।

होली आयी, अबकी बहुत इन्तजार के बाद आयी। मैंने दीक्षा लेने की तैयारी शुरू की। कई पीने वालों को निमन्त्रित किया। केलनर की दुकान से ह्विस्की और शामपेन मंगवायी; लेमनेड, सोडा, बर्फ, गजक, खमीरा तम्बाकू वगैरह सब सामान मंगवाकर लैस कर दिया। कमरा बहुत बड़ा न था। कानूनी किताबों की आलमारियां हटवा दीं, फर्श बिछवा दिया और शाम को मित्रों का इन्तजार करने लगा, जैसे चिड़िया पंख फैलाये बहेलियों को बुला रही हो।

मित्रगण एक-एक करके आने लगे। नौ बजते-बजते सब-के-सब आ बिराजे। उनमें कई तो ऐसे थे, चुल्लू में उल्लू हो जाते थे, पर कितने ही कुम्भज ऋषि के अनुयायी थे — पूरे समुद्र-सोख, बोतल-की-बोतल गटागट पी जाएं और आंखों में सुर्ख न आये! मैंने बोतल, गिलास और गजक की तश्तरियाँ सामने ला कर रखीं।

एक महाशय बोले — यार, बर्फ और सोडे के बगैर लुत्फ न आयेगा।

मैने उत्तर दिया — मंगवा रखा है, भूल गया था।

एक — तो फिर बिस्मिल्लाह हो।

दूसरा — साकी कौन होगा?

मैं — यह खिदमत मेरे सिपुर्द कीजिए।

मैंने प्यालियां भर-भरकर देनी शुरू कीं और यार लोग पीने लगे। हू-हक का बाजार गर्म हुआ; अश्लील हास-परिहास की आंधी-सी चलने लगी; पर मुझे कोई न पूछता था। खूब अच्छा उल्लू बना! शायद मुझसे कहते हुए सकुचाते हैं। कोई मजाक से भी नहीं कहता, मानो मैं वैष्णव हूं। इन्हें कैसे इशारा करूं? आखिर सोच कर बोला — मैंने तो कभी पी ही नहीं।

एक मित्र — क्यों नहीं पी? ईश्वर के यहां आपको इसका जवाब देना पड़ेगा!

दूसरा — फरमाइए जनाब, फरमाइए, फरमाइए, क्या जवाब दीजियेगा। मैं ही उसकी तरफ से पूछता हूं — क्यों नहीं पीते?

मैं — अपनी तबीयत, नहीं जी चाहता।

दूसरा — यह तो कोई जवाब नहीं। कोदो दे कर वकालत पास की थी क्या?

तीसरा — जवाब दीजिए, जवाब। दीजिए, दीजिए। आपने समझा क्या है, ईश्वर को आपने ऐसा-वैसा समझ लिया है क्या?

दूसरा — क्या आपको कोई धार्मिक आपत्ति है?

मैंने कहा — हो सकता है।

तीसरा — वाह रे धर्मात्मा! क्यों न हो, आप बड़े धर्मात्मा हैं। जरा आपकी दुम देखूं?

मैं — क्या धर्मात्मा आदमियों के दुम होती है?

चौथा — और क्या, किसी के हाथ की, किसी के दो हाथ की। आप हैं किस फेर में। दुमदारों के सिवा आज धर्मात्मा है ही कौन? हम सब परमात्मा हैं।

तीसरा — धर्मात्मा वकील, ओ हो, धर्मात्मा वेश्या, ओ-हो!

दूसरा — धार्मिक आपत्ति तो आपको हो ही नहीं सकती। वकील होना धार्मिक विचारों से शुन्य होने का चिह्न है।

मैं — भाई, मुझे सूट नहीं करती?

तीसरा — अब मार लिया, मूजी को मार लिया, आपको सूट नहीं करती। मैं सूट करा दूं?

दूसरा — क्या किसी डॉक्टर ने मना किया है?

मैं — नहीं।

तीसरा — वाह-वाह! आप खुद ही डॉक्टर बन गये। अमृत आपको सूट नहीं करता। अरे धर्मात्मा जी, एक बार पी के देखिए।

दूसरा — मुझे आपके मुंह से यह सुनकर आश्चर्य हुआ। भाई जी, यह दवा है, महौषधि है, यही सोम-रस है। कहीं आपने टेंपरेंस की प्रतिज्ञा तो नहीं ले ली है?

मैं — मान लीजिये, ली हो, तो?

तीसरा — तो आप बुद्धू हैं, सीधे-सीधे कोरे बुद्धू!

चौथा :

जाम चलने को हैं सब, अहले-नजर बैठे हैं,
आंख साकी न चुराना, हम इधर बैठे हैं।

दूसरा — हम सभी टेंपरेंस के प्रतिज्ञाधारी हैं, पर जब वह हम ही नहीं रहे, तो वह प्रतिज्ञा कहां रही? हमारे नाम वही हैं, पर हम वह नहीं हैं। जहां लड़कपन की बातें गयीं, वहीं वह प्रतिज्ञा भी गयी।

मैं — आखिर इससे फायदा क्या है?

दूसरा — यह तो पीने ही से मालूम हो सकता है। एक प्याली पीजिए, फायदा न मालूम हो, तो फिर न पीजिएगा।

तीसरा — मारा, मारा अब मूजी को पिला कर छोड़ेंगे।

चौथा :

ऐसे मैख्वार हैं दिन-रात पिया करते हैं,
हम तो सोते में तेरा नाम लिया करते हैं।

पहला — तुम लोगों से न बनेगा मैं पिलाना जानता हूं।

यह महाशय मोटे-ताजे आदमी थे। मेरा टेटुआ दबाया और प्याली मुंह से लगा दी। मेरी प्रतिज्ञा टूट गयी, दीक्षा मिल गई, मुराद पूरी हुई, किंतु बनावटी क्रोध से बोला — आप लोग अपने साथ मुझे भी ले डूबे।

दूसरा — मुबारक हो, मुबारक!

तीसरा — मुबारक, मुबारक, सौ बार मुबारक!

3

नवदीक्षित मनुष्य बड़ा धर्मपरायण होता है। मैं संध्या समय दिनभर की वाग्वितंडा से छुटकारा पा कर जब एकांत में, अथवा दो-चार मित्रों के साथ बैठकर प्याले-पर-प्याले चढ़ाता, तो चित्त उल्लसित हो उठता था। रात को निद्रा खूब आती थी, पर प्रात:काल अंग-अंग में पीड़ा होती, अंगड़ाइयां आतीं, मस्तिष्क शिथिल हो जाता, यही जी चाहता कि आराम से पलंग पर लेटा रहूं। मित्रों ने सलाह दी कि खुमारी उतारने के लिए सबेरे भी एक पेग पी लिया जाए, तो अति उत्तम है। मेरे मन में भी बात बैठ गई। मुंह-हाथ धोकर पहले संध्या किया करता था। अब मुंह-हाथ धो कर चट अपने कमरे के एकांत में बोतल लेकर बैठ जाता। मैं इतना जानता था कि नशीली चीजों का चसका बुरा होता है, आदमी धीरे-धीरे उनका दास हो जाता है। यहां तक कि वह उनके बगैर कुछ काम ही नहीं कर सकता; परन्तु ये बातें जानते हुए भी मैं उनके वशीभूत होता जाता था। यहां तक नौबत पहुंची कि नशे के बगैर कुछ काम ही न कर सकता। जिसे आमोद के लिये मुंह लगाया था वह साल ही भर में मेरे लिए जल और वायु की भांति अत्यन्त आवश्यक हो गयी। अगर कभी किसी मुकदमे में बहस करते-करते देर हो जाती, तो ऐसी थकावट चढ़ती थी, मानो मंजिलों चला हूं। उस दशा में घर आता, तो अनायास ही बात-बात पर झुंझलाता। कहीं नौकर को डांटता, कहीं बच्चों को पीटता, कहीं स्त्री पर गरम होता। यह सब कुछ था; पर मैं कतिपय अन्य शराबियों की भांति नशा आते ही दून की लेता था, अनर्गल बातें न करता था, हाल्ला न मचाता था, न मेरे स्वास्थ्य पर ही मदिरा-सेवन का बुरा असर नजर आता था।

बरसात के दिन थे। नदी-नाले बढ़े हुए थे। हुक्काम बरसात में भी दौरे करते हैं। उन्हें अपने भले से मतलब। प्रजा को कितना कष्ट होता है, इससे उन्हें कुछ सरोकार नहीं। मैं एक मुकदमे में दौरे पर गया। अनुमान किया था कि संध्या तक लौट आऊंगा; मगर नदियों का चढ़ाव-उतार पड़ा, दस बजे पहुंचने के बदले शाम को पहुंचा। जंट साहब मेरी प्रतीक्षा कर रहे थे। मुकदमा पेश हुआ; लेकिन बहस खतम होते-होते रात के नौ बज गये। मैं अपनी हालत क्या कहूं। जी चाहता था, जंट साहब को नोच खाऊं। कभी अपने प्रतिपक्षी वकील की दाढ़ी नोचने को जी चाहता था, जिसने बरबस बहस को इतना बढ़ाया। कभी जी चाहता था; अपना सिर पीट लूं। मुझे सोच लेना चाहिए था कि आज रात को देर हो गयी, तो? जंट

मेरा गुलाम तो है नहीं कि जो मेरी इच्छा हो, वही करे। न खड़े रहा जाता, न बैठे। छोटे-मोटे पियक्कड़ मेरी दुर्दशा की कल्पना नहीं कर सकते।

खैर, नौ बजते-बजते मुकदमा समाप्त हुआ; पर अब जाऊं कहां? बरसात की रात, कोसों तक आबादी का पता नहीं। घर लौटना कठिन ही नहीं, असम्भव। आस-पास भी कोई ऐसा गांव नहीं, जहां संजीवनी मिल सके। गांव हो भी तो वहां जाय कौन? वकील कोई थानेदार नहीं कि किसी को बेगार में भेज दे। बड़े संकट में पड़ा हुआ था। मुवक्किल चले गये, दर्शक चले गये, बेगार चले गये। मेरा प्रतिद्वंद्वी मुसलमान चपरासी के दस्तरखान में शरीक होकर डाकबंगले के बरामदे में पड़ा रहा; पर मैं क्या करूं? यहां तो प्राणान्त-सा हो रहा था। वहीं बरामदे में टाट पर बैठा हुआ अपनी किस्मत को रो रहा था, न नींद ही आती थी कि इस कष्ट को भूल जाऊं, अपने को उसी की गोद में सौंप दूं। गुस्सा अलबत्ते था कि वह दूसरा वकील कितनी मीठी नींद सो रहा है मानो ससुराल में सुख-सेज पर सोया हुआ है।

इधर तो मेरा यह बुरा हाल था, उधर डाक-बंगले में साहब बहादुर गिलास पर गिलास चढ़ा रहे थे। शराब के ढालने की मधुर ध्वनि मेरे कानों में आ कर चित्त को और भी व्याकुल कर देती। मुझसे बैठे न रहा गया। धीरे-धीरे चिक के पास गया और अंदर झांकने लगा। आह! कैसा जीवनप्रद दृश्य था। सफेद बिल्लौर के गिलास में बर्फ और सोडावाटर से अलंकृत अरूण-मुख कामिनी शोभायमान थी; मुंह में पानी भर आया। उस समय कोई मेरा चित्र उतारता तो लोलुपता के चित्रण में बाजी मार ले जाता। साहब की आंखों में सुर्खी थी, मुंह पर सुर्खी थी। एकांत में बैठा पीता और मानसिक उल्लास की लहर में एक अंग्रेजी गीत गाता था। कहां वह स्वर्ग का सुख और कहां यह मेरा नरकभोग! कई बार प्रबल इच्छा हुई कि साहब के पास चल कर गिलास मांगू पर डर लगता था कि कहीं शराब के बदले ठोकर मिलने लगे तो यहां कोई फरियाद सुनने वाला भी नहीं है।

मैं वहां तब तक खड़ा रहा, जब तक साहब का भोजन समाप्त न हो गया। मनचाहे भोजन और सुरा-सेवन के उपरांत उसने खानसामा को मेज साफ करने के लिए बुलाया। खानसामा वहीं मेज के नीचे बैठा ऊंघ रहा था। उठा और प्लेट लेकर बाहर निकला, तो मुझे देख कर चौंक पड़ा। मैंने शीघ्र ही उसको आश्वासन दिया — डरो मत, डरो मत, मैं हूं।

खानसामा ने चक्रित हो कर कहा — आप हैं वकील साहब। क्या हजूर यहां खड़े थे?

मैं — हां, जरा देखता था कि ये सब कैसे खाते-पीते हैं। बहुत शराब पीता है।

खान० — अजी कुछ पूछिए मत। दो बोतल दिन-रात में साफ कर डालता है। 20 रू० रोज की शराब पी जाता है। दौरे पर चलता है, तो चार दर्जन बोतलों से कम साथ नहीं रखता।

मैं — मुझे भी कुछ आदत है; पर आज न मिली।

खान० — तब तो आपको बड़ी तकलीफ हो रही होगी?

मैं — क्या करूं; यहां तो कोई दूकान भी नहीं। समझता था, जल्दी से मुकदमा हो जायगा, घर लौट जाऊंगा। इसीलिए कोई सामान साथ न लाया।

खान० — मुझे तो अफीम की आदत है। एक दिन न मिले तो बावला हो जाता हूं। अमलवाले को चाहे कुछ न मिले, अमल मिल जाय तो उसे कोई फिक्र नहीं; खाना चाहे तीन दिन में मिले।

मैं — वही हाल है भाई, भुगत रहा हूं। ऐसा मालूम होता है, बदन में जान ही नहीं है।

खान० — हुजूर को कम-से-कम एक बोतल साथ रख लेनी चाहिए थी। जेब में डाल लेते।

मैं — इतनी ही तो भूल हुई, नहीं रोना काहे का था।

खान० — नींद भी न आती होगी?

मैं — कैसी नींद, दम लबों पर है, न जाने रात कैसे गुजरेगी।

मैं चाहता था, खानसामा अपनी तरफ से मेरी अग्नि शांत करने का प्रस्ताव करे, जिसमें मुझे लज्जित न होना पड़े। पर खानसामा भी चंट था। बोला — अल्लाह का नाम ले कर सो जाइए, नींद कब तक न आयेगी।

मैं — नींद तो न आयेगी। हां; मर भले ही जाऊंगा। क्या साहब बोतलें गिन कर रखते हैं? गिनते तो क्या होंगे?

खान० — अरे हुजूर, एक ही मूजी है। बोतल पूरी नहीं होती, तो उस पर निशान बना देता है। मजाल है कि एक बूंद भी कम हो जाय।

मैं — बड़ी मुसीबत है, मुझे तो एक गिलास चाहिए। बस, इतना ही चाहता हूँ कि नींद आ जाय। जो इनाम कहो, वह दूं।

खान० — इनाम तो हुजूर देंगे ही; लेकिन खौफ यही है कि कहीं भांप गया, तो फिर मुझे जिंदा न छोड़ेगा।

मैं — यार, लाओ, अब ज्यादा सब्र की ताब नहीं है।

खान० — आपके लिए जान हाज़िर है; पर एक बोतल 10 रु० में आती है। मैं कल किसी बेगार से मंगा कर तादाद पूरी कर दूंगा।

मैं — एक बोतल थोड़े ही पी जाऊँगा।

खान० — साथ लेते जाइएगा हुजूर! आधी बोतल खाली मेरे पास रहेगी, तो उसे फौरन शुबहा हो जायगा। बड़ा शक्की है, मेरा मुंह सूंघा करता है कि इसने पी न ली हो।

मुझे 20 रु० मिहनताने के मिले थे। दिन-भर की कमाई का आधा देते हुए कलक तो हुआ, पर दूसरा उपाय ही क्या था? चुपके से 10 रू० निकाल कर खानसामा के हवाले किये। उसने एक बोतल अंगरेजी शराब मुझे ला दी बरफ और सोडा भी लेता आया। मैं वहीं अंधेरे में बोतल खोल कर अपनी परितप्त आत्मा को सुधा-जल से सिंचित करने लगा।

क्या जानता था कि विधना मेरे लिए कोई दूसरा ही षड़यंत्र रच रहा है, विष पिलाने की तैयारियां कर रहा है।

4

नशे की नींद का पूछना ही क्या? उस पर ह्विस्की की आधी बोतल चढ़ा गया था। दिन चढ़े तक सोता रहा। कोई आठ बजे झाड़ू लगाने वाले मेहतर ने जगाया, तो नींद खुली। शराब की बोतल सिरहाने रख कर छतरी से छिपा दिया था। ऊपर से अपना गाउन डाल दिया था। उठते ही उठते सिरहाने निगाह गयी। बोतल और गिलास का पता न था। कलेजा धक् से हो गया। खानसामा को खोजने लगा कि पूछूं उसने तो नहीं उठा कर रख दिया। इस विचार में उठा और टहलता हुआ डाक-बंगले के पिछवाड़े गया, जहां नौकरों के लिए अलग कमरे बने हुए थे; वहां वह भयंकर दृश्य देख कर आगे कदम बढ़ाने का साहस न हुआ।

साहब खानसामा का कान पकड़े हुए खड़े थे। शराब की बोतलें अलग-अलग रखी हुई थीं, साहब एक, दो तीन करके गिनते थे और खानसामा से पूछते थे, एक बोतल और कहां गया? — खानसामा कहता! — हुजूर, खुदा मेरा मुंह काला कर, जो मैंने कुछ भी दगल-फसल की हो।

साहब — हम क्या झूठ बोलता है? 29 बोतल नहीं था?

खान० — हुज़ूर, खुदा की कसम, मुझे नहीं मालूम, कितनी बोतलें थी।

इस पर साहब ने खानसमा के कई तमाचे लगाये। फिर कहा — तुम गिने, तुम न बतायेगा, तो हम तुमको जान से मार डालेगा। हमारा कुछ नहीं हो सकता। हम हाकिम है और हाकिम लोग हमारा दोस्त है। हम तुमको अभी-अभी मार डालेगा, नहीं तो बतला दो, एक बोतल कहां गया?

मेरे प्राण सूख गये। बहुत दिनों के बाद ईश्वर की याद आयी। मन–ही-मन गोवर्दनधारी का स्मरण करने लगा। अब लाज तुम्हारे हाथ है! भगवान। तुम्हीं बचाओ तो नैया बच सकती है, नहीं तो मझधार में डूबी जाती है! अंग्रज़ है, न जाने क्या मुसीबत ढा दे। भगवान! खानसामा का मुंह बंद कर दो, उसकी वाणी हर लो, तुमने बड़े-बड़े द्रोहियों और दुष्टों की रक्षा की है। अजामिल को तुम्हीं ने तारा था। मैं भी द्रोही हूं, द्रोहियों का द्रोही हूं। मेरा संकट हरो। अबकी जान बची, तो शराब की ओर आंख न उठाऊंगा।

मार के आगे भूत भागता है। मुझे प्रति क्षण यह शंका होती थी कि कहीं यह लोकोक्ति चरितार्थ न हो जाय। कहीं खानसामा खुल न पड़े। नहीं तो फिर मेरी खैर नहीं! सनद छीने जाने का, चोरी का मुकदमा चल जाने का, अथवा जज साहब से तिरस्कृत किये जाने का इतना भय न था; जितना साहब के पदाघात का लक्ष्य बनने का। जालिम हंटर लेकर दौड़ न पड़े। यों मैं इतना दुर्बल नहीं हूं हृष्ट-पुष्ट और साहसी मनुष्य हूं। कालेज में खेल-कूद के लिए पारितोषिक पा चुका हूं। अब भी बरसात में दो महीने मुग्दर फेर लेता हूं; लेकिन उस समय भय के मारे बुरा हाल था। मेरे नैतिक बल का आधार पहले ही नष्ट हो चुका था। चोर में बल कहां — मेरा मान, मेरा भविष्य, मेरा जीवन खानसामा के केवल एक शब्द पर निर्भर था — केवल एक शब्द पर! किसका जीवनसूत्र इतना क्षीण, इतना जीर्ण, इतना जर्जर होगा!

मैं मन-ही-मन प्रतिज्ञा कर रहा था — शराबियों की तौबा नहीं सच्ची, दृढ़ प्रतिज्ञा — कि इस संकट से बचा तो फिर शराब न पीऊंगा। मैंने अपने मन को चारों ओर से बांध रखने के लिए उसके कृतकों का द्वार बंद करने के लिए एक भीषण शपथ खायी।

मगर हाय रे दुर्दैव! कोई सहायक न हुआ। न गोवर्द्धनधारी ने सुध ली, न नृसिंह भगवान ने। वे सब सत्ययुग में आया करते थे। न प्रतिज्ञा कुछ काम आयी; न शपथ का कुछ असर हुआ। मेरे भाग्य, या दुर्भाग्य में जो कुछ बदा था,

वह होकर रहा। विधना ने मेरी प्रतिज्ञा सुदृढ़ रखने के लिए शपथ को यथेष्ट न समझा।

खानसामा बेचारा अपनी बात का धनी था। थप्पड़ खाये, ठोकर खायी दाढ़ी नुचवायी; पर न खुला, न खुला। बड़ा सत्यवादी, पुरूष था। मैं शायद ऐसी दशा में इतना अटल रह सकता। शायद पहले ही थप्पड़ में उगल देता। उसकी ओर से मुझे जो घोरशंका हो रही थी, वह निर्मूल सिद्ध हुई। जब तक जिऊंगा, उस वीरात्मा का गुणानुवाद करता रहूंगा।

पर मेरे ऊपर दूसरी ही ओर से वज्रपात हुआ।

5

खानसाभा पर जब मार-धाड़ का कुछ असर न हुआ, तो साहब उसके कान पकड़े हुए डाक-बंगले की तरफ चले। मैंने उन्हें आते देखा, चटपट सामने बरामदे में आ बैठा और ऐसा मुंह बना लिया मानो कुछ जानता ही नहीं। साहब ने खानसामा को ला कर मेरे सामने खड़ा कर दिया। मैं भी उठ कर खड़ा हो गया। उस समय यदि कोई मेरे हृदय को चीरता, तो रक्त की एक बूंद भी न निकलती।

साहब ने मुझसे पूछा— वेल वकील साहब, तुम शराब पीता है?

मैं इनकार न कर सका।

‘तुमने रात शराब पी थी?’

मैं इनकार न कर सका।

‘तुमने मेरे इस खानसामा से शराब ली थी?’

मै इनकार न कर सका।

‘तुमने रात को शराब पी कर बोतल और गिलास अपने सिर के नीचे छिपा कर रखा था?’

मैं इनकार न कर सका। मुझे भय था कि खानसामा नहीं खुल पड़े; पर उलटे में ही खुल पड़ा।

‘तुम जानता है, यह चोरी है!’

मैं इनकार न कर सका।

‘हम तुमको मुअत्तल कर सकता है, तुम्हारा सनद छीनसकता है, तुमको जेल भेज सकता है।’

यथार्थ ही था।

'हम तुमको ठोकरों से मार कर गिरा सकता है। हमारा कुछ नहीं हो सकता !'

यथार्थ ही था।

'तुम काला आदमी वकील बनता है, हमारे खानसामा से चोरी का शराब लेता है। तुम सूअर! लेकिन हम तुमको यही सजा देगा, जो तुम पसंद करे। तुम क्या चाहता है।'

मैंने कांपते हुए कहा। — हुजूर, मुआफी चाहता हूं।

'नहीं, हम सजा पूछता है!'

'जो हुजूर मुनासिब समझे।'

'अच्छा, यही होगा।'

यह कह कर उस निर्दयी, नरपिशाच ने दो सिपाहियों को बुलाया, और उनसे मेरे दोनों हाथ पकड़वा दिये। मैं मौन धारण किये इस तरह सिर झुकाए खड़ा रहा, जैसे कोई लड़का अध्यापक के सामने बेंत खाने को खड़ा होता है। इसने मुझे क्या दण्ड देने का विचारा है? कहीं मेरी मुश्कें तो न कसवायेगा। या कान पकड़ कर उठा-बैठी तो न करावेगा। देवताओं से सहायता मिलने की कोई आशा तो न थी, पर अदृश्य का अवाहन करने के अतिरिक्त और उपाय ही क्या था!

मुझे सिपाहियों के हाथ छोड़ कर साहब दफ्तर में गये और वहां से मोहर छापने की स्याही और ब्रश 'लिये हुए निकले। अब मेरी आंखों से अश्रुपात होने लगा। यह घोर अपमान और थोड़ी-सी शराब के लिए! वह भी दुगने दाम देने पर!

साहब ब्रश से मेरे मुंह में कालिमा पोत रहे थे, वह कलिमा, जिसे धोने के लिए सेरों साबुन की जरूरत थी और मैं भीगी बिल्ली की भांति खड़ा था। उन दोनों यमदूतों को भी मुझ पर दया न आती थी, दोनों हिन्दुस्तानी थे, पर उन्हीं के हाथों मेरी यह दुर्दशा हो रही थी। इस देश को स्वराज्य मिल चुका!

साहब कालिमा पोतते और हंसते जाते थे। यहां तक कि आंखों के सिवा तिल-भर भी जगह न बची! थोड़ी-सी शराब के लिए आदमी से वनमानुष बनाया जा रहा था। दिल में सोच रहा था, यहां से जाते-ही-जाते बचा कर मानहानि की नालिश कर दूंगा, या किसी बदमाश से कह दूंगा, इजलास ही पर बच्चा की जूतों से खबर ले।

मुझे वनमानुष बना कर साहब ने मेरे हाथ छुड़वा दिये और ताली बजाता हुआ मेरे पीछे दौड़ा। नौ बजे का समय था। कर्मचारी, मुवक्किल, चपरासी सभी आ

गये थे। सैकड़ों आदमी जमा थे, मुझे न जाने क्या शामत सूझी कि वहां से भागा। यह उस प्रहसन का सबसे करूणाजनक दृश्य था। आगे-आगे मैं दौड़ता जाता था, पीछे-पीछे साहब और अन्य सैकड़ों आदमी तालियां बजाते 'लेना लेना, जाने ना पावे' का गुल मचाते दौड़े जाते थे, मानो किसी बन्दर को भगा रहे हों।

लगभग एक मील तक यह दौड़ रही। वह तो कहो मैं कसरती आदमी हूं, बच कर निकल आया, नहीं मेरी न जाने और क्या दुर्गति होती। शायद मुझे गधे पर बिठा कर घुमाना चाहते थे। जब सब पीछे रह गये तो मैं एक नाले के किनारे बेदम हो कर बैठ रहा। अब मुझे सूझी कि यहां कोई आया तो पत्थरों से मारे बिना न छोड़ूंगा, चाहे उलटी पड़े या सीधी; किन्तु मैंने नाले में मुंह धोने की चेष्टा नहीं की। जानता था, पानी से यह कालिमा न छूटेगी। यही सोचता रहा कि इस अंगरेज पर कैसे अभियोग चलाऊं? यह तो छिपाना ही पड़ेगा कि मैंने इसके खानसामा से चोरी की शराब ली। अगर यह बात साबित हो गयी, उलटा मैं ही फंस जाऊंगा। क्या हरज है, इतना छिपा दूंगा। शत्रुता का कारण कुछ और ही दिखा दूंगा; पर मुकदमा जरूर चलाना चाहिए।

जाऊं कहां? यह कालिमा-मंडित मुंह किसे दिखाऊं! हाय! बदमाश को कालिख ही लगानी थी, तो क्या तवे में कालिख न थी, लैम्प में कालिख न थी! कम-से-कम छूट तो जाती। जितना अपमान हुआ है, वहीं तक रहता। अब तो मैं मानो अपने कुकृत्य का स्वयं ढिंढोरा पीट रहा हूं। दूसरा होता, तो इतनी दुर्गति पर डूब मरता!

गनीमत यही थी कि अभी तक रास्ते में किसी से मुलाकात नहीं हुई थी; नहीं तो उसके कालिमा-सम्बन्धी प्रश्नों का क्या उत्तर देता? जब जरा थकन कम हुई, तो मैंने सोचा, यहां कब तक बैठा रहूंगा। लाओ, एक बार यत्न करके देखूं तो, शायद स्याही छूट जाये। मैंने बालू से मुंह रगड़ना शुरू किया। देखा तो स्याही छूट रही थी। उस समय मुझे जितना आनन्द हुआ, उसकी कौन कल्पना कर सकता है। फिर तो मेरा हौसला बढ़ा। मैंने मुंह को इतना रगड़ा कि कई जगह चमड़ा तक छिल गया; किंतु वह कालिमा छुड़ाने के लिए मुझे इस समय बड़ी-से-बड़ी पीड़ा भी तुच्छ जान पड़ती थी। यद्यपि मैं नंगे सिर था, केवल कुर्ता और धोती पहने हुए था, पर यह कोई अपमान की बात नहीं। गाउन, अचकन, पगड़ी, डाक-बंगले ही में रह गयी, इसकी मुझे चिंता न थी। कालिख तो छूट गयी।

लेकिन कालिमा छूट जाती है, पर उसका दाग दिल से कभी नहीं मिटता। इस घटना को हुए आज बहुत दिन हो गये हैं। पूरे पांच साल हुए, मैंने शराब का

नाम नहीं लिया, पीने की कौन कहे। कदाचित मुझे सन्मार्ग पर लाने के लिए यह ईश्वरीय विधान था। कोई युक्ति, कोई तर्क, कोई चुटकी मुझ पर इतना स्थायी प्रभाव न डाल सकती थी। सुफल को देखते हुए तो मैं यही कहूंगा कि जो कुछ हुआ बहुत अच्छा हुआ। वही होना चाहिए था ; पर उस समय दिल पर जो गुजरी थी, उसे याद करके आज भी नींद उचट जाती है।

अब विपत्ति-कथा को क्यों तूल दूं। पाठक स्वयं अनुमान कर सकते हैं। खबर तो फैल गयी, किन्तु मैंने झेंपने और शरमाने के बदले बेहयाई से काम लेना अधिक अनुकूल समझा। अपनी बेवकूफी पर हंसता था और बेधड़क अपनी दुर्दशा की कथा कहता था। हां, चालाकी यह की कि उसमें कुछ थोड़ा-सा अपनी तरफ से बढ़ा दिया, अर्थात् रात को जब मुझे नशा चढ़ा तो मैं बोतल और गिलास लिये साहब के कमरे में घुस गया था और उसे कुरसी से पटक कर खूब मारा था। इस क्षेपक से मेरी दलित, अपमानित, मर्दित आत्मा को थोड़ी-सी तस्कीन होती थी। दिल पर जो कुछ गुजरी, वह दिल ही जानता है।

सबसे बड़ा भय मुझे यह था कि कहीं यह बात मेरी पत्नी के कानों तक न पहुंचे, नहीं तो उन्हें बड़ा दुःख होगा। मालूम नहीं उन्होंने सुना या नहीं ; पर कभी मुझसे इसकी चर्चा नहीं की।

क्षमा

मुसलमानों को स्पेन देश पर राज्य करते कई शताब्दियां बीत चुकी थीं। कलीसाओं की जगह मसजिदें बनती जाती थीं, घंटों की जगह अजान की आवाजें सुनाई देती थीं। गरनाता और अलहमरा में वे समय की नश्वर गति पर हंसने वाले प्रासाद बन चुके थे, जिनके खंडहर अब तक देखने वालों को अपने पूर्व ऐश्वर्य की झलक दिखाते है। ईसाइयों के गण्यमान्य स्त्री और पुरुष मसीह की शरण छोड़कर इस्लामी भ्रातृत्व में सम्मिलित होते जाते थे, और आज तक इतिहासकारों को यह आश्चर्य है कि ईसाइयों का निशान वहां क्यों कर बाकी रहा! जो ईसाई-नेता अब तक मुसलमानों के सामने सिर न झुकाते थे, और अपने देश में स्वराज्य स्थापित करने का स्वप्न देख रहे थे उनमें एक सौदागर दाऊद भी था। दाऊद विद्वान् और साहसी था। वह अपने इलाके में इस्लाम को कदम न जमाने देता था। दीन और निर्धन ईसाई विद्रोही देश के अन्य प्रांतों से आकर उसके शरणागत होते थे और वह बड़ी उदारता से उनका पालन-पोषण करता था। मुसलमान दाऊद से सशंक रहते थे। वे धर्म-बल से उस पर विजय न पाकर उसे अस्त्र-बल से परास्त करना चाहते थे; पर दाऊद कभी उनका सामना न करता। हां, जहां कहीं ईसाइयों के मुसलमान होने की खबर पाता, हवा की तरह पहुंच जाता और तर्क या विनय से उन्हें अपने धर्म पर अचल रहने की प्रेरणा देता। अंत में मुसलमानों ने चारों तरफ से घेर कर उसे गिरफ्तार करने की तैयारी की। सेनाओं ने उसके इलाके को घेर लिया। दाऊद को प्राण-रक्षा के लिए अपने सम्बन्धियों के साथ भागना पड़ा। वह घर से भागकर गरनाता में आया, जहां उन दिनों इस्लामी राजधानी थी। वहां सबसे अलग रह कर वह अच्छे दिनों की प्रतीक्षा में जीवन व्यतीत करने लगा। मुसलमानों के गुप्तचर उसका पता लगाने के लिए बहुत सिर मारते थे, उसे पकड़

लाने के लिए बड़े-बड़े इनामों की विज्ञप्ति निकाली जाती थी; पर दाऊद की टोह न मिलती थी।

2

एक दिन एकांतवास से उकताकर दाऊद गरनाता के एक बाग में सैर करने चला गया। संध्या हो गयी थी। मुसलमान नीची अबाएं पहने, बड़े-बड़े अमामे सिर पर बांधे, कमर से तलवार लटकाये रविशों में टहल रहे थे। स्त्रियां सफेद बुरके ओढ़े जरी की जूतियां पहने बेंचों और कुरसियों पर बैठी हुई थीं। दाऊद सबसे अलग हरी-हरी घास पर लेटा हुआ सोच रहा था कि वह दिन कब आयेगा जब हमारी जन्मभूमि इन अत्याचारियों के पंजे से छूटेगी! वह अतीत काल की कल्पना कर रहा था, जब ईसाई स्त्री और पुरूष इन रविशों में टहलते होंगे, जब यह स्थान ईसाइयों के परस्पर वाग्विलास से गुलजार होगा।

सहसा एक मुसलमान युवक आकर दाऊद के पास बैठ गया। वह उसे सिर से पांव तक अपमानसूचक दृष्टि से देखकर बोला — क्या अभी तक तुम्हारा हृदय इस्लाम की ज्योति से प्रकाशित नहीं हुआ?

दाऊद ने गम्भीर भाव से कहा — इस्लाम की ज्योति पर्वत-श्रृंगों को प्रकाशित कर सकती है। अंधेरी घाटियों में उसका प्रवेश नहीं हो सकता।

उस मुसलमान अरब का नाम जमाल था। वह आक्षेप सुनकर तीखे स्वर में बोला — इससे तुम्हारा क्या मतलब है?

दाऊद — इससे मेरा मतलब यही है कि ईसाइयों में जो लोग उच्च श्रेणी के हैं, वे जागीरों और राज्याधिकारों के लोभ तथा राजदंड के भय से इस्लाम की शरण आ सकते हैं; पर दुर्बल और दीन ईसाइयों के लिए इस्लाम में वह आसमान की बादशाहत कहां है जो हजरत ईसा मसीह के दामन में उन्हें नसीब होगी! इस्लाम का प्रचार तलवार के बल से हुआ है, सेवा के बल से नहीं।

जमाल अपने धर्म का अपमान सुनकर तिलमिला उठा। गरम होकर बोला — यह सर्वथा मिथ्या है। इस्लाम की शक्ति उसका आंतरिक भ्रातृत्व और साम्य है, तलवार नहीं।

दाऊद — इस्लाम ने धर्म के नाम पर जितना रक्त बहाया है, उसमें उसकी सारी मसजिदें डूब जायेंगी।

जमाल — तलवार ने सदा सत्य की रक्षा की है।

दाऊद ने अविचलित भाव से कहा — जिसको तलवार का आश्रय लेना पड़े, वह सत्य ही नहीं।

जमाल जातीय गर्व से उन्मत्त होकर बोला — जब तक मिथ्या के भक्त रहेंगे, तब तक तलवार की जरूरत भी रहेगी।

दाऊद — तलवार का मुंह ताकने वाला सत्य ही मिथ्या है।

अरब ने तलवार के कंधे पर हाथ रखकर कहा — खुदा की कसम, अगर तुम निहत्थे न होते, तो तुम्हें इस्लाम की तौहीन करने का मजा चखा देता।

दाऊद ने अपनी छाती में छिपाई हुई कसर निकालकर कहा — नहीं मैं निहत्था नहीं हूं। मुसलमानों पर जिस दिन इतना विश्वास करूंगा, उस दिन ईसाई न रहूंगा। तुम अपने दिल के अरमान निकाल लो।

दोनों ने तलवारें खींच लीं। एक-दूसरे पर टूट पड़े। अरब की भारी तलवार ईसाई की हुलकी कटार के सामने शिथिल हो गयी। एक सर्प की भांति फन से चोट करती थी, दूसरी नागिन की भांति उड़ती थी। एक लहरों की भांति लपकती थी, दूसरी जल की मछलियों की भांति चमकती थी। दोनों योद्धाओं में कुछ देर तक चोटें होती रही। सहसा एक बार नागिन उछलकर अरब के अंतस्तल में जा पहुंची। वह भूमि पर गिर पड़ा।

3

जमाल के गिरते ही चारों तरफ से लोग दौड़ पडे। वे दाऊद को घेरने की चेष्टा करने लगे। दाऊद ने देखा, लोग तलवारें लिये दौड़े चले आ रहे है। प्राण लेकर भागा; पर जिधर जाता था, सामने बाग की दीवार रास्ता रोक लेती थी। दीवार ऊंची थी, उसे फांदना मुश्किल था। यह जीवन और मृत्यु का संग्राम था। कहीं शरण की आशा नहीं, कहीं छिपने का स्थान नहीं। उधर अरबों की रक्त-पिपासा प्रतिक्षण तीव्र होती जाती थी। यह केवल एक अपराधी को दंड देने की चेष्टा न थी। जातीय अपमान का बदला था। एक विजित ईसाई की यह हिम्मत कि अरब पर हाथ उठाये! ऐसा अनर्थ!

जिस तरह पीछा करने वाले कुत्तों के सामने गिलहरी इधर-उधर दौड़ती है, किसी वृक्ष पर चढ़ने की बार-बार चेष्टा करती है, पर हाथ-पांव फूल जाने के कारण बार-बार गिर पड़ती है, वही दशा दाऊद की थी।

दौड़ते-दौड़ते उसका दम फूल गया; पैर मन-मन भर के हो गये। कई बार जी में आया; इन सब पर टूट पड़े और जितने महंगे प्राण बिक सके, उतने महंगे बेचे; पर शत्रुओं की संख्या देखकर हतोत्साह हो जाता था।

लेना, दौड़ना पकड़ना का शोर मचा हुआ था। कभी-कभी पीछा करने वाले इतने निकट आ जाते थे कि मालूम होता था, अब संग्राम का अंत हुआ, वह तलवार पड़ी; पर पैरों की एक ही गति, एक कावा, एक कन्नी उसे खून की प्यासी तलवार से बाल-बाल बचा लेती थी।

दाऊद को अब इस संग्राम में खिलाड़ियों का-सा आनंद आने लगा। यह निश्चय था कि उसके प्राण नहीं बच सकतें, मुसलमान दया करना नहीं जानते, इसलिए उसे अपने दांव-पेंच में मजा आ रहा था। किसी वार से बचकर उसे अब इसकी खुशी न होती थी कि उसके प्राण बच गये, बल्कि इसका आनंद होता था कि उसने कातिल को कैसा जिच किया।

सहसा उसे अपनी दाहिनी ओर बाग की दीवार कुछ नीची नजर आयी। आह! यह देखते ही उसके पैरों में एक नयी शक्ति का संचार हो गया, धमनियों में नया रक्त दौड़ने लगा। वह हिरन की तरह उस तरफ दौड़ा और एक छलांग में बाग के उस पार पहुंच गया। जिन्दगी और मौत में सिर्फ एक कदम का फासला था। पीछे मृत्यु थी और आगे जीवन का विस्तृत क्षेत्र। जहां तक दृष्टि जाती थी, झाड़ियां ही नजर आती थीं। जमीन पथरीली थी, कहीं ऊंची, कहीं नीची। जगह-जगह पत्थर की शिलाएं पड़ी हुई थीं। दाऊद एक शिला के नीचे छिपकर बैठ गया।

दम-भर में पीछा करने वाले भी वहां आ पहुंचे और इधर-उधर झाड़ियों में, वृक्षों पर, गड्ढे में शिलाओं के नीचे तलाश करने लगे। एक अरब उस चट्टान पर आकर खड़ा हो गया, जिसके नीचे दाऊद छिपा हुआ था। दाऊद का कलेजा धक-धक कर रहा था। अब जान गयी! अरब ने जरा नीचे को झांका और प्राणों का अंत हुआ। संयोग — केवल संयोग पर अब उसका जीवन निर्भर था। दाऊद ने सांस रोक ली, सन्नाटा खींच लिया। एक निगाह पर उसकी जिंदगी का फैसला था, जिंदगी और मौत में कितना सामीप्य है!

मगर अरबों को इतना अवकाश कहां था कि वे सावधान होकर शिला के नीचे देखते। वहां तो हत्यारे को पकड़ने की जल्दी थी। दाऊद के सिर से बला टल गयी। वे इधर-उघर ताक-झांक कर आगे बढ़ गये।

4

अंधेरा हो गया। आकाश में तारागण निकल आये और तारों के साथ दाऊद भी शिला के नीचे से निकला। लेकिन देखा, तो उस समय भी चारों तरफ हलचल मची हुई है, शत्रुओं का दल मशालें लिए झाड़ियों में घूम रहा है; नाकों पर भी पहरा है, कहीं निकले भागने का रास्ता नहीं है। दाऊद एक वृक्ष के नीचे खड़ा होकर सोचने लगा कि अब क्योंकर जान बचे। उसे अपनी जान की वैसी परवा न थी। वह जीवन के सुख-दुख सब भोग चुका था। अगर उसे जीवन की लालसा थी, तो केवल यही देखने के लिए कि इस संग्राम का अन्त क्या होगा? मेरे देशवासी हतोत्साह हो जायेंगे, या अदम्य धैर्य के साथ संग्रामक्षेत्र में अटल रहेंगे?

जब रात अधिक बीत गई और शत्रुओं की घातक चेष्टा कुछ कम न होती दीख पड़ी तो दाऊद खुदा का नाम लेकर झाड़ियों से निकला और दबे-पांव, वृक्षों की आड़ में, आदमियों की नजर बचाता हुआ, एक तरफ को चला। वह इन झाड़ियों से निकल कर बस्ती में पहुंच जाना चाहता था। निर्जनता किसी की आड़ नहीं कर सकती। बस्ती का जनबाहुल्य स्वयं आड़ है।

कुछ दूर तक तो दाऊद के मार्ग में कोई बाधा न उपस्थित हुई। वन के वृक्षों ने उसकी रक्षा की, किन्तु जब वह असमतल भूमि से निकल कर समतल भूमि पर आया, तो एक अरब की निगाह उन पर पड़ गयी। उसने ललकारा। दाऊद भागा। 'कातिल भागा जाता है!' यह आवाज हवा में एक ही बार गुंजी और क्षण-भर में चारों तरफ से अरबों ने उसका पीछा किया। सामने बहुत दूर तक आदमी का नामोनिशान न था। बहुत दूर पर एक धुंधला-सा दीपक टिमटिमा रहा था। किसी तरह वहां तक पहुंच जाऊं। वह उस दीपक की ओर इतनी तेजी से दौड़ रहा था, मानो वहां पहुंचते ही अभय पा जायेगा। आशा उसे उड़ाये लिए जाती थी। अरबों का समूह पीछे छूट गया; मशालों की ज्योति निष्प्रभ हो गई। केवल तारागण उसके साथ दौड़े चले आते थे। अन्त को वह आशामय दीपक सामने आ पहुंचा। एक छोटा-सा फूस का मकान था। एक बूढ़ा अरब जमीन पर बैठा हुआ रेहल पर कुरान रख उसी दीपक के मंद प्रकाश में पढ़ रहा था। दाऊद आगे न जा सका। उसकी हिम्मत ने जवाब दे दिया। वह वहीं शिथिल होकर गिर पड़ा। रास्ते की थकन घर पहुंचने पर मालूम होती है।

अरब ने उठकर कहा — तू कौन है?

दाऊद — एक गरीब ईसाई। मुसीबत में फंस गया हूं। अब आप ही शरण दें, तो मेरे प्राण बच सकते हैं।

अरब — खुदा-पाक तेरी मदद करेगा। तुमपर क्या मुसीबत पड़ी हुई है?

दाऊद — डरता हूं कहीं कह दूं तो आप भी मेरे खून के प्यासे न हो जायें।

अरब — अब तू मेरी शरण में आ गया, तो तुझे मुझसे कोई शंका न होनी चाहिए। हम मुसलमान हैं, जिसे एक बार अपनी शरण में ले लेते है उसकी जिंदगी भर रक्षा करते हैं।

दाऊद — मैंने एक मुसलमान युवक की हत्या कर डाली है।

वृद्ध अरब का मुख क्रोध से विकृत हो गया, बोला — उसका नाम?

दाऊद — उसका नाम जमाल था।

अरब सिर पकड़कर वहीं बैठ गया। उसकी आंखें सुर्ख हो गयीं; गरदन की नसें तन गयीं; मुख पर अलौकिक तेजस्विता की आभा दिखाई दीं, नथुने फड़कने लगे। ऐसा मालूम होता था कि उसके मन में भीषण द्वंद्व हो रहा है और वह समस्त विचार-शक्ति से अपने मनोभावों को दबा रहा है। दो-तीन मिनट तक वह इसी उग्र अवस्था में बैठा धरती की ओर ताकता रहा। अन्त को अवरूद कंठ से बोला — नहीं-नहीं, शरणागत की रक्षा करनी ही पड़ेगी। आह! जालिम? तु जानता है, मैं कौन हूं! मैं उसी युवक का अभागा पिता हूं, जिसकी आज तूने इतनी निर्दयता से हत्या की है। तू जानता है, तूने मुझ पर कितना बड़ा अत्याचार किया है? तूने मेरे खानदान का निशान मिटा दिया है! मेरा चिराग गुल कर दिया! आह, जमाल मेरा इकलौता बेटा था। मेरी सारी अभिलाषायें उसी पर निर्भर थीं। वह मेरी आंखों का उजाला; मुझ अंधे का सहारा, मेरे यौवन का आधार, मेरे जर्जर शरीर का प्राण था। अभी-अभी उसे कब्र की गोद में लिटा आया हूं। आह मेरा शेर, आज खाक के नीचे सो रहा है। ऐसा दिलेर, ऐसा दीनदार, ऐसा सजीला जवान मेरी कौम में दूसरा न था। जालिम, तुझे उस पर तलवार चलाते जरा भी दया न आयी। तेरा पत्थर का कलेजा जरा भी न पसीजा! तू जानता है, मुझे इस वक्त तुझ पर कितना गुस्सा आ रहा है? मेरा जी चाहता है कि अपने दोनों हाथों से तेरी गरदन पकड़ कर इस तरह दबाऊं कि तेरी जबान बाहर निकल आये, तेरी आंखें कौड़ियों की तरह बाहर निकल पड़ें। पर नहीं, तूने मेरी शरण ली है, कर्तव्य मेरे हाथों को बांधे हुए है, क्योंकि हमारे रसूल-पाक ने हिदायत की है, कि जो अपनी पनाह में आये, उस पर हाथ न उठाओ। मैं नहीं चाहता कि नबी के हुक्म को तोड़कर दुनिया के साथ अपनी आकबत भी बिगाड़ लूं। दुनिया तूने बिगाड़ी, दीन अपने हाथों

बिगाड़ूं? नहीं। सब्र करना मुश्किल है; पर सब्र करूंगा ताकि नबी के सामने आंखें नीची न करनी पड़ें। आ, घर में आ। तेरा पीछा करने वाले दौड़े आ रहे हैं। तुझे देख लेंगे, तो फिर मेरी सारी मिन्नत-समाजता तेरी जान न बचा सकेगी। तू नहीं जानता कि अरब लोग खून कभी न माफ करते।

यह कह कर अरब ने दाऊद का हाथ पकड़ लिया, और उसे घर में ले जाकर एक कोठरी में छिपा दिया। वह घर से बाहर निकला ही था कि अरबों का एक दल द्वार पर आ पहुंचा।

एक आदमी ने पूछा — क्यों शेख हसन, तुमने इधर से किसी को भागते देखा है?

'हां देखा है।'

'उसे पकड़ क्यों न लिया? यही तो जमाल का कात्लि था !'

'यह जानकर भी मैंने उसे छोड़ दिया।'

'ऐं! गजब खुदा की! यह तुमने क्या किया? जमाल हिसाब के दिन हमारा दामन पकड़ेगा तो हम क्या जवाब देंगे?'

'तुम कह देना कि तेरे बाप ने तेरे कातिल को माफ कर दिया।'

'अरब ने कभी कातिल का खून नहीं माफ किया।'

'यह तुम्हारी जिम्मेदारी है, मैं उसे अपने सिर क्यों लूं?'

अरबों ने शेख हसन से ज्यादा हुज्जत न की, कातिल की तलाश में दौड़े। शेख हसन फिर चटाई पर बैठकर कुरान पढ़ने लगा, लेकिन उसका मन पढ़ने में न लगता था। शत्रु से बदला लेने की प्रवृत्ति अरबों की प्रवृत्ति में बद्धमूल होती थी। खून का बदला खून था। इसके लिए खून की नदियां बह जाती थीं, कबीले-के-कबीले मर मिटते थे, शहर-के-शहर वीरान हो जाते थे। उस प्रवृत्ति पर विजय पाना शेख हसन को असाध्य-सा प्रतीत हो रहा था। बार-बार प्यारे पुत्र की सूरत उसकी आंखों के आगे फिरने लगती थी, बार-बार उसके मन में प्रबल उत्तेजना होती थी कि चलकर दाऊद के खून से अपने क्रोध की आग बुझाऊं। अरब वीर होते थे। कटना-मरना उनके लिए कोई असाधारण बात न थी। मरने वालों के लिए वे आंसुओं की कुछ बूंदें बहाकर फिर अपने काम में प्रवृत्त हो जाते थे। वे मृत व्यक्ति की स्मृति को केवल उसी दशा में जीवित रखते थे, जब उसके खून का बदला लेना होता था। अन्त को शेख हसन अधीर हो उठा। उसको भय हुआ कि अब मैं अपने ऊपर काबू नहीं रख सकता। उसने तलवार म्यान से निकाल ली और दबे पांव उस कोठरी के द्वार पर आकर खड़ा हो गया, जिसमें दाऊद छिपा हुआ था। तलवार को

दामन में छिपा कर उसने धीरे से द्वार खोला। दाऊद टहल रहा था। बूढे अरब का रौद्र रूप देखकर दाऊद उसके मनोवेग को ताड़ गया। उसे बूढ़े से सहानुभूति हो गई। उसने सोचा, यह धर्म का दोष नहीं, जाति का दोष नहीं। मेरे पुत्र की किसी ने हत्या की होती, तो कदाचित् मैं भी उसके खून का प्यासा हो जाता। यही मानव प्रकृति है।

अरब ने कहा — दाऊद, तुम्हें मालूम है बेटे की मौत का कितना गम होता है।

दाऊद — इसका अनुभव तो नहीं है, पर अनुमान कर सकता हूं। अगर मेरी जान से आपके उस गम का हिस्सा भी मिट सके, तो लीजिए, यह सिर हाजिर है। मैं इसे शौक से आपकी नजर करता हूं। आपने दाऊद का नाम सुना होगा।

अरब — क्या पीटर का बेटा?

दाऊद — जी हां। मैं वही बदनसीब दाऊद हूं। मैं केवल आपके बेटे का घातक ही नहीं, इस्लाम का दुश्मन हूं। मेरी जान लेकर आप जमाल के खून का बदला ही न लेंगे, बल्कि अपने जाति और धर्म की सच्ची सेवा भी करेंगे।

शेख हसन ने गम्भीर भाव से कहा — दाऊद, मैंने तुम्हें माफ किया। मैं जानता हूं, मुसलमानों के हाथ ईसाइयों को बहुत तकलीफें पहुंची है, मुसलमानों ने उन पर बड़े-बड़े अत्याचार किए हैं, उनकी स्वाधीनता हर ली है! लेकिन यह इस्लाम का नहीं, मुसलमानों का कसूर है। विजय-गर्व ने मुसलमानों की मति हर ली है। हमारे पाक नबी ने यह शिक्षा नहीं दी थी, जिस पर आज हम चल रहे हैं। वह स्वयं क्षमा और दया का सर्वोच्च आदर्श है। मैं इस्लाम के नाम को बट्टा न लगाऊंगा। मेरी ऊंटनी ले लो और रातों-रात जहां तक भागा जाए, भागो। कहीं एक क्षण के लिए भी न ठहरना। अरबों को तुम्हारी बू भी मिल गयी, तो तुम्हारी खैरियत नहीं। जाओ, तुम्हें खुदा-ए-पाक घर पहुंचावे। बूढे शेख हसन और उसके बेटे जमाल के लिए खुदा से दुआ किया करना।

दाऊद खैरियत से घर पहुंच गया; किन्तु अब वह दाऊद न था, जो इस्लाम को जड़ से खोदकर फेंक देना चाहता था। उसके विचारों में गहरा परिवर्तन हो गया था। अब वह मुसलमानों का आदर करता और इस्लाम का नाम इज्जत से लेता था।

मनुष्य का परम धर्म

होली का दिन है। लड्डू के भक्त और रसगुल्ले के प्रेमी पंडित मोटेराम शास्त्री अपने आंगन में एक टूटी खाट पर सिर झुकाये, चिंता और शोक की मूर्ति बने बैठे हैं। उनकी सहधर्मिणी उनके निकट बैठी हुई उनकी ओर सच्ची सहवेदना की दृष्टि से ताक रही है और अपनी मृदुवाणी से पति की चिंताग्नि को शांत करने की चेष्टा कर रही है।

पंडितजी बहुत देर तक चिंता में डूबे रहने के पश्चात् उदासीन भाव से बोले — नसीबा ससुरा ना जाने कहां जाकर सो गया। होली के दिन भी न जागा!

पंडिताइन — दिन ही बुरे आ गये है। इहां तो जौन ते तुम्हारा हुकुम पावा ओही घड़ी ते सांझ-सबेरे दोनों जून सूरजनरायने से ही बरदान मांगा करित है कि कहूं से बुलौवा आवै। सैकड़न दिया तुलसी माई का चढ़ावा, मुदा सब सोय गये। गाढ़ परे कोऊ काम नाहीं आबत है।

मोटेराम — कुछ नहीं, ये देवी-देवता सब नाम के हैं। हमारे बखत पर काम आवे तब हम जानें कि हैं कोई देवी-देवता। सेंत-मेंत में मालपुआ और हलुवा खाने वाले तो बहुत हैं।

पंडिताइन — का सहर-भर मां अब कोई भल मनई नाहीं रहा? सब मरि गये?

मोटेराम — सब मर गये, बल्कि सड़ गए। दस-पांच है तो साल-भर में दो-एक बार जीते हैं। वह भी बहुत हिम्मत की तो रुपये की तीन-सेर मिठाई खिला दी। मेरा बस चलता तो इन सबों को सीधे कालेपानी भिजवा देता, यह सब इसी अरिया समाज की करनी है।

पंडिताइन — तुमहूं तो घर मां बैठे रहत हौ। अब ई जमाने में कोई ऐसन दानी नाहीं है कि घर बैठे नेवता भेज देय। कभूं-कभूं जुबान लड़ा दिया करौ।

मोटेराम — तुम कैसे जानती हो कि मैंने जबान नहीं लड़ाई? ऐसा कौन रईस इस शहर में है, जिनके यहां जाकर मैंने आशीर्वाद न दिया मगर कौन ससुरा सुनता है सब अपने-अपने रंग से मस्त है।

इतने में पंडित चिन्तामणि जी ने पदार्पण किया। यह पण्डित मोटेराम जी के परम मित्र थे। हां, अवस्था कुछ कम थी और उसी के अनुकूल उनकी तोंद भी कुछ उतनी प्रतिभाशाली न थी।

मोटेराम — कहो मित्र, क्या समाचार लाये? है कहीं डौल?

चिन्तामणि — डौल नहीं, अपना सिर है! अब वह नसीब ही नहीं रहा।

मोटेराम — घर से ही आ रहे हो?

चिंतामणि — भाई, हम तो साधु हो जायेंगे। जब इस जीवन में कोई सुख ही नहीं रहा तो जी कर क्या करेंगे? अब बताओ कि आज के दिन जब उत्तम पदार्थ न मिले तो कोई क्यों कर जिए।

मोटेराम — हां भाई, बात तो यथार्थ कहते हो।

चिंतामणि — तो अब तुम्हारा किया कुछ न होगा? साफ-साफ कहो, हम संन्यास ले लें।

मोटेराम — नहीं मित्र, घबराओ मत। जानते नहीं हो, बिना मरे स्वर्ग नहीं मिलता। तर माल खाने के लिए कठिन तपस्या करनी पड़ती है। हमारी राय है कि चलो, इसी समय गंगातट पर चलें और वहां व्याख्यान दें। कौन जाने किसी सज्जन की आत्मा जागृत हो जाय।

चिंतामणि — हां, बात तो अच्छी है; चलो चलें।

दोनों सज्जन उठकर गंगाजी की ओर चले, प्रातःकाल था। सहस्रो मनुष्य स्नान कर रहे थे। कोई पाठ करता था। कितने ही लोग पंडों की चौकियों पर बैठे तिलक लगा रहे थे। कोई-कोई तो गीली धोती ही पहने घर जा रहे थे।

दोनों महात्माओं को देखते ही चारों तरफ से 'नमस्कार', 'प्रणाम' और 'पलागन' की आवाजें आने लगीं। दोनों मित्र इन अभिवादनों का उत्तर देते गंगातट पर जा पहुंचे और स्नानादि में प्रवृत्त हो गये। तत्पश्चात् एक पंडे की चौकी पर भजन गाने लगे। वह ऐसी विचित्र घटना थी कि सैकड़ों आदमी कौतूहलवश आकर एकत्रित हो गये। जब श्रोताओं की संख्या कई सौ तक पहुंच गई तो पंडित मोटेराम गौरवयुक्त भाव से बोले — सज्जनो, आपको ज्ञात है कि जब ब्रह्मा ने इस असार संसार की रचना की तो ब्राह्मणों को अपने मुख से निकाला। किसी को इस विषय में शंका तो नहीं है।

श्रोतागण — नहीं महाराज, आप सर्वथा सत्य कहते हो। आपको कौन काट सकता है।

मोटेराम — तो ब्राह्मण ब्रह्मा के मुख से निकले, यह निश्चय है। इसलिए मुख मानव शरीर का श्रेष्ठतम भाग है। अतएव सुख को सुख पहुंचाना प्रत्येक प्राणी का परम कर्त्तव्य है। है या नहीं? कोई काटता है हमारे वचन को? सामने आये। हम उसे शास्त्र का प्रमाण दे सकते है।

श्रोतागण — महाराज, आप ज्ञानी पुरुष हो। आपको काटने का साहस कौन कर सका है?

मोटेराम — अच्छा, तो जब यह निश्चय हो गया कि मुख को सुख देना प्रत्येक प्राणी का परम धर्म है, तो क्या यह देखना कठिन है कि जो लोग मुख से विमुख है, वे दु:ख के भागी हैं? कोई काटता है इस वचन को?

श्रोतागण — महाराज, आप धन्य हो, आप न्याय-शास्त्र के पंडित हो।

मोटेराम — अब प्रश्न यह होता है कि मुख को सुख कैसे दिया जाए? हम कहते हैं — जैसी तुममें श्रद्धा हो, जैसी तुममें सामर्थ्य हो। इसके अनेक प्रकार है, देवताओं के गुण गाओ, ईश्वर-वंदना करो, सत्संग करो और कठोर वचन न बोलो। इन बातों से मुख को सुख प्राप्त होगा। किसी को विपत्ति में देखो तो उसे ढाढ़स दो। इससे मुख को सुख होगी; किन्तु इन सब उपायों से श्रेष्ठ सबसे उत्तम सबसे उपयोगी एक और ही ढंग है। कोई आपमें ऐसा है जो उसे बतला दे? है कोई, बोले।

श्रोतागण — महाराज, आपके सम्मुख कौन मुंह खोल सकता है। आप ही बताने की कृपा कीजिए।

मोटेराम — अच्छा, तो हम चिल्लाकर, गला फाड़-फाड़कर कर कहते है कि वह इन सब विधियों से श्रेष्ठ है। उसी भांति जैसे चंद्रमा समस्त नक्षत्रों में श्रेष्ठ है।

श्रोतागण — महाराज, अब विलम्ब न कीजिए। यह कौन-सी विधि है।

मोटेराम — अच्छा सुनिए, सावधान होकर सुनिए। वह विधि है मुख को उत्तम पदार्थों का भोजन करवाना, अच्छी-अच्छी वस्तु खिलाना। कोई काटता है हमारी बात को? आये, हम उसे वेद-मत्रों का प्रमाण दें:

एक मनुष्य ने शंका की — यह समझ में नहीं आता कि सत्यभाषाण से मिष्ट-भक्षण क्योंकर मुख के लिए अधिक सुखकारी हो सकता है?

कई मनुष्यों ने कहा — हां-हां, हमें भी यही शंका है। महाराज, इस शंका का समाधान कीजिए।

मोटेराम — और किसी को कोई शंका है? हम बहुत प्रसन्न होकर उसका निवारण करेंगे। सज्जनो, आप पूछते है कि उत्तम पदार्थों का भोजन करना और कराना क्योंकर सत्यभाषण से अधिक सुखदायी है। मेरा उत्तर है कि पहला रूप प्रत्यक्ष है और दूसरा अप्रत्यक्ष। उदाहरणत: कल्पना कीजिए कि मैंने कोई अपराध किया। यदि हाकिम मुझे बुलाकर नम्रतापूर्वक समझाए कि पंडित जी, आपने यह अच्छा काम नहीं किया, आपको ऐसा उचित नहीं था, तो उसका यह दंड मुझे सुमार्ग पर लाने में सफल न होगा। सज्जनो, मैं ऋषि नहीं हूं, मैं दीन-हीन मायाजाल में फंसा हुआ प्राणी हूं। मुझ पर इस दंड का कोई प्रभाव न होगा। मैं हाकिम के सामने से हटते ही फिर उसी कुमार्ग पर चलने लगूंगा। मेरी बात समझ में आती है? कोई उसे काटता है?

श्रोतागण — महाराज! आप विद्यासागर हो, आप पंडितों के भूषण हो। आपको धन्य है।

मोटेराम — अच्छा, अब उसी उदाहरण पर फिर विचार करो। हाकिम ने बुलाकर तत्क्षण कारागार में डाल दिया और वहां मुझे नाना प्रकार के कष्ट दिए गए। अब जब मैं छूटूंगा, तो बरसों तक यातनाओं को याद करता रहूंगा और सम्भवत: कुमार्ग को त्याग दूंगा। आप पूछेंगे, ऐसा क्यों है? दंड दोनों ही है, तो क्यों एक का प्रभाव पड़ता है और दूसरे का नहीं। इसका कारण यही है कि एक का रूप प्रत्यक्ष है और दूसरे का गुप्त। समझे आप लोग?

श्रोतागण — धन्य हो कृपानिधान! आपको ईश्वर ने बड़ी बुद्धि-सामर्थ्य दी है।

मोटेराम — अच्छा, तो अब आपका प्रश्न होता है उत्तम पदार्थ किसे कहते है? मैं इसकी विवेचना करता हूं। जैसे भगवान ने नाना प्रकार के रंग नेत्रों के विनोदार्थ बनाए, उसी प्रकार मुख के लिए भी अनेक रसों को रचना की; किंतु इन समस्त रसों में श्रेष्ठ कौन है? यह अपनी-अपनी रूचि है; लेकिन वेदों और शास्त्रों के अनुसार मिष्ट रस माना जाता है। देवतागण इसी रस पर मुग्ध होते हैं, यहां तक कि सच्चिदानंद, सर्वशक्तिमान् भगवान् को भी मिष्ट पाकों से ही अधिक रुचि है। कोई ऐसे देवता का नाम बता सकता है जो नमकीन वस्तुओं को ग्रहण करता हो? है कोई जो ऐसे एक भी दिव्य ज्योति का नाम बता सके। कोई नहीं हैं। इसी भाँति खट्टे, कडुवे और चरपरे, कसैले पदार्थों से भी देवताओं को प्रीति नहीं है।

श्रोतागण — महाराज, आपकी बुद्धि अपरम्पार है।

मोटेराम — तो यह सिद्ध हो गया कि मीठे पदार्थ सब पदार्थों में श्रेष्ठ हैं। अब आपका पु:न प्रश्न होता है कि क्या समग्र मीठी वस्तुओं से मुख को समान आनन्द प्राप्त होता है? यदि मैं कह दूं 'हां' तो आप चिल्ला उठोगे कि पंडितजी, तुम बावले हो, इसीलिए मैं कहूंगा, 'नहीं' और बारम्बार 'नहीं'। सब मीठे पदार्थ समान रोचकता नहीं रखते। गुड़ और चीनी में बहुत भेद है। इसलिए मुख को सुख देने के लिए हमारा परम कर्त्तव्य है कि हम उत्तम-से-उत्तम मिष्ट पाकों का सेवन करें और कराएं। मेरा अपना विचार है कि यदि आपके थाल में जौनपुर की अमृतियां, आगरे के मोतीचूर, मथुरा के पेड़े, बनारस की कलाकंद, लखनऊ के रसगुल्ले, अयोध्या के गुलाबजामुन और दिल्ली का हलुआ-सोहन हो तो वह ईश्वर-भोग के योग्य है। देवतागण उस पर मुग्ध हो जायेंगे। और जो साहसी, पराक्रमी जीव ऐसे स्वादिष्ट थाल ब्राह्मणों को जिमायेगा, उसे सदेह स्वर्गधाम प्राप्त होगा। यदि आपको श्रद्धा है तो हम आपसे अनुरोध करेंगे कि अपना धर्म अवश्य पालन कीजिए, नहीं तो, मनुष्य बनने का नाम न लीजिए।

पंडित मोटेराम का भाषण समाप्त हो गया। तालियां बजने लगीं। कुछ सज्जनों ने इस ज्ञान-वर्षा और धर्मोपदेश से मुग्ध होकर उन पर फूलों की वर्षा की। तब चिंतामणि ने अपने वाणी को विभूषित किया :

'सज्जनो, आपने मेरे परम मित्र पंडित मोटेराम का प्रभावशाली व्याख्यान सुना और अब मेरे खड़े होने की आवश्यकता न थी; परन्तु जहां मैं उनसे और सभी विषयों में सहमत हूं, वहां उनसे मुझे थोड़ा मतभेद भी है। मेरे विचार में यदि आपके हाथ में केवल जौनपुर की अमृतियां हों तो वह पंचमेल मिठाइयों से कहीं सुखवर्द्धक, कहीं स्वादपूर्ण और कहीं कल्याणकारी होगा। इसे मैं शास्त्रोक्त सिद्ध करता हूं।

मोटेरामजी ने सरोष हो कर कहा — तुम्हारी कल्पना मिथ्या है। आगरे के मोतीचूर और दिल्ली के हलुवा-सोहन के सामने जौनपुर की अमृतियों की तो गणना ही नहीं है।

चिंता० — प्रमाण से सिद्ध कीजिए।

मोटेराम — प्रत्यक्ष के लिए प्रमाण?

चिंता० — यह तुम्हारी मूर्खता है।

मोटेराम — तुम जन्म-भर खाते ही रहे, किंतु खाना न आया।

इस पर चिंतामणिजी ने अपनी आसनी मोटेराम पर चलायी। शास्त्रीजी ने वार खाली दिया और चिंतामणि की ओर मस्त हाथी के समान झपटे; किंतु उपस्थित सज्जनों ने दोनों महात्माओं को अलग-अलग कर दिया।

गुरु-मन्त्र

घर के कलह और निमंत्रणों के अभाव से पंडित चिंतामणिजी के चित्त में वैराग्य उत्पन्न हुआ और उन्होंने संन्यास ले लिया तो उनके परम मित्र पंडित मोटेराम शास्त्रीजी ने उपदेश दिया — मित्र, हमारा अच्छे-अच्छे साधु-महात्माओं से सत्संग रहा है। यह जब किसी भलेमानस के द्वार पर जाते हैं, तो गिड़-गिड़ाकर हाथ नहीं फैलाते और झूठ-मूठ आशीर्वाद नहीं देने लगते कि 'नारायण तुम्हारा चोला मस्त रखे, तुम सदा सुखी रहो।' यह तो भिखारियों का दस्तूर है। सन्त लोग द्वार पर जाते ही कड़क कर हांक लगाते हैं, जिससे घर के लोग चौंक पड़ें और उत्सुक होकर द्वार की ओर दौड़ें। मुझे दो-चार वाणियां मालूम हैं, जो चाहे ग्रहण कर लो। गुदड़ी बाबा कहा करते थे — 'मरें तो पांचों मरें यह ललकार सुनते ही लोग उनके पैरों पर गिर पड़ते थे। सिद्ध बाबा की हांक बहुत उत्तम थी —'खाओ, पीओ, चैन करो, पहनो गहना, पर बाबा जी के सोटे से डरते रहना।' नंगा बाबा कहा करते थे —'दे तो दे, नहीं दिला दे, खिला दे, पिला दे, सुला दे।' यह समझ लो कि तुम्हारा आदर-सत्कार बहुत कुछ तुम्हारी हांक के ऊपर है। और क्या कहूं। भूलना मत। हम और तुम बहुत दिनों साथ रहे, सैकड़ों भोज साथ खाए। जिस नेवते में हम और तुम दोनों पहुंचते थे, तो लाग-डांट से एक-दो पत्तल और उड़ा ले जाते थे। तुम्हारे बिना अब मेरा रंग न जमेगा, ईश्वर तुम्हें सदा सुगंधित वस्तु दिखाए।

चिंतामणि को इन वाणियों में एक भी पसंद न आयी। बोले — मेरे लिए कोई वाणी सोचो।

मोटेराम — अच्छा, यह वाणी कैसी है कि, 'न दोगे तो हम चढ़ बैठेंगे।

चिंतामणि — हां, यह मुझे पसंद है। तुम्हारी आज्ञा हो तो इसमें काट-छांट करुं।

मोटेराम — हां, हां करो।

चिंता॰ — अच्छा, तो इसे इस भांति रखो — न देगा तो हम चढ़ बैठेंगे।

मोटेराम — (उछलकर) नारायण जानता है, यह वाणी अपने रंग में निराली है। भक्ति ने तुम्हारी बुद्धि को चमका दिया है। भला एक बार ललकार कर कहो तो देखें कैसे कहते हो।

चिंतामणि ने दोनों कान उंगलियों से बंद कर लिये और अपनी शक्ति से चिल्लाकर बोले — न देगा तो चढ़ बैठूंगा। यह नाद ऐसा आकाशभेदी था कि मोटेराम भी सहसा चौंक पड़े। चमगादड़ धबड़ाकर वृक्षों पर से उड़ गये, कुत्ते भूंकने लगे।

मोटेराम — मित्र, तुम्हारी वाणी सुन कर मेरा तो कलेजा कांप उठा। ऐसी ललकार कहीं सुनने में न आयी, तुम सिंह की भांति गरजते हो। वाणी तो निश्चित हो गयी अब कुछ दूसरी बातें बताता हूं, कान देकर सुनो। साधुओं की भाषा हमारी बोलचाल से अलग होती है। हम किसी को आप कहते हैं, किसी को तुम। साधु लोग छोटे-बड़े, अमीर-गरीब, बूढ़े-जवान, सबको तू कह कर पुकारते हैं। माई और बाबा का सदैव उचित व्यवहार करते रहना। यह भी याद रखो कि सादी हिंदी कभी मत बोलना; नहीं तो मरम खुल जाएगा। टेढ़ी हिंदी बोलना; यह कहना कि, 'माई मुझको कुछ खिला दे' साधुजनों की भाषा में ठीक नहीं है। पक्का साधु इसी बात को यों कहेगा — माई मेरे को भोजन करा दे, तेरे को बड़ा धर्म होगा।

चिंता० — मित्र, हम तेरे को कहां तक जस गावें। तेरे ने मेरे साथ बड़ा उपकार किया है।

यों उपदेश दे कर मोटेराम विदा हुए। चिंतामणि जी आगे बढ़े तो क्या देखते हैं कि एक गांजे-भांग की दुकान के सामने कई जटाधारी महात्मा बैठे हुए गांजे के दम लगा रहे हैं। चिंतामणि को देख कर एक महात्मा ने अपनी जयकार सुनायी — चल-चल, जल्दी लेके चल नहीं तो अभी करता हूं बेकल।

एक दूसरे साधु ने कड़क कर कहा — अ-रा-रा-रा-धम, आय पहुंचे हम, अब क्या है गम।

अभी यह कड़ाका आकाश में गूंज ही रहा था कि तीसरे महात्मा ने गरज कर अपनी वाणी सुनायी — देस बंगाला, जिसको देखा न भाला, चटपट भर दे प्याला।

चिंतामणि से अब न रहा गया। उन्होंने भी कड़क कर कहा — न देगा तो चढ़ बैठूंगा।

यह सुनते ही साधुजन ने चिंतामणि का सादर अभिवादन किया। तत्क्षण गांजे की चिलम भरी गयी और उसे सुलगाने का भार पंडित जी पर पड़ा। बेचारे बड़े

असमंजस में पड़े। सोचा, अगर चिलम नहीं लेता तो अभी सारी कलई खुल जायगी। विवश होकर चिलम ले ली; किंतु जिसने कभी गांजा न पिया हो, वह बहुत चेष्टा करने पर भी दम नहीं लगा सकता। उन्होंने आंखें बन्द करके अपनी समझ में तो बड़े जोरों से दम लगाया। चिलम हाथ से छूट कर गिर पड़ी, आंखें निकल आयीं, मुंह से फिचकुर निकल आया, मगर न तो मुंह से धुएं के बादल निकले, न चिलम ही सुलगी। उनका यह कच्चापन उन्हें साधु-समाज से च्युत करने के लिए काफी था। दो-तीन साधु झल्ला कर आगे बढ़े और बड़ी निर्दयता से उनका हाथ पकड़ कर उठा दिया।

एक महात्मा — तेरे को धिक्कार है!

दूसरे महात्मा — तेरे को लाज नहीं आती? साधु बना है, मूर्ख?

पंडितजी लज्जित होकर समीप के एक हलवाई की दूकान के सामने जा बैठे और साधु-समाज ने खंजड़ी बजा-बजा कर यह भजन गाना शुरू किया :

माया है संसार संवलिया, माया है संसार;
धर्माधर्म सभी कुछ मिथ्या, यही ज्ञान व्यवहार;
संवलिया, माया है संसार।
गांजे, भंग को वर्जित करते, है उन पर धिक्कार;
संवलिया, माया है संसार।

सौभाग्य के कोड़े

लड़के क्या अमीर के हों, क्या गरीब के, विनोदशील हुआ ही करते हैं। उनकी चंचलता बहुधा उनकी दशा और स्थिति की परवा नहीं करती। नथुवा के मां-बाप दोनों मर चुके थे, अनाथों की भांति वह राय भोलानाथ के द्वार पर पड़ा रहता था। रायसाहब दयाशील पुरुष थे। कभी-कभी एक-आधा पैसा दे देते, खाने को भी घर में इतना जूठा बचता था कि ऐसे-ऐसे कई अनाथ अफर सकते थे, पहनने को भी उनके लड़कों के उतारे मिल जाते थे, इसलिए नथुवा अनाथ होने पर भी दुखी नहीं था। रायसाहब ने उसे एक ईसाई के पंजे से छुड़ाया था। इन्हें इसकी परवा न हुई कि मिशन में उसकी शिक्षा होगी, आराम से रहेगा; उन्हें यह मंजूर था कि वह हिंदू रहे। अपने घर के जूठे भोजन को वह मिशन के भोजन से कहीं पवित्र समझते थे। उनके कमरों की सफाई मिशन पाठशाला की पढ़ाई से कहीं बढ़ कर थी। हिंदू रहे, चाहे जिस दशा में रहे। ईसाई हुआ तो सदा के लिए हाथ से निकल गया।

नथुवा को रायसाहब के बंगले में झाड़ू लगा देने के सिवाय और कोई काम न था। भोजन करके खेलता फिरता था। कर्मानुसार ही उसकी वर्णव्यवस्था भी हो गयी। घर के अन्य नौकर-चाकर उसे भंगी कहते थे और नथुवा को इसमें कोई एतराज न होता था। नाम का स्थिति पर क्या असर पड़ सकता है, इसकी उस गरीब को कुछ खबर न थी। भंगी बनने में कुछ हानि भी न थी। उसे झाड़ू देते समय कभी पैसे पड़े मिल जाते, कभी और कोई चीज। इससे वह सिगरेट लिया करता था। नौकरों के साथ उठने-बैठने से उसे बचपन ही में तम्बाकू, सिगरेट और पान का चस्का पड़ गया।

रायसाहब के घर में यों तो बालकों और बालिकाओं की कमी न थी, दरजनों भांजे-भतीजे पड़े रहते थे; पर उनकी निज की संतान केवल एक पुत्री थी, जिसका नाम रत्ना था। रत्ना को पढ़ाने को दो मास्टर थे, एक मेमसाहब अंग्रेजी पढ़ाने आया करती थीं। रायसाहब की यह हार्दिक अभिलाषा थी कि रत्ना सर्वगुण आगरी हो

और जिस घर में जाय, उसकी लक्ष्मी बने। वह उसे अन्य बालकों के साथ न रहने देते। उसके लिए अपने बंगले में दो कमरे अलग कर दिये थे; एक पढ़ने के लिए दूसरा सोने के लिए। लोग कहते हैं, लाड़-प्यार से बच्चे जिद्दी और शरीर हो जाते है। रत्ना इतने लाड़-प्यार पर भी बड़ी सुशील बालिका थी। किसी नौकर को 'रे' न पुकारती, किसी भिखारी तक को न दुत्कारती। नथुवा को वह पैसे, मिठाइयां दे दिया करती थी। कभी-कभी उससे बातें भी किया करती थी। इससे वह लौंडा उसके मुंह लग गया था।

एक दिन नथुवा रत्ना के सोने के कमरे में झाड़ू लगा रहा था। रत्ना दूसरे कमरे में मेमसाहब से अंग्रेजी पढ़ रही थी। नथुवा की शामत जो आयी तो झाड़ू लगाते-लगाते उसके मन में यह इच्छा हुई कि रत्ना के पलंग पर सोऊं; कैसी उजली चादर बिछी हुई है, गद्दा कितना नरम और माटा है, कैसा सुन्दर दुशाला है! रत्ना इस गद्दे पर कितने आराम से सोती है, जैसे चिड़िया के बच्चे घोंसले में। तभी तो रत्ना के हाथ इतने गोरे और कोमल है, मालूम होता है, देह में रुई भरी हुई है। यहां कौन देखता है। यह सोचकर उसने पैर फर्श पर पोंछे और चटपट पलंग पर आकर लेट गया और दुशाला ओढ़ लिया! गर्व और आनन्द से उसका हृदय पुलकित हो गया। वह मारे खुशी के दो-तीन बार पलंग पर उछल पड़ा। उसे ऐसा मालूम हो रहा था, मानो मैं रुई में लेटा हूं। जिधर करवट लेता था, देह अंगुल भर नीचे धंस जाती थी। यह स्वर्गीय सुख मुझे कहां नसीब! मुझे भगवान् ने रायसाहब का बेटा क्यों न बनाया? सुख का अनुभव होते ही उसे अपनी दशा का वास्तविक ज्ञान हुआ और चित्त क्षुब्ध हो गया। एकाएक रायसाहब किसी जरूरत से कमरे में आए तो नथुवा को रत्ना के पलंग पर लेटे देखा। मारे क्रोध के जल उठे। बोले — क्यों बे सुअर, तू यह क्या कर रहा है?

नथुवा ऐसा घबराया मानो नदी में पैर फिसल पड़े हों। चारपाई से कूद कर अलग खड़ा हो गया और फिर झाड़ू हाथ में ले ली।

रायसाहब ने फिर पूछा — यह क्या कर रहा था, बे?

नथुवा — कुछ तो नहीं सरकार!

रायसाहब — अब तेरी इतनी हिम्मत हो गयी कि रत्ना की चारपाई पर सोये? नमकहराम कहीं का! लाना मेरा हंटर।

हंटर मंगवा कर रायसाहब ने नथुवा को खूब पीटा। बेचारा हाथ जोड़ता था, पैरों पड़ता था, मगर रायसाहब का क्रोध शांत होने का नाम न लेता था। सब नौकर जमा हो गये और नथुवा के जले पर नमक छिड़कने लगे। रायसाहब का क्रोध और

भी बढ़ा। हंटर हाथ से फेंककर ठोकरों से मारने लगे। रत्ना ने यह रोना सुना तो दौड़ी हुई आयी और यह समाचार सुनकर बोली — दादाजी, बेचारा मर जायेगा; अब इस पर दया कीजिए।

रायसाहब — मर जायेगा, उठवा कर फेंकवा दूंगा। इस बदमाशी का मजा तो मिल जायेगा।

रत्ना — मेरी ही चारपाई थी न, मैं उसे क्षमा करती हूं।

रायसाहब — जरा देखो तो अपनी चारपाई की गत। पाजी के बदन की मैल भर गयी होगी। भला, इसे सूझी क्या? क्यों बे, तुझे सूझी क्या?

यह कहकर रायसाहब फिर लपके; मगर नथुवा आकर रत्ना के पीछे दुबक गया। इसके सिवा और कहीं शरण न थी। रत्ना ने रोककर कहा — दादाजी, मेरे कहने से अब इसका अपराध क्षमा कीजिए।

रायसाहब — क्या कहती हो रत्ना, ऐसे अपराधी कहीं क्षमा किये जाते हैं। खैर, तुम्हारे कहने से छोड़ देता हूं, नहीं तो आज जान लेकर छोड़ता। सुना बे, नथुवा, अपना भला चाहता है तो फिर यहां न आना, इसी दम निकल जा, सुअर, नालायक!

नथुवा प्राण छोड़कर भागा। पीछे फिर कर न देखा। सड़क पर पहुंचकर वह खड़ा हो गया। यहां रायसाहब उसका कुछ नहीं कर सकते थे। यहां सब लोग उनकी मुंह देखी तो न कहेंगे। कोई तो कहेगा कि लड़का था, भूल ही हो गयी तो क्या प्राण ले लीजिएगा? यहां मारें तो देखूं, गाली देकर भागूंगा, फिर कौन मुझे पा सकता है। इस विचार से उसकी हिम्मत बंधी। बंगले की तरफ मुंह करके जोर से बोला — यहां आओ तो देखें, और फिर भागा कि कहीं रायसाहब ने सुन न लिया हो।

2

नथुवा थोड़ी ही दूर गया था कि रत्ना की मेम साहबा अपने टमटम पर सवार आती हुई दिखायी दीं। उसने समझा, शायद मुझे पकड़ने आ रही है। फिर भागा, किंतु जब पैरों में दौड़ने की शक्ति न रही तो खड़ा हो गया। उसके मन ने कहा, वह मेरा क्या कर लेंगी, मैंने उनका कुछ बिगाड़ा है? एक क्षण में मेम साहब आ पहुंचीं और टमटम रोककर बोलीं— नाथू, कहां जा रहे हो?

नथुवा — कहीं नहीं।

मेम० — रायसाहब के यहां फिर जायेगा तो वह मारेंगे। क्यों नहीं मेरे साथ चलता। मिशन में आराम से रह। आदमी हो जायेगा।

नथुवा — किरस्तान तो न बनाओगी?

मेम० — किरस्तान क्या भंगी से भी बुरा है, पागल!

नथुवा — न भैया, किरस्तान न बनूंगा।

मेम० — तेरा जी चाहे न बनना, कोई जबरदस्ती थोड़े ही बना देगा। नथुवा थोड़ी देर तक टमटम के साथ चला; पर उसके मन में संशय बना हुआ था। सहसा वह उतर गया। मेम साहब ने पूछा — क्यों, चलता क्यों नहीं?

नथुवा — मैंने सुना है, मिशन में जो कोई जाता है किरस्तान हो जाता है। मैं न जाऊंगा। आप झांसा देती है।

मेम० — अरे पागल, वहां तुझे पढ़ाया जायेगा, किसी की चाकरी न करनी पड़ेगी। शाम को खेलने की छुट्टी मिलेगी। कोट-पतलून पहनने को मिलेगी। चल के दो-चार दिन देख तो ले।

नथुवा ने इस प्रलोभन का उत्तर न दिया। एक गली से होकर भागा। जब टमटम दूर निकल गया तो वह निश्चित होकर सोचने लगा — जाऊं? कहीं कोई सिपाही पकड़कर थाने न ले जाये। मेरी बिरादरी के लोग तो वहां रहते हैं। क्या वह मुझे अपने घर रखेंगे? कौन बैठकर खाऊंगा, काम तो करूंगा। बस, किसी की पीठ पर रहना चाहिए। आज कोई मेरी पीठ पर होता तो मजाल थी कि रायसाहब मुझे यों मारते। सारी बिरादरी जमा हो जाती, घेर लेती, घर की सफाई बंद हो जाती, कोई द्वार पर झाडू तक न लगाता। सारी रायसाहबी निकल जाती। यह निश्चय करके वह घूमता-घामता भंगियों के मुहल्ले में पहुंचा। शाम हो गयी थी, कई भंगी एक पेड़ के नीचे चटाइयों पर बैठे शहनाई और तबला बजा रहे थे। वह नित्य इसका अभ्यास करते थे। यह उनकी जीविका थी। गान-विद्या की यहां जितनी छीछालेदार हुई है, उतनी और कहीं न हुई होगी! नथुवा जाकर वहां खड़ा हो गया। उसे बहुत ध्यान से सुनते देखकर एक भंगी ने पूछा — कुछ गाता है?

नथुवा — अभी तो नहीं गाता; पर सिखा दोगे तो गाने लगूंगा।

भंगी — बहाना मत कर, बैठ; कुछ गाकर सुना, मालूम तो हो कि तेरे गला भी है या नहीं, गला ही न होगा तो क्या कोई सिखायेगा।

नथुवा मामूली बाजार के लड़कों की तरह कुछ-न-कुछ गाना जानता ही था, रास्ता चलता तो कुछ-न-कुछ गाने लगता था। तुरंत गाने लगा। उस्ताद ने सुना। जौहरी था, समझ गया यह कांच का टुकड़ा नहीं। बोला — कहां रहता है?

नथुवा ने अपनी रामकहानी सुनायी, परिचय हो गया। उसे आश्रय मिल गया और विकास का वह अवसर मिल गया, जिसने उसे भूमि से आकाश पर पहुंचा दिया।

3

तीन साल उड़ गये, नथुवा के गाने की सारे शहर में धूम मच गयी। और यह केवल एक गुणी नहीं, सर्वगुणी था; गाना, शहनाई बजाना, पखावज, सारंगी, तम्बूरा, सितार — सभी कलाओं में दक्ष हो गया। उस्तादों को भी उसकी चमत्कारिक बुद्धि पर आश्चर्य होता था। ऐसा मालूम होता था कि उसने पहले की पढ़ी हुई विद्या दुहरा ली है। लोग दस-दस सालों तक सितार बजाना सीखते रहते है और नहीं आता, नथुवा को एक महीने में उसके तारों का ज्ञान हो गया। ऐसे कितने ही रत्न पड़े हुए हैं, जो किसी पारखी से भेंट न होने के कारण मिट्टी में मिल जाते है।

संयोग से इन्हीं दिनों ग्वालियर में एक संगीत-सम्मेलन हुआ। देश-देशांतरों से संगीत के आचार्य निमंत्रित हुए। उस्ताद घूरे को भी नेवता मिला। नथुवा इन्हीं का शिष्य था। उस्ताद ग्वालियर चले तो नाथू को भी साथ लेते गये। एक सप्ताह तक ग्वालियर में बड़ी धूमधाम रही। नाथूराम ने वहां खूब नाम कमाया। उसे सोने का तमगा इनाम मिला। ग्वालियर के संगीत-विद्यालय के अध्यक्ष ने उस्ताद घूरे से आग्रह किया, नाथूराम को संगीत-विद्यालय में दाखिल करा दो। यहां संगीत के साथ उसकी शिक्षा भी हो जायेगी। घूरे को मानना पड़ा। नाथूराम भी राजी हो गया।

नाथूराम ने पांच वर्षों में विद्यालय की सर्वोच्च उपाधि प्राप्त कर ली। इसके साथ-साथ भाषा, गणित और विज्ञान में उसकी बुद्धि ने अपनी प्रखरता का परिचय दिया। अब वह समाज का भूषण था। कोई उससे न पूछता था, कौन जाति हो। उसका रहन-सहन, तौर-तरीका अब गायकों का-सा नहीं, शिक्षित समुदाय का-सा था। अपने सम्मान की रक्षा के लिए वह ऊंचे वर्णवालों का-सा आचरण रखने लगा। मदिरा-मांस त्याग दिया, नियमित रूप से संध्योपासना करने लगा। कोई कुलीन ब्राह्मण भी इतना आचार-विचार न करता होगा। नाथूराम तो पहले ही उसका नाम हो चुका था। अब उसका कुछ और सुसंस्कार हुआ। वह ना० रा० आचार्य मशहूर हो गया। साधारणत: लोग 'आचार्य' ही कहा करते थे। राज्य-

दरबार से उसे अच्छा वेतन मिलने लगा। 18 वर्ष की आयु में इतनी ख्याति विरले ही किसी गुणी को नसीब होती है। लेकिन ख्याति-प्रेम वह प्यास है, जो कभी नहीं बुझती, वह अगस्तय ऋषि की भांति सागर को पीकर भी शांत नहीं होती। महाशय आचार्य ने यूरोप को प्रस्थान किया। वह पाश्चात्य संगीत पर भी अधिकृत होना चाहते थे। जर्मनी के सबसे बड़े संगीत-विद्यालय में दाखिल हो गये और पांच वर्षों के निरंतर परिश्रम और उद्योग के बाद आचार्य की पदवी लेकर इटली की सैर करते हुए ग्वालियर लौट आये और उसके एक ही सप्ताह के बाद मदन कम्पनी ने उन्हें तीन हजार रुपये मासिक वेतन पर अपनी शाखाओं का निरीक्षक नियुक्त किया। वह योरोप जाने के पहले ही हजारों रुपये जमा कर चुके थे। योरोप में भी ओपेराओं और नाट्य शालाओं में उनकी खूब आवभगत हुई थी। कभी-कभी एक दिन में इतनी आमदनी हो जाती थी, जितनी यहां के बड़े-से-बड़े गवैयों को बरसों में भी नहीं होती। लखनऊ से विशेष प्रेम होने के कारण उन्होंने वहीं निवास करने का निश्चय किया।

4

आचार्य महाशय लखनऊ पहुंचे तो उनका चित्त गदगद हो गया। यही उनका बचपन बीता था, यहीं एक दिन वह अनाथ थे, यहीं गलियों में कनकौए लूटते फिरते थे, यहीं बाजारों में पैसे मांगते फिरते थे। आह! यहीं उन पर हंटरों की मार पड़ी थी, जिसके निशान अब तक बने थे। अब यह दाग उन्हें सौभाग्य की रेखाओं से भी प्रिय लगते। यथार्थ में यह कोड़े की मार उनके लिए शिव का वरदान थी। रायसाहब के प्रति अब उनके दिल में क्रोध या प्रतिकार का लेशमात्र भी न था। उनकी बुराइयां भूल गयी थीं, भलाइयां याद रह गयी थीं; और रत्ना तो उन्हें दया और वात्सल्य की मूर्ति-सी याद आती। विपत्ति पुराने घावों को बढ़ाती है, सम्पत्ति उन्हें भर देती है! गाड़ी से उतरे तो छाती धड़क रही थी। 10 वर्ष का बालक 23 वर्ष का जवान, शिक्षित-भद्र युवक हो गया था। उसकी मां भी उसे देखकर न कह सकती कि यही मेरा नथुवा है। लेकिन उनकी कायापलट की अपेक्षा नगर की कायापलट और भी विस्मयकारी थी। यह लखनऊ नहीं, कोई दूसरा ही नगर था।

स्टेशन से बाहर निकलते ही देखा कि शहर के कितने ही छोटे-बड़े आदमी उनका स्वागत करने को खड़े हैं। उनमें एक युवती रमणी थी, जो रत्ना से बहुत

मिलती थी। लोगों ने उनसे हाथ मिलाया और रत्ना ने उनके गले में फूलों का हार डाल दिया। यह विदेश में भारत का नाम रोशन करने का पुरस्कार था। आचार्य के पैर डगमगाने लगे, ऐसा जान पड़ता था, अब नहीं खड़े रह सकते। यह वही रत्ना है। भोली-भाली बालिका ने सौंदर्य, लज्जा, गर्व और विनय की देवी का रूप धारण कर लिया है। उनकी हिम्मत न पड़ी कि रत्ना की तरफ सीधी आंखों देख सकें।

लोगों से हाथ मिलाने के बाद वह उस बंगले में आये जो उनके लिए पहले ही से सजाया गया था। उसको देखकर वे चौंक पड़े; यह वही बंगला था जहां रत्ना के साथ वह खेलते थे; सामान भी वही था, तस्वीरें वही, कुर्सिया और मेजें वही, शीशे के आलात वही, यहां तक कि फर्श भी वही था। उसके अंदर कदम रखते हुए आचार्य महाशय के हृदय में कुछ वही भाव जागृत हो रहे थे, जो किसी देवता के मंदिर में जाकर धर्म परायण हिंदू के हृदय में होते हैं। वह रत्ना के शयनागार में पहुंचे तो उनके हृदय में ऐसी ऐंठन हुई कि आंसू बहने लगे — यह वही पलंग है, वही बिस्तर और वही फर्श! उन्होंने अधीर होकर पूछा — यह किसका बंगला है?

कम्पनी का मैनेजर साथ था, बोला — एक राय भोलानाथ है, उन्हीं का है।

आचार्य — रायसाहब कहां गये?

मैनेजर — खुदा जाने कहां गये। यह बंगला कर्ज की इल्लत में नीलाम हो रहा था। मैंने देखा हमारे थियेटर से करीब है। अधिकारियों से खतोकिताबत की और इसे कम्पनी के नाम खरीद लिया, 40 हजार में यह बंगला सामान समेत लिया गया।

आचार्य — मुफ्त मिल गया, तुम्हें रायसाहब की कुछ खबर नहीं?

मैनेजर — सुना था कि कहीं तीर्थ करने गये थे, खुदा जाने लौटे या नहीं।

आचार्य महाशय जब शाम को सावधान होकर बैठे तो एक आदमी से पूछा — क्यों जी, उस्ताद घूरे का भी हाल जानते हो, उनका नाम बहुत सुना है।

आदमी ने सकरुण भाव से कहा — खुदावंद, उनका हाल कुछ न पूछिए, शराब पीकर घर आ रहे थे, रास्ते में बेहोश होकर सड़क पर गिर पड़े। उधर से एक मोटर लारी आ रही थी। ड्राइवर ने देखा नहीं, लारी उनके ऊपर से निकल गयी। सुबह को लाश मिली। खुदावंद अपने फन में एक था, अब उसकी मौत से लखनऊ वीरान हो गया, अब ऐसा कोई नहीं रहा जिस पर लखनऊ को घमंड हो। नथुवा नाम के एक लड़के को उन्होंने कुछ सिखाया था और उससे हम लोगों को

उम्मीद थी कि उस्ताद का नाम जिंदा रखेगा, पर वह यहां से ग्वालियर चला गया, पता नहीं कि कहां गया।

आचार्य महाशय के प्राण सूखे जाते थे कि अब बात खुली, अब खुली, दम रुका हुआ था। जैसे कोई तलवार लिये सिर पर खड़ा हो। बारे कुशल हुई, घड़ा चोट खाकर भी बच गया।

5

आचार्य महाशय उस घर में रहते थे, किन्तु उसी तरह जैसे कोई नयी बहू अपने ससुराल में रहे। उनके हृदय से पुराने संस्कार न मिटते थे। उनकी आत्मा इस यथार्थ को स्वीकार न करती कि अब यह मेरा घर है। वह जोर से हंसते तो सहसा चौंक पड़ते। मित्रगण आकर शोर मचाते तो उन्हें एक अज्ञात शंका होती थी। लिखने-पढ़ने के कमरे में शायद वह सोते तो उन्हें रात-भर नींद न आती, यह खयाल दिल में जमा हुआ था कि यह पढ़ने-लिखने का कमरा है। बहुत अच्छा होने पर भी वह पुराने सामान को बदल न सकते थे। और रत्ना के शयनागार को तो उन्होंने फिर कभी नहीं खोला। वह ज्यों-का-त्यों बंद पड़ा रहता था। उसके अंदर जाते हुए उनके पैर थरथराने लगते थे। उस पलंग पर सोने का ध्यान ही उन्हें नहीं आया।

लखनऊ में कई बार उन्होंने विश्वविद्यालय में अपने संगीत-नैपुण्य का चमत्कार दिखाया। किसी राजा-रईस के घर अब वह गाने न जाते थे, चाहे कोई उन्हें लाखों रुपये ही क्यों न दे; यह उनका प्रण था। लोग उनका अलौकिक गान सुनकर अलौकिक आनंद उठाते थे।

एक दिन प्रात:काल आचार्य महाशय संध्या से उठे थे कि राय भोलानाथ उनसे मिलने आये। रत्ना भी उनके साथ थी। आचार्य महाशय पर रोब छा गया। बड़े-बड़े योरोपी थियेटरों में भी उनका हृदय इतना भयभीत न हुआ था। उन्होंने जमीन तक झुककर रायसाहब को सलाम दिया। भोलानाथ उनकी नम्रता से कुछ विस्मित-से हो गये। बहुत दिन हुए जब लोग उन्हें सलाम किया करते थे। अब तो जहां जाते थे, हंसी उड़ाई जाती थी। रत्ना भी लज्जित हो गयी। रायसाहब ने कातर नेत्रों से इधर-उधर देखकर कहा — आपको यह जगह तो पसन्द आयी होगी।

आचार्य — जी हां, इससे उत्तम स्थान की तो मैं कल्पना ही नहीं कर सकता।

भोलानाथ — यह मेरा ही बंगला है। मैंने ही इसे बनवाया और मैंने ही इसे बिगाड़ भी दिया।

रत्ना ने झेंपते हुए कहा — दादाजी इन बातों से क्या फायदा?

भोला० — फायदा नहीं है बेटी, नुकसान भी नहीं। सज्जनों से अपनी विपत्ति कह कर चित्त शांत होता है। महाशय, यह मेरा ही बंगला है, या यों कहिए कि था। 50 हजार सालाना इलाके से मिलते थे। पर कुछ आदमियों की संगत में मुझे सट्टे का चस्का पड़ गया। दो-तीन बार ताबड़-तोड़ बाजी हाथ आयी, हिम्मत खुल गयी, लाखों के वारे-न्यारे होने लगे, किन्तु एक ही घाटे में सारी कसर निकल गयी। बधिया बैठ गयी। सारी जायदाद खो बैठा। सोचिए, पचीस लाख का सौदा था। कौड़ी चित्त पड़ती तो आज इस बंगले का कुछ और ही ठाठ होता, नहीं तो अब पिछले दिनों को याद कर-करके हाथ मलता हूं। मेरी रत्ना को आपके गाने से बड़ा प्रेम है। जब देखो आप ही की चर्चा किया करती है। इसे मैंने बी० ए० तक पढ़ाया…

रत्ना का चेहरा शर्म से लाल हो गया। बोली — दादा जी, आचार्य महाशय मेरा हाल जानते हैं, उनको मेरे परिचय की जरूरत नहीं। महाशय, क्षमा कीजिएगा, पिता जी उस घाटे के कारण कुछ अव्यवस्थित, चित्त-से हो गये हैं। वह आपसे यह प्रार्थना करने आये हैं कि यदि आपको कोई आपत्ति न हो तो वह कभी-कभी इस बंगले को देखने आया करें। इससे उनके आंसू पुंछ जायेंगे। उन्हें इस विचार से सन्तोष होगा कि मेरा कोई मित्र इसका स्वामी है। बस, यही कहने के लिए यह आपकी सेवा में आये हैं।

आचार्य ने विनयपूर्ण शब्दों में कहा — इसके पूछने की जरूरत नहीं है। घर आपका है, जिस वक्त जी चाहे शौक से आयें, बल्कि आपको इच्छा हो तो आप इसमें रह सकते हैं; मैं अपने लिए कोई दूसरा स्थान ठीक कर लूंगा।

रायसाहब ने धन्यवाद दिया और चले गये। वह दूसरे-तीसरे दिन यहां जरूर आते और घंटों बैठे रहते। रत्ना भी उनके साथ अवश्य आती, फिर वह एक बार प्रतिदिन आने लगे।

एक दिन उन्होंने आचार्य महाशय को एकांत में ले जा कर पूछा — क्षमा कीजिएगा, आप अपने बाल-बच्चों को क्यों नहीं बुला लेते? अकेले तो आपको बहुत कष्ट होता होगा।

आचार्य — मेरा तो अभी विवाह नहीं हुआ और न करना चाहता हूं।

यह कहते ही आचार्य महाशय ने आंखें नीची कर लीं।

भोलानाथ — यह क्यों विवाह से आपको क्यों द्वेष है?

आचार्य — कोई विशेष कारण तो नहीं बता सकता, इच्छा ही तो है।

भोला॰ — आप ब्राह्मण हैं?

आचार्य जी का रंग उड़ गया। सशंक होकर बोले — योरोप की यात्रा के बाद वर्णभेद नहीं रहता। जन्म से चाहे जो कुछ हूं, कर्म से तो शूद्र ही हूं।

भोलानाथ — आपकी नम्रता को धन्य है, संसार में ऐसे सज्जन लोग भी पड़े हुए हैं, मैं भी कर्मों ही से वर्ण मानता हूं। नम्रता, शील, विनय, आचार, धर्मनिष्ठा, विद्याप्रेम, यह सब ब्राह्मणों के गुण हैं और मैं आपको ब्राह्मण ही समझता हूं। जिसमें यह गुण नहीं ब्राह्मण नहीं; कदापि नहीं। रत्ना को आपसे बड़ा प्रेम है। आज तक कोई पुरुष उसकी आँखों में नहीं जंचा, किन्तु आपने उसे वशीभूत कर लिया इस धृष्टता को क्षमा कीजिएगा, आपके माता-पिता ...

आचार्य — मेरे माता-पिता तो आप ही है। जन्म किसने दिया, यह मैं स्वयं नहीं जानता। मैं बहुत छोटा था तभी उनका स्वर्गवास हो गया।

रायसाहब — आह! वह आज जीवित होते तो आपको देख कर उनकी गज-भर की छाती होती। ऐसे सपूत बेटे कहां होते हैं।

इतने में रत्ना एक कागज लिए हुए आयी और रायसाहब से बोली — दादाजी, आचार्य महाशय काव्य-रचना भी करते हैं, मैं इनकी मेज पर से यह उठा लायी हूं। सरोजिनी नायडू के सिवा ऐसी कविता मैंने और कहीं नही देखी।

आचार्य ने छिपी हुई निगाहों से एक बार रत्ना को देखा और झेंपते हुए बोले — यों ही कुछ लिख लिया था। मैं काव्य-रचना क्या जानूं?

6

प्रेम से दोनों विह्वल हो रहे थे। रत्ना गुणों पर मोहित थी, आचार्य उसके मोह के वशीभूत थे। अगर रत्ना उनके रास्ते में न आती तो कदाचित वह उससे परिचित भी न होते! किंतु प्रेम की फैली हुई बांहों का आकर्षण किस पर न होगा? ऐसा हृदय कहां है, जिसे प्रेम जीत न सके?

आचार्य महाशय बड़ी दुविधा में पड़े हुए थे। उनका दिल कहता था, जिस क्षण रत्ना पर मेरी असलियत खुल जाएगी, उसी क्षण वह मुझसे सदैव के लिए मुंह फेर लेगी! वह कितनी ही उदार हो जाति के बंधन को कितना ही कष्टमय समझती हो, किंतु उस घृणा से मुक्त नहीं हो सकती जो स्वभावतः मेरे प्रति उत्पन्न

होगी। मगर इस बात को जानते हुए भी उनकी हिम्मत न पड़ती थी कि अपना वास्तविक स्वरूप खोलकर दिखा दें। आह! यदि घृणा ही तक होती तो कोई बात न थी, मगर उसे दुःख होगा, पीड़ा होगी, उसका हृदय विदीर्ण हो जाएगा, उस दशा में न जाने क्या कर बैठे। उसे इस अज्ञात दशा में रखे हुए प्रणय-पाश को दृढ़ करना उन्हें परले सिरे की नीचता प्रतीत होती थी। यह कपट है, दगा है, धूर्तता है जो प्रेमाचरण में सर्वथा निषिद्ध है। इस संकट में पड़े हुए वह कुछ निश्चय न कर सकते थे कि क्या करना चाहिए। उधर रायसाहब को आमदोरफ्त दिनोंदिन बढ़ती जाती थी। उनके मन की बात एक-एक शब्द से झलकती थी। रत्ना का आना-जाना बंद होता जाता था जो उनके आशय को और भी प्रकट करता था। इस प्रकार तीन-चार महीने व्यतीत हो गये। आचार्य महाशय सोचते, यह वही रायसाहब हैं, जिन्होंने केवल रत्ना की चारपाई पर जरा देर लेट रहने के लिए मुझे मारकर घर से निकाल दिया था। जब उन्हें मालूम होगा कि मैं वही अनाथ, अछूत, आश्रयहीन बालक हूं तो उन्हें कितनी आत्मवेदना, कितनी अपमान-पीड़ा, कितनी लज्जा, कितनी दुराशा, कितना पश्चात्ताप होगा!

एक दिन रायसाहब ने कहा — विवाह की तिथि निश्चित कर लेनी चाहिए। इस लग्न में मैं इस ऋृण से उऋृण हो जाना चाहता हूं।

आचार्य महाशय ने बात का मतलब समझ कर भी प्रश्न किया — कैसी तिथि?

रायसाहब — यही रत्ना के विवाह की। मैं कुंडली का तो कायल नहीं, पर विवाह तो शुभ मुहूर्त में ही होगा।

आचार्य भूमि की ओर ताकते रहे, कुछ न बोले।

रायसाहब — मेरी अवस्था तो आपको मालूम ही है। कुश-कन्या के सिवा और किसी योग्य नहीं हूं। रत्ना के सिवा और कौन है, जिसके लिए उठा रखता।

आचार्य महाशय की आंखों से आंसू बह रहे थे।

रायसाहब — मुझे पूरा विश्वास है कि आपको ईश्वर ने उसी के लिए यहां भेजा है। मेरी ईश्वर से यही याचना है कि तुम दोनों का जीवन सुख से कटे। मेरे लिए इससे ज्यादा खुशी की और कोई बात नहीं हो सकती। इस कर्त्तव्य से मुक्त होकर इरादा है कुछ दिन भगवत्-भजन करूं। गौण रूप से आप ही उस फल के भी अधिकारी होंगे।

आचार्य ने अवरुद्ध-कंठ से कहा — महाशय, आप मेरे पिता तुल्य है, पर मैं इस योग्य कदापि नहीं हूं।

रायसाहब ने उन्हें गले लगाते हुए कहा — बेटा, तुम सर्वगुण-सम्पन्न हो। तुम समाज के भूषण हो। मेरे लिए यह महान् गौरव की बात है कि तुम-जैसा दामाद पाऊं। मैं आज तिथि आदि ठीक करके कल आपको सूचना दूंगा।

यह कह कर रायसाहब उठ खड़े हुए। आचार्य कुछ कहना चाहते थे, पर मौक न मिला, या यों कहो हिम्मत न पड़ी। इतना मनोबल न था, घृणा सहन करने की इतनी शक्ति न थी।

7

विवाह हुए महीना-भर हो गया। रत्ना के आने से पतिगृह उजाला हो गया है और पति-हृदय पवित्र। सागर में कमल खिल गया। रात का समय था। आचार्य महाशय भोजन करके लेटे हुए थे, उसी पलंग पर जिसने किसी दिन उन्हें घर से निकलवाया था, जिसने उनके भाग्यचक्र को परिवर्तित कर दिया था।

महीना-भर से वह अवसर ढूंढ़ रहे है कि वह रहस्य रत्ना को बतला दूं। उनका संस्कारों से दबा हुआ हृदय यह नहीं मानता कि मेरा सौभाग्य मेरे गुणों ही का अनुग्रह है। वह अपने रुपये को भट्ठी में पिघला कर उसका मूल्य जानने की चेष्टा कर रहे हैं। किन्तु अवसर नहीं मिलता। रत्ना ज्यों ही सामने आ जाती है, वह मंत्रमुग्ध-से हो जाते हैं। बाग में रोने कौन जाता है, रोने के लिए तो अंधेरी कोठरी ही चाहिए।

इतने में रत्ना मुस्कराती हुई कमरे में आयी। दीपक की ज्योति मंद पड़ गयी।

आचार्य ने मुस्करा कर कहा — अब चिराग गुल कर दूं न?

रत्ना बोली — क्यों, क्या मुझसे शर्म आती है?

आचार्य — हां, वास्तव में शर्म आती है।

रत्ना — इसलिए कि मैंने तुम्हें जीत लिया?

आचार्य — नहीं, इसलिए कि मैंने तुम्हें धोखा दिया।

रत्ना — तुममें धोखा देने की शक्ति नहीं है।

आचार्य — तुम नहीं जानतीं। मैंने तुम्हें बहुत बड़ा धोखा दिया है।

रत्ना — सब जानती हूं।

आचार्य — जानती हो मैं कौन हूं?

रत्ना — खूब जानती हूं। बहुत दिनों से जानती हूं। जब हम-तुम दोनों इसी बगीचे में खेला करते थे, मैं तुमको मारती थी और तुम रोते थे, मैं तुमको अपनी जूठी मिठाइयां देती थी और तुम दौड़ कर लेते थे, तब भी मुझे तुमसे प्रेम था; हां, वह दया के रूप में व्यक्त होता था।

आचार्य ने चकित हो कर कहा — रत्ना यह जान कर भी तुमने ...

रत्ना — हां, जान कर ही। न जानती तो शायद न करती।

आचार्य — यह वही चारपाई है।

रत्ना — और मैं घाते में।

आचार्य ने उसे गले लगा कर कहा — तुम क्षमा की देवी हो।

रत्ना ने उत्तर दिया — मैं तुम्हारी चेरी हूं।

आचार्य — रायसाहब भी जानते हैं?

रत्ना — नहीं, उन्हें नहीं मालूम है। उनसे भूल कर भी न कहना, नहीं तो वह आत्मघात कर लेंगे।

आचार्य — वह कोड़े अभी तक याद हैं।

रत्ना — अब पिताजी के पास उसका प्रायश्चित करने के लिए कुछ नहीं रह गया। क्या अब भी तुम्हें संतोष नहीं हुआ?

विचित्र होली

होली का दिन था; मिस्टर ए० बी० क्रास शिकार खेलने गये हुए थे। साईस अर्दली, मेहतर, भिश्ती, ग्वाला, धोबी सब होली मना रहे थे। सबों ने साहब के जाते ही खूब गहरी भंग चढ़ायी थी और इस समय बगीचे में बैठे हुए होली, फाग गा रहे थे। पर रह-रह कर बंगले के फाटक की तरफ झांक लेते थे कि साहब आ तो नहीं रहे हैं। इतने में शेख नूरअली आ कर सामने खड़े हो गये।

साईस ने पूछा — कहो खानसामाजी, साहब कब आयेंगे?

नूरअली बोला — उसका जब जी चाहे आये, मेरा आज इस्तीफा है। अब इसकी नौकरी न करूंगा।

अर्दली ने कहा — ऐसी नौकरी फिर न पाओगे। चार पैसे ऊपर की आमदनी है। नाहक छोड़ते हो।

नूरअली — अजी, लानत भेजो! अब मुझसे गुलामी न होगी। यह हमें जूतों से ठुकरायें और हम इनकी गुलामी करें! आज यहां से डेरा कूच है। आओ, तुम लोगों की दावत करुं। चले आओ कमरे में आराम से मेज पर डट जाओ, वह बोतलें पिलाऊं कि जिगर ठंडा हो जाय।

साईस — और जो कहीं साहब आ जायं?

नूरअली — वह अभी नहीं आने का। चले आओ।

साहबों के नौकर प्राय: शराबी होते हैं। जिस दिन से साहब के यहां गुलामी लिखायी, उसी दिन से यह बला उनके सिर पड़ ज़ाती है। जब मालिक स्वयं बोतल-की-बोतल उंडेल जाता हो, तो भला नौकर क्यों चूकने लगे। यह निमंत्रण पा कर सब-के-सब खिल उठे। भंग का नशा चढ़ा ही हुआ था। ढोल-मंजीरे छोड-छोड़ कर नूरअली के साथ चले और साहब के खाने के कमरे में कुर्सियों पर आ बैठे। नूरअली ने ह्विस्की की बोतल खोलकर ग्लास भरे और चारों ने चढ़ाना शुरू कर दिया। ठर्रा पीने वाले ने जब यह मजेदार चीजें पायी तो ग्लास लुढ़काने लगे।

खानसामा भी उत्तेजित करता जाता था। जरा देर में सबों के सिर फिर गये। भय जाता रहा। एक ने होली छेड़ी, दूसरे ने सुर मिलाया। गाना होने लगा। नूरअली ने ढोल-मजीरा ला कर रख दिया। वहीं मजलिस जम गयी। गाते-गाते एक उठ कर नाचने लगा। दूसरा उठा। यहां तक कि सब-के-सब कमरे में चौकड़ियां भरने लगे। हू-हक मचने लगा। कबीर, फाग, चौताल, गाली-गलौज, मार-पीट बारी-बारी सबका नम्बर आया। सब ऐसे निडर हो गये थे, मानो अपने घर में है। कुर्सियां उलट गयीं। दीवारों पर की तसवीरें टूट गयीं। एक ने मेज उलट दी। दूसरे ने रिकाबियों को गेंद बना कर उछालना शुरू किया।

यहां यही हंगामा मचा हुआ था कि शहर के रईस लाला उजागरमल का आगमन हुआ। उन्होंने यह कौतुक देखा तो चकराये। खानसामा से पूछा — यह क्या गोलमाल है शेखजी, साहब देखेंगे तो क्या कहेंगे?

नूरअली — साहब का हुक्म ही ऐसा है तो क्या करें। आज उन्होंने अपने नौकरों की दावत की है, उनसे होली खेलने को भी कहा है। सुनते है, लाट साहब के यहां से हुक्म आया है कि रिआया के साथ खूब रब्त-जब्त रखो, उनके त्योहारों में शरीक हो। तभी तो यह हुक्म दिया है, नहीं तो इनके मिजाज ही न मिलते थे। आइए, तशरीफ रखिए। निकालूं कोई मजेदार चीज! अभी हाल में विलायत से पारसल आया है।

राय उजागरमल बड़े उदार विचारों के मनुष्य थे। अंग्रेजी दावतों में बेधड़क शरीक होते थे, रहन-सहन भी अंग्रेजी ही था और यूनियन क्लब के तो वह एकमात्र कर्त्ता ही थे, अंग्रेजों से उनकी खूब छनती है और मिस्टर क्रास तो उनके परम मित्र ही थे। जिलाधीश से, चाहे वह कोई हो, सदैव उनकी घनिष्ठता रहती थी। नूरअली की बातें सुनते ही एक कुर्सी पर बैठ गये और बोले — अच्छा! यह बात है? हां, तो फिर निकालो कोई मजेदार चीज! कुछ गजल भी हो।

नूरअली — हजूर, आपके लिए सब-कुछ हाजिर है।

लाला साहब कुछ तो घर ही से पीकर चले थे, यहां कई ग्लास चढ़ाये तो जबान लड़खड़ाते हुए बोले — क्यों नूरअली, आज साहब होली खेलेंगे?

नूरअली — जी हां।

उजागर० — लेकिन मैं रंग-वंग तो लाया नहीं। भेजो चटपट किसी को मेरी कोठी से रंग-पिचकारी वगैरह लाये। (साईस से) क्यों घसीटे, आज तो बड़ी बहार है।

घसीटे — बड़ी फहार, बहार है, होली है!

उजागर० — (गाते हुए) आज साहब के साथ मेरी होली, मचेगी, आज साहब के साथ मेरी होली मचेगी, खूब पिचकारी चलाऊंगा।

घसीटे — खूब अबीर लगाऊंगा।

ग्वाला — खूब गुलाल उड़ाऊंगा।

धोबी — बोतल-पर-बोतल चढ़ाऊंगा।

अरदली — खूब कबीरे सुनाऊंगा।

उजागर० — आज साहब के साथ मेरी होली मचेगी।

नूरअली — अच्छा, सब लोग संभल जाओ। साहब का मोटर आ रहा है। सेठजी, यह लीजिए मैं दौड़ कर रंग-पिचकारी लाया, बस एक चौताल छेड़ दीजिए और जैसे ही साहब कमरे में आयें, उन पर पिचकारी छोड़िए और (दूसरे से) तुम लोग भी उनके मुंह में गुलाल मलो, साहब मारे खुशी के फूल जायेंगे। वह लो, मोटर हाते में आ गया। होशियार!

2

मिस्टर क्रास अपनी बंदूक हाथ में लिये मोटर से उतरे और लगे आदमियों को बुलाने; पर वहां तो जोरों से चौताल हो रहा था, सुनता कौन है। चकराये, यह मामला क्या है। क्या सब मेरे बंगले में गा रहे है? क्रोध से भरे हुए बंगले में दाखिल हुए तो डाइनिंगरूम (भोजन करने के कमरे) में से गाने की आवाज आ रही थी। अब क्या था? जामे से बाहर हो गये। चेहरा विकृत हो गया। हंटर उतार लिया और डाइनिंग रूम की ओर चले; लेकिन अभी तक एक कदम दरवाजे के बाहर ही था कि सेठ उजागरमल ने पिचकारी छोड़ी। सारे कपड़े तर हो गये। आंखों में भी रंग घुस गया। आंखें पोंछ ही रहे थे कि साईस, ग्वाला सब-के-सब दौड़े और साहब को पकड़ कर उनके मुंह में रंग मलने लगे। धोबी ने तेल और कालिख का पाउडर लगा दिया। साहब के क्रोध की सीमा न रही, हंटर लेकर सबों को अंधाधुंध पीटने लगा। बेचारे सोचे हुए थे कि साहब खुश हो कर इनाम देंगे। हंटर पड़े तो नशा हिरन हो गया। कोई इधर भागा, कोई उधर। सेठ उजागरमल ने यह रंग देखा तो ताड़ गये कि नूरअली ने झांसा दिया। एक कोने में दबक रहे। जब कमरा नौकरों से खाली हो गया; तो साहब उनकी ओर बढ़े। लाला साहब के होश उड़ गये। तेजी से कमरे के बाहर निकले और सिर पर पैर रखकर बेतहाशा भागे। साहब उनके पीछे दौड़े। सेठजी की फिटन फाटक पर खड़ी थी। घोड़े ने

धम-धम खटपट सुनी तो चौंका। कनौतियां खड़ी कीं और फिटन को लेकर भागा। विचित्र दृश्य था। आगे-आगे फिटन, उसके पीछे सेठ उजागरमल, उनके पीछे हंटरधारी मिस्टर क्रास। तीनों बगटुट दौड़े चले जाते थे। सेठजी एक बार ठोकर खा कर गिरे पर साहब के पहुंचते-पहुंचते संभलकर उठे। हाते के बाहर सड़क तक घुड़दौड़ रही। अंत में साहब रुक गये। मुंह में कालिख लगाये अब और आगे जाना हास्यजनक मालूम हुआ। यह विचार भी हुआ कि सेठजी को काफी सजा मिल चुकी। अपने नौकरों की खबर लेना भी जरूरी था। लौट गये। सेठ उजागरमल के जान में जान आयी। बैठकर हांफने लगे। घोड़ा भी ठिठक गया। कोचवान ने उतर कर उन्हें संभाला और गोद से उठाकर गाड़ी पर बैठा दिया।

3

लाला उजागरमल शहर सहयोगी समाज के नेता थे। उन्हें अंग्रेजों की भावी शुभकामनाओं पर पूर्ण विश्वास था। अंग्रेजी राज्य की तामीली, माली और मुल्की तरक्की के राग गाते रहते थे। अपनी वक्तृताओं में सहयोगियों को खूब फटकारा करते थे। अंग्रेजों में इधर उनका आदर-सम्मान विशेष रूप से होने लगा था। कई बड़े-बड़े ठेके, जो पहले अंग्रेज ठेकेदारों ही को मिला करते थे उन्हें दे दिये गये थे। सहयोग ने उनके मान और धन को खूब बढ़ाया था अतएव मुंह से चाहे वह असहयोग की कितनी ही निन्दा करे पर मन में उसकी उन्नति चाहते थे। उन्हें यकीन था कि असहयोग एक हवा है, जब तक चलती रहे उसमें अपने गीले कपड़े सुखा लें। वह असहयोगियों के कृत्यों का खूब बढ़ा-बढ़ा कर बयान किया करते थे, और अधिकारियों को इन गढ़ी हुई बातों पर विश्वास करते देख कर दिल में उन पर खूब हंसते थे। ज्यों-ज्यों सम्मान बढ़ता था, उनका आत्माभिमान भी बढ़ता था। वह अब पहले की भांति भीरु न थे। गाड़ी पर बैठे और जरा सांस फूलना बंद हुआ, तो इस घटना की विवेचना करने लगे। अवश्य नूरअली ने मुझे धोखा दिया, उसकी असहयोगियों से भी मिलीभगत है। यह लोग होली नहीं खेलते तो इनका इतना क्रोधोन्मत होना इसके सिवाय और क्या बतलाता है कि हमें यह लोग कुत्तों से बेहतर नहीं समझते। इनको अपने प्रभुत्व का कितना घमंड है! यह मेरे पीछे हंटर लेकर दौड़े! अब विदित हुआ कि यह जो मेरा थोड़ा-बहुत सम्मान करते थे वह केवल धोखा था। मन में यह हमें अब नीच और कमीना समझते हैं लाल रंग कोई बाण नहीं था। हम बड़े दिनों में गिरजे जाते हैं, इन्हें डालियां देते

है। वह हमारा त्योहार नहीं है। पर, यह जरा-सा रंग छोड़ देने पर इतना बिगड़ उठा! हां! इतना अपमान! मुझे उसके सामने ताल ठोक कर खड़ा हो जाना चाहिए था। भागना कायरता थी। इसी से यह सब शेर हो जाते है। कोई संदेह नहीं कि यह सब हमें मिलाकर असहयोगियों को दबाना चाहते हैं। इनकी यह विनयशीलता और सज्जनता केवल अपना मतलब गांठने के लिए है। इनकी निरंकुशता, इतना गर्व वही है, जरा भी अंतर नहीं।

सेठ जी के हृद्गत भावों ने उग्र रूप धारण किया। मेरी यह अधोगति! अपने अपमान की याद रह-रह कर उनके चित्त को विह्वल कर रही थी। यह मेरे सहयोग का फल है। मैं इसी योग्य हूं। मैं उनकी सौहार्दपूर्ण बातें सुन-सुन फूला न समाता था। मेरी मंदबुद्धि को इतना भी न सूझता था कि स्वाधीन और पराधीन में कोई मेल नहीं हो सकता। मैं असहयोगियों की उदासीनता पर हंसता था। अब मालूम हुआ कि वे हास्यास्पद नहीं हैं, मैं स्वयं निंदनीय हूं।

वह अपने घर, न जाकर सीधे कांग्रेस कमेटी के कार्यालय की ओर लपके। वहां पहुंचे तो एक विराट् सभा देखी। कमेटी ने शहर में छूत-अछूत, छोटे-बड़े, सबको होली का आनंद मनाने के लिए निमंत्रित किया था। हिन्दू-मुसलमान साथ-साथ बैठे हुए प्रेम से होली खेल रहे थे। फलभोज का भी प्रबंध किया गया था। इस समय व्याख्यान हो रहा था। सेठ जी गाड़ी से तो उतरे, पर सभास्थल में जाते संकोच होता था। ठिठकते हुए धीरे से जा कर एक ओर खड़े हो गये। उन्हें देख कर लोग चौंक पड़े। सब-के-सब विस्मित हो कर उनकी ओर ताकने लगे। यह खुशामदियों के आचार्य आज यहां कैसे भूल पड़े? इन्हें तो किसी सहयोगी सभा में राज-भक्ति का प्रस्ताव पास करना चाहिए था। शायद भेद लेने आये है कि ये लोग क्या कर रहे हैं। उन्हें चिढ़ाने के लिए लोगों ने कहा — कांग्रेस की जय!

उजागरमल ने उच्च स्वर से कहा — असहयोग की जय!

फिर ध्वनि हुई — खुशामदियों की क्षय!

सेठ जी ने उच्च स्वर से कहा — जी हुजुरों की क्षय!

यह कह कर वह समस्त उपस्थित जनों को विस्मय में डालते हुए मंच पर जा पहुंचे और गम्भीर भाव से बोले — सज्जनो, मित्रो! मैंने अब तक आपसे असहयोग किया था, उसे क्षमा कीजिए। सच्चे दिल से आपसे क्षमा मांगता हूं। मुझे घर का भेदी, जासूस या विभीषण न समझिए। आज मेरी आंखों के सामने से परदा हट गया। आज इस पवित्र प्रेममयी होली के दिन मैं आपसे प्रेमालिंगन करने आया हूं। अपनी विशाल उदारता का आचरण कीजिए। आपसे द्रोह करने का आज

मुझे दंड मिल गया। जिलाधीश ने आज मेरा घोर अपमान किया। मैं वहां से हंटरों की मार खा कर आपकी शरण आया हूं। मैं देश का द्रोही था, जाति का शत्रु था। मैंने अपने स्वार्थ के वश अपने अविश्वास के वश देश का बड़ा अहित किया, खूब कांटे बोये। उनका स्मरण करके ऐसा जी चाहता है कि हृदय के टुकड़े-टुकड़े कर दूं। (एक आवाज — हां, अवश्य कर दीजिये, आपसे न बने तो मैं तैयार हूं) प्रधान की आवाज — यह कटु वाक्यों का अवसर नहीं है। नहीं, आपको यह कष्ट उठाने की जरूरत नहीं, मैं स्वयं यह काम भली भांति कर सकता हूं; पर अभी मुझे बहुत कुछ प्रायश्चित करना है, जाने कितने पापों की पूर्ति करनी है। आशा करता हूं कि जीवन के बचे हुए दिन इसी प्रायश्चित करने में, यही मुंह की कालिमा धोने में काटूं। आपसे केवल इतनी ही प्रार्थना है कि मुझे आत्मसुधार का अवसर दीजिए। मुझ पर विश्वास कीजिए और मुझे अपना दीन सेवक समझिए। मैं आज से अपना तन, मन धन सब आप पर अर्पण करता हूं।

मुक्ति-मार्ग

सिपाही को अपनी लाल पगड़ी पर, सुन्दरी की अपने गहनों पर और वैद्य को अपने सामने बैठे रोगियों पर जो घमंड होता है, वही किसान को अपने खेतों को लहराते हुए देखकर होता है। झींगुर अपने ऊख के खेतों को देखता, तो उस पर नशा-सा छा जाता। तीन बीघे ऊख थी। इसके 600 रू० तो अनायास ही मिल जायेंगे। और जो कहीं भगवान् ने डाड़ी तेज कर दी तो फिर क्या पूछना! दोनों बैल बुड्ढे हो गये। अबकी नयी गोई बटेसर के मेले से ले आयेगा। कहीं दो बीघे खेत और मिल गए, तो लिखा लेगा। रूपये की क्या चिंता है। बनिए अभी से उसकी खुशामद करने लगे थे। ऐसा कोई न था जिससे उसने गांव में लड़ाई न की हो। वह अपने आगे किसी को कुछ समझता ही न था।

एक दिन संध्या के समय वह अपने बेटे को गोद में लिए मटर की फलियां तोड़ रहा था। इतने में उसे भेड़ों का एक झुंड अपनी तरफ आता दिखाई दिया। वह अपने मन में कहने लगा — इधर से भेड़ों के निकलने का रास्ता न था। क्या खेत की मेंड़ पर से भेड़ों का झुंड नहीं जा सकता था? भेड़ों को इधर से लाने की क्या जरूरत? ये खेत को कुचलेंगी, चरेंगी। इसका डांड कौन देगा? मालूम होता है बुद्धू गड़ेरिया है। बचा को घमंड हो गया है; तभी तो खेतों के बीच से भेड़ें लिए चला आता है। जरा इसकी ढिठाई तो देखो। देख रहा है कि मैं खड़ा हूं, फिर भी भेड़ों को लौटाता नहीं। कौन मेरे साथ कभी रियायत की है कि मैं इसकी मुरौवत करूं? अभी एक भेड़ा मोल मांगूं तो पांच ही रूपये सुनावेगा। सारी दुनिया में चार रुपये के कम्बल बिकते हैं, पर यह पांच रूपये से नीचे की बात नहीं करता।

इतने में भेड़ें खेत के पास आ गयीं। झींगुर ने ललकार कर कहा — अरे, ये भेड़ कहां लिए आते हो?

बुद्धू नम्र भाव से बोला — महतो, डांड़ पर से निकल जायेंगी। घूम कर जाऊंगा तो कोस-भर का चक्कर पड़ेगा।

झींगुर — तो तुम्हारा चक्कर बचाने के लिए मैं अपने खेत क्यों कुचलाऊं? डांड़ ही पर से ले जाना है, तो और खेतों के डांड़ से क्यों नहीं ले गये? क्या मुझे कोई चूहड़-चमार समझ लिया है? या धन का घमंड हो गया है? लौटाओ इनको!

बुद्धू — महतो, आज निकल जाने दो। फिर कभी इधर से आऊं तो जो सजा चाहे देना।

झींगुर — कह दिया कि लौटाओ इन्हें! अगर एक भेड़ भी भेड़ पर आयी तो समझ लो, तुम्हारी खैर नहीं।

बुद्धू — महतो, अगर तुम्हारी एक बेल भी किसी भेड़ के पैरों-तले आ जाय, तो मुझे बैठाकर सौ गालियां देना।

बुद्धू बातें तो बड़ी नम्रता से कर रहा था, किंतु लौटाने में अपनी हेठी समझता था। उसने मन में सोचा, इसी तरह जरा-जरा-सी धमकियों पर भेड़ों को लौटाने लगा, तो फिर मैं भेड़ें चरा चुका। आज लौट जाऊं, तो कल को कहीं निकलने का रास्ता ही न मिलेगा। सभी रोब जमाने लगेंगे।

बुद्धू भी पोढ़ा आदमी था। 12 कोड़ी भेड़ें थीं। उन्हें खेतों में बिठाने के लिए फी रात 11) कोड़ी मजदूरी मिलती थी, इसके उपरांत दूध बेचता था, ऊन के कम्बल बनाता था। सोचने लगा — इतने गरम हो रहे है, मेरा कर ही क्या लेंगे? कुछ इनका दबैल तो हूं नहीं। भेड़ों ने जो हरी-हरी पत्तियां देखीं, तो अधीर हो गयीं। खेत में घुस पड़ीं। बुद्धू उन्हें डंडों से मार-मारकर खेत के किनारे से हटाता था और वे इधर-उधर से निकलकर खेत में जा पड़ती थीं। झींगुर ने आग होकर कहा — तुम मुझसे हेकड़ी जताने चले हो, तुम्हारी सारी हेकड़ी निकाल दूंगा!

बुद्धू — तुम्हें देखकर चौंकती हैं। तुम हट जाओ, तो मैं सबको निकाल ले जाऊं।

झींगुर ने लड़के को तो गोद से उतार दिया और अपना डंडा संभाल कर भेड़ों पर पिल पड़ा। धोबी भी इतनी निर्दयता से अपने गधे को न पीटता होगा। किसी भेड़ की टांग टूटी, किसी की कमर टूटी। सबने बें-बें का शोर मचाना शुरू किया। बुद्धू चुपचाप खड़ा अपनी सेना का विध्वंस अपनी आंखों से देखता रहा। वह न भेड़ों को हांकता था, न झींगुर से कुछ कहता था, बस खड़ा तमाशा देखता रहा। दो मिनट में झींगुर ने इस सेना को अपने अमानुषिक पराक्रम से मार भगाया। मेषदल का संहार करके विजय-गर्व से बोला — अब सीधे चले जाओ! फिर इधर से आने का नाम न लेना।

बुद्धू ने आहत भेड़ों की ओर देखते हुए कहा — झींगुर, तुम यह अच्छा काम नहीं किया। पछताओगे।

2

केले को काटना भी इतना आसान नहीं, जितना किसान से बदला लेना! उसकी सारी कमाई खेतों में रहती है, या खलिहानों में। कितनी ही दैविक और भौतिक आपदाओं के बाद कहीं अनाज घर में आता है। और जो कहीं इन आपदाओं के साथ विद्रोह ने भी संधि कर ली तो बेचारा किसान कहीं का नहीं रहता। झींगुर ने घर आकर दूसरों से इस संग्राम का वृत्तांत कहा, तो लोग समझाने लगे — झींगुर, तुमने बड़ा अनर्थ किया। जानकर अनजान बनते हो। बुद्धू को जानते नहीं, कितना झगड़ालू आदमी है। अब भी कुछ नहीं बिगड़ा। जाकर उसे मना लो। नहीं तो तुम्हारे साथ सारे गांव पर आफत आ जायेगी। झींगुर की समझ में बात आयी। पछताने लगा कि मैंने कहां-से-कहां उसे रोका। अगर भेडें थोड़ा-बहुत चर ही जातीं, तो कौन मैं उजड़ा जाता था। वास्तव में हम किसानों का कल्याण दबे रहने में ही है। ईश्वर को भी हमारा सिर उठाकर चलना अच्छा नहीं लगता। जी तो बुद्धू के घर जाने को न चाहता था, किन्तु दूसरों के आग्रह से मजबूर होकर चला। अगहन का महीना था, कुहरा पड़ रहा था, चारों ओर अन्धकार छाया हुआ था। गांव से बाहर निकला ही था कि सहसा अपने ऊख के खेत की ओर अग्नि की ज्वाला देखकर चौंक पड़ा। छाती धड़कने लगी। खेत में आग लगी हुई थी। बेतहाशा दौड़ा। मनाता जाता था कि मेरे खेत में न हो। पर ज्यों-ज्यों समीप पहुंचता था, यह आशामय भ्रम शांत होता जाता था। वह अनर्थ हो ही गया, जिसके निवारण के लिए वह घर से चला था। हत्यारे ने आग लगा ही दी, और मेरे पीछे सारे गांव को चौपट किया। उसे ऐसा जान पड़ता था कि वह खेत आज बहुत समीप आ गया है, मानो बीच के परती खेतों का अस्तित्व ही नहीं रहा! अन्त में जब वह खेत पर पहुंचा, तो आग प्रचंड रूप धारण कर चुकी थी। झींगुर ने 'हाय-हाय' मचाना शुरू किया। गांव के लोग दौड़ पड़े और खेतों से अरहर के पौधे उखाड़कर आग को पीटने लगे। अग्नि-मानव-संग्राम का भीषण दृश्य उपस्थित हो गया। एक पहर तक हाहाकार मचा रहा। कभी एक प्रबल होता था, कभी दूसरा। अग्नि-पक्ष के योद्धा मर-मर कर जी उठते थे और द्विगुण शक्ति से रणोन्मत्त होकर शस्त्र-प्रहार करने लगते थे। मानव-पक्ष में जिस योद्धा की कीर्ति सबसे उज्ज्वल थी, वह बुद्धू

था। बुद्धू कमर तक धोती चढ़ाये, प्राण हथेली पर लिए, अग्निराशि में कूद पड़ता था, और शत्रुओं को परास्त करके, बाल-बाल बचकर, निकल आता था। अन्त में मानवदल की विजय हुई; किन्तु ऐसी विजय जिस पर हार भी हंसती। गांवभर की ऊख जलकर भस्म हो गई, और ऊख के साथ सारी अभिलाषाएं भी भस्म हो गयीं।

3

आग किसने लगायी यह खुला हुआ भेद था; पर किसी को कहने का साहस न था। कोई सबूत नहीं। प्रमाणहीन तर्क का मूल्य ही क्या? झींगुर को घर से निकलना मुश्किल हो गया। जिधर जाता, ताने सुनने पड़ते। लोक प्रत्यक्ष कहते थे — यह आग तुमने लगवायी। तुम्हीं ने हमारा सर्वनाश किया। तुम्हीं मारे घमंड के धरती पर पैर न रखते थे। आपके-आप गये, अपने साथ गांव-भर को डुबो दिया। बुद्धू को न छेड़ते तो आज क्यों यह दिन देखना पड़त? झींगुर को अपनी बरबादी का इतना दुःख न था, जितना इन जली-कटी बातों का? दिन-भर घर में बैठा रहता। पूस का महीना आया। जहां सारी रात कोल्हू चला करते थे गुड़ की सुगन्ध उड़ती रहती थी, भट्टियां जलतीं रहती थीं और लोग भट्टियों के सामने बैठे हुक्का पिया करते थे, वहां सन्नाटा छाया हुआ था। ठंड के मारे लोग सांझ ही से किवाड़ें बन्द करके पड़े रहते और झींगुर को कोसते। माघ और भी कष्टदायक था। ऊख केवल धनदाता ही नहीं, किसानों का जीवनदाता भी है। उसी के सहारे किसानों का जाड़ा कटता है। गरम रस पीते हैं, ऊख की पत्तियां तापते हैं, उसके अगोड़े पशुओं को खिलाते हैं। गांव के सारे कुत्ते जो रात को मट्टियों की राख में सोया करते थे ठंड से मर गये। कितने ही जानवर चारे के अभाव से चल बसे। शीत का प्रकोप हुआ और सारा गांव खांसी-बुखार में ग्रस्त हो गया। और यह सारी विपत्ति झींगुर की करनी थी — अभागे, हत्यारे झींगुर की!

झींगुर ने सोचते-सोचते निश्चय किया कि बुद्धू की दशा भी अपनी ही-सी बनाऊंगा। उसके कारण मेरा सर्वनाश हो गया और वह चैन की बंशी बजा रहा है! मैं भी उसका सर्वनाश करूंगा।

जिस दिन इस घातक कलह का बीजारोपण हुआ, उसी दिन से बुद्धू ने इधर आना छोड़ दिया था। झींगुर ने उससे रब्त-जब्त बढ़ाना शुरू किया। वह बुद्धू को दिखाना चाहता था कि तुम्हारे ऊपर मुझे बिलकुल संदेह नहीं है। एक दिन कम्बल लेने के बहाने गया। फिर दूध लेने के बहाने गया। बुद्धू उसका खूब आदर-सत्कार

करता। चिलम तो आदमी दुश्मन को भी पिला देता है, वह उसे बिना दूध और शरबत पिलाये न आने देता। झींगुर आजकल एक सन लपेटने वाली कल में मजदूरी करने जाया करता था। बहुधा कई-कई दिन की मजदूरी इकटठी मिलती थी। बुद्धू की तत्परता से झींगुर का रोजाना खर्च चलता था। अतएव झींगुर ने खूब रब्त-जब्त बढ़ा लिया। एक दिन बुद्धू ने पूछा — क्यों झींगुर, अगर अपनी ऊख जलाने वाले को पा जाओ, तो क्या करो? सच कहना।

झींगुर ने गम्भीर भाव से कहा — मैं उससे कहूं, भैया तुमने जो कुछ किया, बहुत अच्छा किया। मेरा घमंड तोड़ दिया; मुझे आदमी बना दिया।

बुद्धू — मैं जो तुम्हारी जगह होता, तो बिना उसका घर जलाये न मानता।

झींगुर — चार दिन की जिन्दगानी में बैर-विरोध बढ़ाने से क्या फायदा? मैं तो बरबाद हुआ ही, अब उसे बरबाद करके क्या पाऊंगा?

बुद्धू — बस, यही आदमी का धर्म है। पर भाई क्रोध के बस में होकर बुद्धि उलटी हो जाती है।

4

फागुन का महीना था। किसान ऊख बोने के लिए खेतों को तैयार कर रहे थे। बुद्धू का बाजार गरम था। भेड़ों की लूट मची हुई थी। दो-चार आदमी नित्य द्वार पर खड़े खुशामदें किया करते। बुद्धू किसी से सीधे मुंह बात न करता। भेड़ रखने की फीस दूनी कर दी थी। अगर कोई एतराज करता तो बेलाग कहता — तो भैया, भेड़ें तुम्हारे गले तो नहीं लगाता हूं। जी न चाहे, मत रखो। लेकिन मैंने जो कह दिया है, उससे एक कौड़ी भी कम नहीं हो सकती! गरज थी, लोग इस रूखाई पर भी उसे घेरे ही रहते थे, मानो पंडे किसी यात्री के पीछे हों।

लक्ष्मी का आकार तो बहुत बड़ा नहीं, और वह भी समयानुसार छोटा-बड़ा होता रहता है। यहां तक कि कभी वह अपना विराट् आकार समेट कर उसे कागज के चंद अक्षरों में छिपा लेती है। कभी-कभी मनुष्य की जिह्व पर जा बैठती है; आकार का लोप हो जाता है। किन्तु उनके रहने को बहुत स्थान की जरूरत होती है। वह आयी, और घर बढ़ने लगा। छोटे घर में उनसे नहीं रहा जाता। बुद्धू का घर भी बढ़ने लगा। द्वार पर बरामदा डाला गया, दो की जगह छ : कोठरियां बनवायी गयीं। यों कहिये कि मकान नये सिरे से बनने लगा। किसी किसान से लकड़ी मांगी, किसी से खपरों का आंवा लगाने के लिए उपले, किसी से बांस और

किसी से सरकंडे। दीवार की उठवायी देनी पड़ी। वह भी नगद नहीं; भेड़ों के बच्चों के रूप में। लक्ष्मी का यह प्रताप है। सारा काम बेगार में हो गया। मुफ्त में अच्छा-खासा घर तैयार हो गया। गृह-प्रवेश के उत्सव की तैयारियां होने लगीं।

इधर झींगुर दिन-भर मजदूरी करता, तो कहीं आधा पेट अन्न मिलता। बुद्धू के घर कंचन बरस रहा था। झींगुर जलता, तो क्या बुरा करता था? यह अन्याय किससे सहा जायेगा?

एक दिन वह टहलता हुआ चमारों के टोले की तरफ चला गया। हरिहर को पुकारा। हरिहर ने आकर 'राम-राम' की, और चिलम भरी। दोनों पीने लगे। यह चमारों का मुखिया बड़ा दुष्ट आदमी था। सब किसान इससे थर-थर कांपते थे।

झींगुर ने चिलम पीते-पीते कहा — आजकल फाग-वाग नहीं होता क्या? सुनायी नहीं देता।

हरिहर — फाग क्या हो, पेट के धंधे से छुट्टी ही नहीं मिलती। कहो, तुम्हारी आजकल कैसी निभती है?

झींगुर — क्या निभती है। नकटा जिया बुरे हवाल! दिन-भर कल में मजदूरी करते हैं, तो चूल्हा जलता है। चांदी तो आजकल बुद्धू की है। रखने को ठौर नहीं मिलता। नया घर बना, भेड़ें और ली हैं! अब गृहपरवेश की धूम है। सातों गांव में सुपारी जायगी!

हरिहर — लच्छिमी मैया आती है, तो आदमी की आंखों में शील आ जाता है। पर उसको देखो, धरती पर पैर नहीं रखता। बोलता है, तो ऐंठ ही कर बोलता है।

झींगुर — क्यों न ऐंठे, इस गांव में कौन है उसकी टक्कर का! पर यार, यह अनीति तो नहीं देखी जाती। भगवान् दे, तो सिर झुका कर चलना चाहिए। यह नहीं कि अपने बराबर किसी को समझे ही नहीं। उसकी डींग सुनता हूं, तो बदन में आग लग जाती है। कल का बानी आज का सेठ। चला है हमीं से अकड़ने। अभी कल लंगोटी लगाये खेतों में कौए हंकाया करता था, आज उसका आसमान में दिया जलता है।

हरिहर — कहो, तो कुछ उतजोग करूं?

झींगुर — क्या करोगे! इसी डर से तो वह गाय-भैंस नहीं पालता।

हरिहर — भेड़ें तो है।

झींगुर — क्या, बगला मारे पखना हाथ।

हरिहर — फिर तुम्हीं सोचो।

झींगुर — ऐसी जुगत निकालो कि फिर पनपने न पावे।

इसके बाद फुस-फुस करके बातें होने लगीं। वह एक रहस्य है कि भलाइयों में जितना द्वेष होता है, बुराइयों में उतना ही प्रेम। विद्वान् विद्वान् को देखकर, साधु साधु को देखकर और कवि कवि को देखकर जलता है। एक दूसरे की सूरत नहीं देखना चाहता। पर जुआरी जुआरी को देखकर, शराबी शराबी को देखकर, चोर चोर को देखकर सहानुभूति दिखाता है, सहायता करता है। एक पंडितजी अगर अंधेरे में लेकर खा कर गिर पड़ें, तो दूसरे पंडितजी उन्हें उठाने के बदले दो ठोकरें और लगायेंगे कि वह फिर उठ ही न सकें। पर एक चोर पर आफत आयी देख दूसरा चोर उसकी मदद करता है। बुराई से सब घृणा करते हैं, इसलिए बुरों में परस्पर प्रेम होता है। भलाई का सारा संसार प्रशंसा करता है, इसलिए भलों में विरोध होता है। चोर को मार कर चोर क्या पायेगा? घृणा। विद्वान् का अपमान करके विद्वान् क्या पायेगा? यश।

झींगुर और हरिहर ने सलाह कर ली। षड्यंत्र रचने की विधि सोची गयी। उसका स्वरूप, समय और क्रम ठीक किया गया। झींगुर चला, तो अकड़ा जाता था। मार लिया दुश्मन को, अब कहां जाता है!

दूसरे दिन झींगुर काम पर जाने लगा, तो पहले बुद्धू के घर पहुंचा। बुद्धू ने पूछा — क्यों आज नहीं गये क्या?

झींगुर — जा तो रहा हूं। तुमसे यही कहने आया था कि मेरी बछिया को अपनी भेड़ों के साथ क्यों नहीं चरा दिया करते। बेचारी खूंटे से बंधी-बंधी मरी जाती है। न घास, न चारा, क्या खिलायें?

बुद्धू — भैया, मैं गाय-भैंस नहीं रखता। चमारों को जानते हो, एक ही हत्यारे होते हैं। इसी हरिहर ने मेरी दो गउएं मार डालीं। न जाने क्या खिला देता है। तब से कान पकड़े कि अब गाय-भैंस न पालूंगा। लेकिन तुम्हारी एक ही बछिया है, उसका कोई क्या करेगा। जब चाहो, पहुंचा दो।

यह कह कर बुद्धू अपने गृहोत्सव का सामान उसे दिखाने लगे। घी, शक्कर, मैदा, तरकारी सब मंगा रखा था। केवल सत्यनारायण की कथा की देर थी। झींगुर की आंखें खुल गयीं। ऐसी तैयारी न उसने स्वयं कभी की थी और न किसी को करते देखी। मजदूरी करके घर लौटा, तो सबसे पहला काम जो उसने किया वह अपनी बछिया को बुद्धू के घर पहुंचाना था। उसी रात को बुद्धू के यहां सत्यनारायण की कथा हुई। ब्रह्मभोज भी किया गया। सारी रात विप्रों का आगत-स्वागत करते

गुजरी। भेड़ों के झुंड में जाने का अवकाश ही न मिला। प्रात:काल भोजन करके उठा ही था (क्योंकि रात का भोजन सबेरे मिला) कि एक आदमी ने आ कर खबर कर दी — बुद्धू, तुम यहां बैठे हो, उधर भेड़ों में बछिया मरी पड़ी है! भले आदमी, उसकी पगहिया भी नहीं खोली थी!

बुद्धू ने सुना, और मानो ठोकर लग गयी। झींगुर भी भोजन करके वहीं बैठा था। बोला — हाय-हाय, मेरी बछिया! चलो, जरा देखूं तो। मैंने तो पगहिया नहीं लगायी थी। उसे भेड़ों में पहुंचा कर अपने घर चला गया। तुमने यह पगहिया कब लगा दी?

बुद्धू — भगवान् जाने जो मैंने उसकी पगहिया देखी भी हो। मै तो तब से भेड़ों में गया ही नहीं।

झींगुर — जाते न तो पगहिया कौन लगा देता? गये होगे, याद न आती होगी।

एक ब्राह्मण — मरी तो भेड़ों में ही न? दुनिया तो यही कहेगी कि बुद्धू की, असावधानी से उसकी मृत्यु हुई, पगहिया किसी की हो।

हरिहर — मैंने कल सांझ को इन्हें भेड़ों में बछिया को बांधते देखा था।

बुद्धू — मुझे?

हरिहर — तुम नहीं लाठी कंधे पर रखे बछिया को बांध रहे थे?

बुद्धू — बड़ा सच्चा है तू! तूने मुझे बछिया को बांधते देखा था?

हरिहर — तो मुझ पर काहे बिगड़ते हो भाई? तुमने नहीं बांधी, नहीं सहा।

ब्राह्मण — इसका निश्चय करना होगा। गोहत्या का प्रायश्चित्त करना पड़ेगा। कुछ हंसी-ठट्ठा है।

झींगुर — महाराज, कुछ जान-बूझ कर तो बांधी नहीं।

ब्राह्मण — इससे क्या होता है? हत्या इसी तरह लगती है; कोई गऊ को मारने नहीं जाता।

झींगुर — हां, गऊओं को खोलना-बांधना है तो जोखिम का काम।

ब्राह्मण — शास्त्रों में इसे महापाप कहा है। गऊ की हत्या ब्राह्मण की हत्या से कम नहीं!

झींगुर — हां, फिर गऊ तो ठहरी ही। इसी से न इनका मान होता है। जो माता, सो गऊ। लेकिन महाराज, चूक हो गयी। कुछ ऐसा कीजिए कि थोड़े में बेचारा प्रकट निपट जाय?

बुद्धू खड़ा सुना रहा था कि अनायास मेरे सिर हत्या मढ़ी जा रही है। झींगुर की कूटनीति भी समझ रहा था। मैं लाख कहूं, मैंने बछिया नहीं बांधी, मानेगा कौन? लोग यही कहेंगे कि प्रायश्चित से बचने के लिए ऐसा कह रहा है।

ब्राह्मण देवता का भी उसका प्रायश्चित कराने में कल्याण होता था। भला ऐसे अवसर पर कब चूकनेवाले थे। फल यह हुआ कि बुद्धू को हत्या लग गयी। ब्राह्मण भी उससे जले हुए थे। कसर निकालने की घात मिली। तीन मास का भिक्षा दंड दिया, फिर सात तीर्थस्थानों की यात्रा; उस पर 500 विप्रों का भोजन और 5 गउओं का दान। बुद्धू ने सुना, तो बधिया बैठ गयी। रोने लगा, तो डंड घटा कर दो मास कर दिया। इसके सिवा कोई रियायत नहीं हो सकी। न कहीं अपील, न कहीं फरियाद। बेचारे को यह दंड स्वीकार करना पड़ा।

बुद्धू ने भेड़ें ईश्वर को सौंपीं। लड़के छोटे थे। स्त्री अकेली क्या-क्या करती। गरीब जा कर द्वारों पर खड़ा होता और मुंह छिपाए हुए कहता — गाय की बाछी दिया बनवास। भिक्षा तो मिल जाती, किन्तु भिक्षा के साथ दो-चार कठोर अपमानजनक शब्द भी सुनने पड़ते। दिन को जो-कुछ पाता, वहीं शाम को किसी पेड़ के नीचे बना कर खा लेता और वहीं पड़ रहता। कष्ट की तो उसे परवा न थी, भेड़ों के साथ दिन-भर चलता ही था, पेड़ के नीचे सोता ही था, भोजन भी इससे कुछ ही अच्छा मिलता था पर लज्जा थी, भिक्षा मांगने की। विशेष करके जब कोई कर्कशा यह व्यंग्य कर देती थी कि रोटी कमाने का अच्छा ढंग निकाला है, तो उसे हार्दिक वेदना होती थी। पर करे क्या?

दो महीने के बाद वह घर लौटा। बाल बढ़े हुए थे। दुर्बल इतना, मानो 60 वर्ष का बूढ़ा हो। तीर्थयात्रा के लिए रुपयों का प्रबन्ध करना था, गड़रियों को कौन महाजन कर्ज दे! भेड़ों का भरोसा क्या? कभी-कभी रोग फैलता है, तो रात-भर में दल-का-दल साफ हो जाता है। उस पर जेठ का महीना, जब भेड़ों से कोई आमदनी होने की आशा नहीं। एक तेली राजी भी हुआ, तो दो रुपये ब्याज पर। आठ महीने में ब्याज मूल के बराबर हो जाएगा। यहां कर्ज लेने की हिम्मत न पड़ी। इधर दो महीनों में कितनी ही भेड़ें चोरी चली गयी थीं। लड़के चराने ले जाते थे। दूसरे गांव वाले चुपके से एक-दो भेड़ें किसी खेत या घर में छिपा देते और पीछे मार कर खा जाते। लड़के बेचारे एक तो पकड़ न सकते, और जो देख भी लेते तो लड़े क्योंकर। सारा गांव एक हो जाता था। एक महीने में तो भेड़ें आधी भी न रहेंगी। बड़ी विकट समस्या थी। विवश होकर बुद्धू ने एक बूचड़ को बुलाया, और सब भेड़ें

उसके हाथ बेच डालीं। 500 रु० हाथ लगे। उसमें से 200 रु० लेकर तीर्थयात्रा करने गया। शेष रुपये ब्रह्मभोज आदि के लिए छोड़ गया।

बुद्धू के जाने पर उसके घर में दो-बार सेंध लगी। पर यह कुशल हुई कि जगहट हो जाने के कारण रुपये बच गये।

5

सावन का महीना था। चारों ओर हरियाली छायी हुई थी। झींगुर के बैल न थे। खेत बटाई पर दे दिये थे। बुद्धू प्रायश्चित से निवृत्त हो गया था और उसके साथ ही माया के फन्दे से भी। न झींगुर के पास कुछ था न बुद्धू के पास। कौन किससे जलता और किस लिए जलता?

सन की कल बन्द हो जाने कारण झींगुर अब बेलदारी का काम करता था। शहर में एक विशाल धर्मशाला बन रही थी। हजारों मजदूर काम करते थे। झींगुर भी उन्हीं में था। सातवें दिन मजदूरी के पैसे लेकर घर आता था और रात-भर रह कर सबेरे फिर चला जाता था।

बुद्धू भी मजदूरी की टोह में यहीं पहुंची। जमादार ने देखा दुर्बल आदमी है, कठिन काम तो इससे हो न सकेगा, कारीगरों को गारा देने के लिए रख लिया। बुद्धू सिर पर तसला रखे गारा लेने गया, तो झींगुर को देखा। 'राम-राम' हुई, झींगुर ने गारा भर दिया, बुद्धू उठा लाया। दिन-भर दोनों चुपचाप अपना-अपना काम करते रहे।

संध्या समय झींगुर ने पूछा — कुछ बनाओगे न।

बुद्धू — नहीं तो खाऊंगा क्या?

झींगुर — मैं तो एक जून चबेना कर लेता हूं। इस जून सत्तू पर काट देता हूं। कौन झंझट करे।

बुद्धू — इधर-उधर लकड़ियां पड़ी हुई हैं, बटोर लाओ। आटा मैं घर से लेता आया हूं। घर ही पिसवा लिया था। यहां तो बड़ा महंगा मिलता है। इसी पत्थर की चट्टान पर आटा गूंथे लेता हूं। तुम तो मेरा बनाया खाओगे नहीं, इसलिए तुम्हीं रोटियां सेंको, मैं बना दूंगा।

झींगुर — तवा भी तो नहीं है?

बुद्धू — तवे बहुत हैं। यही गारे का तसला मांजे लेता हूं।

आग जली, आटा गूंथा गया। झींगुर ने कच्ची-पक्की रोटियां बनायीं। बुद्धू पानी लाया। दोनों ने लाल मिर्च और नमक से रोटियां खायीं। फिर चिलम भरी गयी। दोनों आदमी पत्थर की सिलों पर लेटे, और चिलम पीने लगे।

बुद्धू ने कहा — तुम्हारी ऊख में आग मैंने लगायी थी।

झींगुर ने विनोद के भाव से कहा — जानता हूं।

थोड़ी देर के याद झींगुर बोला — बछिया मैंने ही बांधी थी और हरिहर ने उसे कुछ खिला दिया था।

बुद्धू ने भी वैसे ही भाव से कहा — जानता हूं।

फिर दोनों सो गये।

डिक्री के रुपये

नईम और कैलास में इतनी शारीरिक, मानसिक, नैतिक और सामाजिक अभिन्नता थी जितनी दो प्राणियों में हो सकती है। नईम दीर्घकाय विशाल वृक्ष था, कैलास बाग का कोमल पौधा; नईम को क्रिकेट और फुटबॉल, सैर और शिकार का व्यसन था, कैलास का पुस्तकावलोकन का; नईम एक विनोदशील, वाक्चतुर, निर्द्वन्द्व, हास्यप्रिय, विलासी युवक था; उसे कल की चिंता कभी न सताती थी। विद्यालय उसके लिए क्रीड़ा का स्थान था; और कभी-कभी बेंच पर खड़े होने का। इसके प्रतिकूल क़ैलास एक एकांतप्रिय, आलसी, व्यायाम से कोसों भागने वाला, आमोद-प्रमोद से दूर रहनेवाला, चिंताशील, आदर्शवादी जीव था। वह भविष्य की कल्पनाओं से विकल रहता था। नईम एक सुसम्पन्न, उच्च पदाधिकारी पिता का एकमात्र पुत्र था। कैलास एक साधारण व्यवसायी के कई पुत्रों में से एक। उसे पुस्तकों के लिए काफी धन न मिलता था, मांग-जांच कर काम निकाला करता था। एक के लिए जीवन आनंद का स्वप्न था, और दूसरे के लिए विपत्तियों का बोझ। पर इतनी विषमताओं के होते हुए भी उन दोनों में घनिष्ठ मैत्री और निःस्वार्थ विशुद्ध प्रेम था। कैलास मर जाता, पर नईम का अनुग्रहपात्र न बनता; और नईम मर जाता, पर कैलास से बेअदबी न करता। नईम की खातिर से कैलास कभी-कभी स्वच्छ निर्मल वायु का सुख उठा लिया करता। कैलास की खातिर से नईम भी कभी-कभी भविष्य के स्वप्न देख लिया करता था। नईम के लिए राज्यपद का द्वार खुला हुआ था, भविष्य कोई अपार सागर न था। कैलास को अपने हाथों कुआं खोद कर पानी पीना था; भविष्य एक भीषण संग्राम था, जिसके स्मरणमात्र से उसका चित्त अशांत हो उठता था।

2

कालेज से निकलने के बाद नईम को शासन विभाग में एक उच्च पद प्राप्त हो गया। यद्यपि वह तीसरी श्रेणी में पास हुआ था। कैलास प्रथम श्रेणी में

पास हुआ था; किन्तु उसे बरसों एड़ियां रगड़ने, खाक छानने और कुएं झांकने पर भी कोई काम न मिला। यहां तक कि विवश हो कर उसे अपनी कलम का आश्रय लेना पड़ा। उसने एक समाचार-पत्र निकाला। एक ने राज्याधिकार का रास्ता लिया, जिसका लक्ष्य धन था और दूसरे ने सेवा-मार्ग का सहारा लिया, जिसका परिणाम ख्याति और कष्ट और कभी-कभी कारागार होता है। नईम को उसके दफ्तर के बाहर कोई न जानता था, किन्तु वह बंगले में रहता, हवागाड़ी पर हवा खाता, थिएटर देखता और गर्मियों में नैनीताल की सैर करता था। कैलास को सारा संसार जानता था, पर उसके रहने का मकान कच्चा था, सवारी के लिए अपने पांव। बच्चों के लिए दूध भी मुश्किल से मिलता। साग-भाजी में काट-कपट करना पड़ता था। नईम के लिए सबसे बड़े सौभाग्य की बात यह थी कि उसके केवल एक पुत्र था; पर कैलास के लिए सबसे बड़ी दुर्भाग्य की बात उसकी संतान-वृद्धि थी, जो उसे पनपने न देती थी। दोनों मित्रों में पत्र-व्यवहार होता रहता था। कभी-कभी दोनों में मुलाकात भी हो जाती थी। नईम कहता था — यार, तुम्हीं मजे में हो देश और जाति की कुछ सेवा तो कर रहे हो। यहां तो पेट-पूजा के सिवा और किसी काम के न हुए। पर यह 'पेट-पूजा' उसने कई दिनों की कठिन तपस्या से हृदयंगम कर पायी थी, और उसके प्रयोग के लिए अवसर ढूंढ़ता रहता था।

कैलास खूब समझता था कि यह केवल नईम की विनयशीलता है। यह मेरी कुदशा से दुःखी होकर मुझे इस उपाय से सांत्वना देना चाहता है। इसलिए यह अपनी वास्तविक स्थिति को उससे छिपाने का विफल प्रयत्न किया करता था।

विष्णुपुर की रियासत में हाहाकार मचा हुआ था। रियासत का मैनेजर अपने बंगले में, ठीक दोपहर के समय सैकड़ों आदमियों के सामने कत्ल कर दिया गया था। यद्यपि खूनी भाग गया था, पर अधिकारियों को संदेह था कि कुंवर साहब की दुष्प्रेरणा से ही यह हत्याभिनय हुआ है। कुंवर साहब अभी बालिग न हुए थे। रियासत का प्रबंध कोर्ट आफ वार्ड द्वारा होता था। मैनेजर पर कुंवर साहब की देख-रेख का भार भी था। विलास प्रिय कुंवर को मैनेजर का हस्तक्षेप बहुत ही बुरा मालूम होता था। दोनों में बरसों से मनमुटाव था। यहां तक कि कई बार प्रत्यक्ष कटु वाक्यों की नौबत भी आ पहुंची थी। अतएव कुंवर साहब पर संदेह होना स्वाभाविक ही था। इस घटना का अनुसंधान करने के लिये जिले के हाकिम ने मिरजा नईम को नियुक्त किया। किसी पुलिस कर्मचारी द्वारा तहकीकात कराने में कुंवर साहब के अपमान का भय था।

नईम को अपने भाग्य निर्माण का स्वर्ण सुयोग प्राप्त हुआ। वह न त्यागी था, न ज्ञानी। सभी उसके चरित्र की दुर्बलता से परिचित थे, अगर कोई न जानता था, तो हुक्काम लोग। कुंवर साहब ने मुंह मांगी मुराद पायी। नईम जब विष्णुपुर पहुंचा, तो उसका असामान्य आदर-सत्कार हुआ। भेंटें चढ़ने लगीं; अरदली के चपरासी, पेशकार, साईस, बाबरची, खिदमतगार, सभी के मुंह तर और मुट्ठियां गरम होने लगीं। कुंवर साहब के हवाली-मवाली रात-दिन घेरे रहते, मानो दामाद ससुराल आया हो।

एक दिन प्रातःकाल कुंवर साहब की माता आकर नईम के सामने हाथ बांधकर खड़ी हो गयीं। नईम लेटा हुआ हुक्का पी रहा था। तप, संयम और वैधव्य की यह तेजस्वी प्रतिमा देखकर उठ बैठा।

रानी उसकी ओर वात्सल्यपूर्ण लोचनों से देखती हुई बोलीं — हजूर; मेरे बेटे का जीवन आपके हाथ में है। आप ही उसके भाग्य विधाता हैं। आपको उसी माता की सौगंध है, जिसके आप सुयोग्य पुत्र हैं; मेरे लाल की रक्षा कीजिएगा। मैं तन, मन, धन आपके चरणों पर अर्पण करती हूं।

स्वार्थ ने दया के संयोग से नईम को पूर्ण रीति से वशीभूत कर लिया।

3

उन्हीं दिनों कैलास नईम से मिलने आया। दोनों मित्र बड़े तपाक से गले मिले। नईम ने बातों-बातों में यह सम्पूर्ण वृत्तांत कह सुनाया, और कैलास पर अपने कृत्य का औचित्य सिद्ध करना चाहा।

कैलास ने कहा — मेरे विचार में पाप सदैव पाप है, चाहे वह किसी आवरण में मंडित हो।

नईम — और मेरा विचार है कि अगर गुनाह से किसी की जान बचती हो, तो वह ऐन सवाब है। कुंवर साहब अभी नौजवान आदमी है। बहुत ही होनहार, बुद्धिमान, उदार और सहृदय है। आप उनसे मिलें, तो खुश हो जायं। उनका स्वभाव अत्यन्त विनम्र है। मैनेजर, जो यथार्थ में दुष्ट प्रकृति का मनुष्य था, बरबस कुंवर साहब को दिक किया करता था। यहां तक कि एक मोटर कार के लिए रुपये न स्वीकार किये, न सिफारिश की। मैं यह नहीं कहता कि कुंवर साहब का कार्य स्तुत्य है, लेकिन बहस यह है कि उनको अपराधी सिद्ध करके उन्हें काले पानी की

हवा खिलाई जाये, या निरपराध सिद्ध करके उनकी प्राण-रक्षा की जाये। और भाई, तुमसे तो कोई परदा नहीं है, पूरे 20 हजार रू० की थैली है। बस, मुझे अपनी रिपोर्ट में यह लिख देना होगा कि व्यक्तिगत वैमनस्य के कारण यह दुर्घटना हुई है, राजा साहब का इससे कोई सम्पर्क नहीं। जो शहादतें मिल सकीं; उन्हें मैंने गायब कर दिया। मुझे इस कार्य के लिए नियुक्त करने में अधिकारियों की एक मसलहत थी। कुंवर साहब हिन्दू हैं इसलिए किसी हिन्दू कर्मचारी को नियुक्त न करके जिलाधीश ने यह भार मेरे सिर पर रखा। यह साम्प्रदायिक विरोध मुझे निस्पृह सिद्ध करने के लिए काफी है। मैंने दो-चार अवसरों पर कुछ तो हुक्काम की प्रेरणा से और कुछ स्वेच्छा से मुसलमानों के साथ पक्षपात किया, जिससे यह मशहूर हो गया है कि मैं हिंदुओं का कट्टर दुश्मन हूं। हिंदू लोग तो मुझे पक्षपात का पुतला समझते है। यह भ्रम मुझे आक्षेपों से बचाने के लिए काफी है। बताओ तकदीरवर हूं कि नहीं?

कैलास — अगर कहीं बात खुल गयी तो?

नईम — तो यह मेरी समझ का फेर, मेरे अनुसंधान का दोष, मानव प्रकृति के एक अटल नियम का उज्ज्वल उदाहरण होगा। मैं कोई सर्वज्ञ तो हूं नहीं। मेरी नीयत पर आंच न आने पायेगी। मुझ पर रिश्वत लेने का संदेह न हो सकेगा। आप इसके व्यावहारिक कोण पर न जाइए, केवल इसके नैतिक कोण पर निगाह रखिए। यह कार्य नीति के अनुकूल है या नहीं? आध्यात्मिक सिद्धान्तों को न खींच लाइएगा, केवल नीति के सिद्धांतों से इसकी विवेचना कीजिए।

कैलास — इसका एक अनिवार्य फल यह होगा कि दूसरे रईसों को भी ऐसे दुष्कृत्यों की उत्तेजना मिलेगी। धन से बड़े-से-बड़े पापों पर परदा पड़ सकता है, इस विचार के फैलने का फल कितना भयंकर होगा, इसका आप स्वयं अनुमान कर सकते हैं।

नईम — जी नहीं, मैं यह अनुमान नहीं कर सकता। रिश्वत अब भी 90 फीसदी अभियोगों पर परदा डालती है। फिर भी पाप का भय प्रत्येक हृदय में है।

दोनों मित्रों में देर तक इस विषय पर तर्क-वितर्क होता रहा, लेकिन कैलास का न्याय-विचार नईम के हास्य और व्यंग्य से पेश न पा सका।

4

विष्णुपुर के हत्याकांड पर समाचार-पत्रों में आलोचना होने लगी। सभी पत्र एक स्वर से रायसाहब को ही लांक्षित करते और गवर्नमेंट को राजा साहब

से अनुचित पक्षपात करने का दोष लगाते थे; लेकिन इसके साथ यह भी लिख देते थे कि अभी यह अभियोग विचाराधीन है, इसलिए इस पर टीका नहीं की जा सकती।

मिरजा नईम ने अपनी खोज को सत्य का रूप देने के लिए पूरा एक महीना व्यतीत किया। जब उनकी रिपोर्ट प्रकाशित हुई तो राजनीतिक क्षेत्र में विप्लव मच गया। जनता के संदेह की पुष्टि हो गयी।

कैलास के सामने अब एक जटिल समस्या उपस्थित हुई। अभी तक उसने इस विषय पर एकमात्र मौन धारण कर रखा था। वह यह निश्चय न कर सकता था कि क्या लिखूं। गवर्नमेंट का पक्ष लेना अपनी अंतरात्मा को पददलित करना था, आत्मस्वातंत्र्य का बलिदान करना था। पर मौन रहना और भी अपमान-जनक था। अंत को जब सहयोगियों में दो-चार ने उसके ऊपर सांकेतिक रूप से आक्षेप करना शुरू किया कि उसका मौन निरर्थक नहीं है, तब उसके लिए तटस्थ रहना असह्य हो गया। उसके वैयक्तिक तथा जातीय कर्तव्य में घोर संग्राम होने लगा। उस मैत्री को, जिसके अंकुर पचीस वर्ष पहले ह्रदय में अंकुरित हुए थे, और अब जो एक सघन, विशाल वृक्ष का रूप धारण कर चुकी थी, हृदय से निकालना, हृदय को चीरना था। वह मित्र, जो उसके दुःख में दु:खी और सुख में सुखी होता था, जिसका हृदय नित्य उसकी सहायता के लिए तत्पर रहता था, जिसके घर में जाकर वह अपनी चिंताओं को भूल जाता था, जिसके प्रेमालिंगन में वह अपने कष्टों को विसर्जित कर दिया करता था, जिसके दर्शन-मात्र ही से उसे आश्वासन, दृढ़ता तथा मनोबल प्राप्त होता था, उसी मित्र की जड़ खोदनी पड़ेगी! वह बुरी सायत थी, जब मैंने सम्पादकीय क्षेत्र में पदार्पण किया, नहीं तो आज इस धर्म-संकट में क्यों पड़ता? कितना घोर विश्वासघात होगा। विश्वास मैत्री का मुख्य अंग है। नईम ने मुझे अपना विश्वासपात्र बनाया है, मुझसे कभी परदा नहीं रखा। उसके उन गुप्त रहस्यों को प्रकाश में लाना उसके प्रति घोर अन्याय होगा! नहीं, मैं मैत्री को कलंकित न करूंगा, उसकी निर्मल कीर्ति पर धब्बा न लगाऊंगा, मैत्री पर वज्रघात न करूंगा। ईश्वर वह दिन न लाये कि मेरे हाथों नईम का अहित हो। मुझे पूर्ण विश्वास है कि यदि मुझ पर कोई संकट पड़े, तो नईम मेरे लिए प्राण तक दे देने को तैयार हो जायेगा, उसी मित्र को मैं संसार के सामने अपमानित करूं, उसकी गरदन पर कुठार चलाऊं। भगवान् मुझे वह दिन न दिखाना!

लेकिन जातीय कर्तव्य का पक्ष भी निरस्त्र न था। पत्र का सम्पादक परंपरागत नियमों के अनुसार जाति का सेवक है। वह जो कुछ देखता है, जाति की विराट् दृष्टि से देखता है। वह जो कुछ विचार करता है उस पर भी जातीयता की

छाप लगी होती है। नित्य जाति के विस्तृत विचार-क्षेत्र में विचरण करते रहने से व्यक्ति का महत्व उसकी दृष्टि में अत्यन्त संकीर्ण हो जाता है; वह व्यक्ति को क्षुद्र, तुच्छ, नगण्य कहने लगता है। व्यक्ति को जाति पर बलि देना उसकी नीति का प्रथम अंग है। यहां तक कि बहुधा अपने स्वार्थ को भी जाति पर वार देता है। उसके जीवन का लक्ष्य महान् आत्माओं का अनुगामी होता है। जिन्होंने राष्ट्रों का निर्माण किया है; जो दलित राष्ट्रों के उद्धारक है, उनकी कीर्ति अमर हो गयी है। वह यथाशक्ति कोई काम ऐसा नहीं कर सकता, जिससे उसके पूर्वजों की उज्ज्वल विरुदावली में कालिमा लगने का भय हो। कैलास राजनीतिक क्षेत्र में बहुत कुछ यश और गौरव प्राप्त कर चुका था। उसकी सम्मति आदर की दृष्टि से देखी जाती थी। उसके निर्भीक विचारों ने, उसकी निष्पक्ष टीकाओं ने उसे सम्पादक-मंडली का प्रमुख नेता बना दिया था। अतएव इस अवसर पर मैत्री का निर्वाह केवल उसकी नीति और आदर्श ही के विरुद्ध नहीं, उसके मनोगत भावों के भी विरुद्ध था। इसमें उसका अपमान था, आत्मपतन था, भीरुता थी। यह कर्तव्य पथ से विमुख होना और राजनैतिक क्षेत्र में सदैव के लिए बहिष्कृत हो जाना था। एक व्यक्ति की, चाहे वह मेरा कितना ही आत्मीय क्यों न हो, राष्ट्र के सामने क्या हस्ती है! नईम के बनने या बिगड़ने से राष्ट्र पर कोई असर न पड़ेगा। लेकिन शासन की निरंकुशता और अत्याचार पर परदा डालना राष्ट्र के लिए भयंकर सिद्ध हो सकता है। उसे इसकी परवा न थी कि मेरी आलोचना का प्रत्यक्ष कोई असर होगा या नहीं। सम्पादक की दृष्टि में अपनी सम्मति सिंहनाद के समान प्रतीत होती है कि मेरी लेखनी शासन को कम्पायमान कर देगी, विश्व को हिला देगी। शायद सारा संसार मेरी कलम की सरसराहट से थर्रा उठेगा, मेरे विचार प्रकट होते ही युगांतर उपस्थित कर देंगे। नईम मेरा मित्र है, किन्तु राष्ट्र मेरा इष्ट है। मित्र के पद की रक्षा के लिए क्या अपने इष्ट पर प्राणघातक आघात करूं?

कई दिनों तक कैलास के व्यक्तिगत और सम्पादक के कर्तव्यों में संघर्ष होता रहा। अन्त को जाति ने व्यक्ति को परास्त कर दिया। उसने निश्चय किया कि मैं इस रहस्य का यथार्थ स्वरूप दिखा दूंगा; दुनिया को दिखा दूंगा; शासन के अनुत्तर दायित्य को जनता के सामने खोलकर रख दूंगा; शासन-विभाग के कर्मचारियों की स्वार्थ-लोलुपता का नमूना दिखा दूंगा; दुनिया को दिखा दूंगा कि सरकार जिनकी आंखों से देखती है, जिनके कानों से सुनती है। उसकी अक्षमता, उसकी अयोग्यता और उसकी दुर्बलता को प्रमाणित करने का इससे बढ़कर और कौन-सा उदाहरण मिल सकता है? नईम मेरा मित्र है, तो हो, जाति के सामने वह कोई चीज नहीं है। उसकी हानि के भय से मैं राष्ट्रीय कर्तव्य से क्यों मुंह फेरूं

अपनी आत्मा को क्यों दूषित करूं, अपनी स्वाधीनता को क्यों कलंकित करूं? आह प्राणों से प्रिय नईम! मुझे क्षमा करना आज तुम जैसे मित्र रत्न को मैं अपने कर्तव्य की वेदी पर बलि चढ़ाता हूं। मगर तुम्हारी जगह मेरा पुत्र होता, तो उसे भी इसी कर्तव्य की बलि बेदी पर भेंट कर देता।

दूसरे दिन कैलास ने इस घटना की मीमांसा शुरू की। जो कुछ उसने नईम से सुना था, वह सब एक लेखमाला के रूप में प्रकाशित करने लगा। घर का भेदी लंका ढाहे! अन्य सम्पादकों को जहां अनुमान, तर्क और युक्ति के आधार पर अपना मत स्थिर करना पड़ता था और इसलिए वे कितनी ही अनर्गल, अपवादपूर्ण बातें लिख डालते थे, वहां कैलास की टिप्पणियां प्रत्यक्ष प्रमाणों से युक्त होती थीं। वह पते-पते की बातें कहता था और उस निर्भीकता के साथ, जो दिव्य अनुभव का निदेश करती थीं। उसके लेखों में विस्तार कम पर सार अधिक होता था। उसने नईम को भी न छोड़ा, उसकी स्वार्थ-लिप्सा का खूब खाका उड़ाया। यहां तक कि वह धन की संख्या भी लिख दी जो इन कुत्सित व्यापार पर परदा डालने के लिए उसे दी गयी थी। सबसे मजे की बात यह थी कि उसने नईम से एक राष्ट्रीय गुप्तचर की मुलाकात का उल्लेख किया, जिसने नईम को रुपये लेते हुए देखा था। अंत में गवर्नमेंट को भी चैलेंज दिया कि जो उसमें साहस हो, तो मेरे प्रमाणों को झूठा साबित कर दे। इतना ही नहीं उसने यह वार्तालाप भी अक्षरश: प्रकाशित कर दिया जो उसके और नईम के बीच हुआ था। रानी का नईम के पास आना, उसके पैरों पर गिरना, कुंवर साहब का नईम के पास नाना प्रकार के तोहफे लेकर आना, इन सभी प्रसंगों ने उसके लेखों में एक जासूसी उपन्यास का मजा पैदा कर दिया।

इन लेखों ने राजनीतिक क्षेत्र में हलचल मचा दी। पत्र सम्पादकों को अधिकारियों पर निशाने लगाने के ऐसे अवसर बड़े सौभाग्य से मिलते हैं। जगह-जगह शासन की इस करतूत की निंदा करने के लिए सभाएं होने लगीं। कई सदस्यों ने व्यवस्थापक-सभा में इस विषय पर प्रश्न करने की घोषणा की। शासकों को कभी ऐसे मुंह की न खानी पड़ी थी। आखिर उन्हें अपनी मानरक्षा के लिए इसके सिवा और कोई उपाय न सूझा कि वे मिरजा नईम को कैलास पर मानहानि का अभियोग चलाने के लिए विवश करें।

5

कैलास पर इस्तगासा दायर हुआ। मिरजा नईम की ओर से सरकार पैरवी करती थी। कैलास स्वयं अपनी पैरवी कर रहा था। न्याय के प्रमुख

संरक्षकों (वकील-बैरिस्टरों) ने किसी अज्ञात कारण से उसकी पैरवी करना अस्वीकार किया। न्यायाधीश को हार कर कैलास को, कानून की सनद न रखते हुए भी, अपने मुकदमे की पैरवी की आज्ञा देनी पड़ी। महीनों अभियोग चलता रहा। जनता में सनसनी फैल गयी। रोज हजारों आदमी अदालत में एकत्र होते थे। बाजारों में अभियोग की रिपोर्ट पढ़ने के लिए समाचार-पत्रों की लूट होती थी। चतुर पाठक पढ़े हुए पत्रों से घड़ी रात जाते-जाते दुगने पैसे खड़े कर लेते थे; क्योंकि उस समय तक पत्र-विक्रेताओं के पास कोई पत्र न बचने पाता था। जिन बातों का ज्ञान पहले गिने-गिनाये पत्र-ग्राहकों को था, उन पर अब जनता की टिप्पणियां होने लगीं। नईम की मिट्टी कभी इतनी खराब न हुई थी; गली-गली, घर-घर उसी की चर्चा थी। जनता का क्रोध उसी पर केन्द्रित हो गया था। वह दिन भी स्मरणीय रहेगा जब दोनों सच्चे, एक-दूसरे पर प्राण देने वाले मित्र अदालत में आमने-सामने खड़े हुए और कैलास ने मिरजा नईम से जिरह करनी शुरू की। कैलास को ऐसा मानसिक कष्ट हो रहा था, मानो वह नईम की गरदन पर तलवार चलाने जा रहा है और नईम के लिए तो अग्निपरीक्षा थी। दोनों के मुख उदास थे; एक का आत्मग्लानि से, दूसरे का भय से। नईम प्रसन्न बनने की चेष्टा करता था, कभी-कभी सूखी हंसी भी हंसता था, लेकिन कैलास — आह, उस गरीब के दिल पर जो गुजर रही थी उसे कौन जान सकता है।

कैलास ने पूछा — आप और मैं साथ पढ़ते थे, इसे आप स्वीकार करते है? नईम — अवश्य स्वीकार करता हूं।

कैलास — हम दोनों में इतनी घनिष्ठता थी कि हम आपस में कोई परदा न रखते थे, इसे आप स्वीकार करते हैं?

नईम — अवश्य स्वीकार करता हूं।

कैलास — जिन दिनों आप इस मामले की जांच कर रहे थे, मैं आपसे मिलने गया था, इसे भी आप स्वीकार करते हैं?

नईम — अवश्य स्वीकार करता हूं।

कैलास — क्या उस समय आपने मुझसे यह नहीं कहा था कि कुंवर साहब की प्रेरणा से यह हत्या हुई है?

नईम — कदापि नहीं।

कैलास — आपके मुख से ये शब्द नहीं निकले थे कि बीस हजार रू० की थैली है?

नईम जरा भी न झिझका, जरा भी संकुचित न हुआ। उसकी जबान में लेशमात्र भी लुकनत न हुई, वाणी में जरा भी थरथराहट ने आयी। उसके मुख पर अशांति, अस्थिरता या असमंजस का कोई भी चिह्न न दिखाई दिया। वह अविचल खड़ा रहा। कैलास ने बहुत डरते-डरते यह प्रश्न किया। उसको भय था कि नईम इसका कुछ जवाब न दे सकेगा। कदाचित् रोने लगेगा। लेकिन नईम ने निश्शंक भाव से कहा — सम्भव है, आपने स्वप्न में मुझसे ये बातें सुनी हों।

कैलास एक क्षण के लिए दंग हो गया। फिर उसने विस्मय से नईम की ओर नजर डालकर पूछा —क्या आपने यह नहीं फरमाया कि मैंने दो-चार अवसरों पर मुसलमानों के साथ पक्षपात किया है और इसलिए मुझे हिन्दू-विरोधी समझ कर इस अनुसंधान का भार सौंपा गया है?

नईम जरा भी न झिझका। अविचल, स्थिर और शांत भाव से बोला — आपकी कल्पना-शक्ति वास्तव में आश्चर्यजनक है। बरसों तक आपके साथ रहने पर भी मुझे यह विदित न हुआ था कि आपमें घटनाओं का आविष्कार करने की ऐसी चमत्कारपूर्ण शक्ति है।

कैलास ने और कोई प्रश्न नहीं किया। उसे अपने पराभव का दुःख न था, दुःख था नईम की आत्मा के पतन का। वह कल्पना भी न कर सकता था कि कोई मनुष्य अपने मुंह से निकली हुई बात को इतनी ढिठाई से अस्वीकार कर सकता है; और वह भी उस आदमी के मुंह पर, जिससे वह बात कही गयी हो। यह मानवी दुर्बलता की पराकाष्ठा है। वह नईम, जिसका अंदर और बाहर एक था, जिसके विचार और व्यवहार में भेद न था, जिसकी वाणी आंतरिक भावों का दर्पण थी, वह नईम, वह सरल, आत्माभिमानी, सत्यभक्त नईम, इतना धूर्त, ऐसा मक्कार हो सकता है! क्या दासता के सांचे में ढल कर मनुष्य अपना मनुष्यत्व खो बैठता है? क्या यह दिव्य गुणों के रूपांतर करने का यंत्र है?

अदालत ने नईम को 20 हजार रुपयों की डिक्री दे दी। कैलास पर वज्रपात हो गया।

6

इस निश्चय पर राजनीतिक संसार में फिर कुहराम मचा। सरकारी पक्ष के पत्रों ने कैलास को धूर्त कहा; जन-पक्षवालों ने नईम को शैतान बनाया। नईम के दुस्साहस ने न्याय की दृष्टि में चाहे उसे निरपराध सिद्ध कर दिया हो पर

जनता की दृष्टि में तो उसे और भी गिरा दिया। कैलास के पास सहानुभूति के पत्र और तार आने लगे। पत्रों में उसकी निर्भीकता और सत्यनिष्ठा की प्रशंसा होने लगे। जगह-जगह सभाएं और जलसे हुए, और न्यायालय के निश्चय पर अफसोस प्रकट किया गया; किन्तु सूखे बादलों से पृथ्वी की तृप्ति तो नहीं होती? रूपये कहां से आवें और वह भी एकदम से 20 हजार! आदर्शपालन का यही मूल्य है, राष्ट्र-सेवा महंगा सौदा है। 20 हजार! इतने रुपये तो कैलास ने शायद स्वप्न में भी न देखे हों और जब देने पड़ेंगे! कहां से देगा? इतने रुपयों के सूद से ही वह जीविका की चिन्ता से मुक्त हो सकता था। उसे अपने पत्र में अपनी विपत्ति का रोना रो कर चंदा एकत्र करने से घृणा थी। मैंने अपने ग्राहकों की अनुमति लेकर इस शेर से मोरचा नहीं लिया था। मैनेजर की वकालत करने के लिए किसी ने मेरी गरदन नहीं दबायी थी। मैंने अपना कर्तव्य समझ कर ही शासकों को चुनौती दी। जिस काम के लिए मैं अकेला जिम्मेदार हूं, उसका भार अपने ग्राहकों पर क्यों डालूं। यह अन्याय है। सम्भव है, जनता में आंदोलन करने से दो-चार हजार रुपये हाथ आ जायं; लेकिन यह सम्पादकीय आदर्श के विरुद्ध है। इससे मेरी शान में बट्टा लगता है। दूसरों को यह कहने का अवसर दूं कि और के मत्थे फुलौड़ियां खायीं, तो क्या बड़ा जग जीत लिया! जब जानते कि अपने बल-बूते पर गरजते! निर्भीक आलोचना का सेहरा तो मेरे सिर बंधा, उसका मूल्य दूसरों से क्यों वसूल करूं? मेरा पत्र बंद हो जाये, मैं पकड़ कर कैद किया जाऊं, मेरा मकान कुर्क कर लिया जाय, बरतन-भांडे नीलाम हो जायं, यह सब मुझे मंजूर है। जो कुछ सिर पड़ेगी भुगत लूंगा, पर किसी के सामने हाथ न फैलाऊंगा।

सूर्योदय का समय था। पूर्व दिशा से प्रकाश की छटा ऐसी दौड़ी चली आती थी, जैसे आंख में आंसुओं की धारा। ठंडी हवा कलेजे पर यों लगती थी, जैसे किसी के करुण क्रंदन की ध्वनि। सामने का मैदान दु :खी हृदय की भांति ज्योति के बाणों से बिंध रहा था। घर में वह निस्तब्धता छायी थी, जो गृह-स्वामी के गुप्त रोदन की सूचना देती है। न बालकों का शोरगुल और न माता की शान्तिप्रसारिणी शब्द ताड़ना। जब दीपक बुझ रहा हो, तो घर में प्रकाश कहां से आये? यह आशा का प्रभाव नहीं, शोक का प्रभाव था; क्योंकि आज ही कुर्क-अमीन कैलास की सम्पत्ति को नीलाम करने के लिए आनेवाला था।

उसने अंतर्वेदना से विकल होकर कहा — आह! आज मेरे सार्वजनिक जीवन का अन्त हो जाएगा। जिस भवन का निर्माण करने में अपने जीवन के 25 वर्ष लगा दिये वह आज नष्ट-भ्रष्ट हो जाएगा। पत्र की गरदन पर छुरी फिर जाएगी,

मेरे पैरों में उपहास और अपमान की बेड़ियां पड़ जायंगी, मुख में कालिमा लग जायगी, यह शांति-कुटीर उजड़ जायगी, यह शोकाकुल परिवार किसी मुरझाये हुए फूल की पंखड़ियों की भांति बिखर जायगा। संसार में उसके लिए कहीं आश्रय नहीं है। जनता की स्मृति चिरस्थायी नहीं होती; अल्पकाल में मेरी सेवाएं विस्मृति के अंधकार में लीन हो जायंगी। किसी को मेरी सुध भी न रहेगी, कोई मेरी विपत्ति पर आंसू बहानेवाला भी न होगा।

सहसा उसे याद आया कि आज के लिए अभी अग्रलेख लिखना है। आज अपने सुहृद् पाठकों को सूचना दूं कि यह इस पत्र के जीवन का अंतिम दिवस है, उसे फिर आपकी सेवा में पहुंचने का सौभाग्य न प्राप्त होगा। हमसे अनेक भूल हुई होगी, आज हम उनके लिए आपसे क्षमा मांगते हैं। आपने हमारे प्रति जो सहवेदना और सुहृदयता प्रकट की है, उसके लिए हम सदैव आपके कृतज्ञ रहेंगे। हमें किसी से कोई शिकायत नहीं है। हमें इसे अकाल मृत्यु का दु:ख नहीं है; क्योंकि वह सौभाग्य उन्हीं को प्राप्त होता है, जो अपने कर्तव्यपथ पर अविचल रहते है। दु:ख यही है कि हम जाति के लिए इससे अधिक बलिदान करने में समर्थ न हुए। इस लेख को आदि से अन्त तक सोच कर वह कुर्सी से उठा ही था कि किसी के पैरों की आहट मालूम हुई। गरदन उठाकर देखा, तो मिरजा नईम था। वही हंसमुख चेहरा, वही मृदु मुस्कान, वही क्रीड़ामय नेत्र। आते ही कैलास के गले से लिपट गया।

कैलास ने गरदन छुड़ाते हुए कहा — क्या मेरे घाव पर नमक छिड़कने, मरी लाश को ठुकराने आये हो?

नईम ने उसकी गरदन को और जोर से दबाकर कहा — और क्या, मुहब्बत के यही तो मजे है!

कैलास — मुझसे दिल्लगी न करो। भरा बैठा हूं, मार बैठूंगा।

नईम की आंखें सजल हो गयीं। बोला — आह जालिम! मैं तेरी जबान से यही कटु वाक्य सुनने के लिए तो विकल हो रहा था। जितना चाहे कोसो खूब गालियां दो, मुझे इसमें मधुर संगीत का आनंद आ रहा है।

कैलास — और, अभी जब अदालत का कुर्क-अमीन मेरा घर-बार नीलाम करने आयेगा, तो क्या होगा? बोलो, अपनी जान बचा कर तो अलग हो गये।

नईम — हम दोनों मिल कर खूब तालियां बजायेंगे, और उसे बंदर की तरह नचायेंगे?

कैलास — तुम अब पिटोगे मेरे हाथों से जालिम, तुझे मेरे बच्चों पर भी दया न आयी?

नईम — तुम भी चले मुझी से जोर आजमाने। कोई समय था, जब बाजी तुम्हारे हाथ रहती थी। अब मेरी बारी है। तुमने मौका-महल तो देखा नहीं, मुझ पर पिल पड़े।

कैलास — सरासर सत्य की उपेक्षा करना मेरे सिद्धांत के विरूद्ध था।

नईम — और सत्य का गला घोंटना मेरे सिद्धांत के अनुकूल।

कैलास — अभी एक पूरा परिवार तुम्हारे गले मढ़ दूंगा, तो अपनी किस्मत को रोओगे। देखने में तुम्हारा आधा भी नहीं हूं; लेकिन संतानोन्पत्ति में तुम जैसे तीन पर भारी हूं। पूरे सात हैं, कम न वेश!

नईम — अच्छा लाओ, कुछ खिलाते-पिलाते हो या तकदीर का मरसिया ही गाये जाओगे? तुम्हारी सिर की कसम, बहुत भूखा हूं। घर से बिना खाये ही चल पड़ा।

कैलास — यहां आज सोलहों दड एकादशी है। सब-के-सब शोक में बैठे उसी अदालत के जल्लाद की राह देख रहे है। खाने-पीने का क्या जिक्र? तुम्हारे बैग में कुछ हो, तो निकालो; आज साथ बैठ कर खा लें, फिर तो जिंदगी भर का रोना है ही।

नईम — फिर तो ऐसी शरारत न करोगे?

कैलास — वाह, यह तो अपने रोम-रोम में व्याप्त हो गयी है। जब तक सरकार पशुबल से हमारे ऊपर शासन करती रहेगी, हम उसका विरोध करते रहेंगे। खेद यही है कि अब मुझे इसका अवसर ही न मिलेगा। किन्तु तुम्हें 20,000 रु० में से 20 रु० भी न मिलेंगे। यहां रद्दियों के ढेर के सिवा और कुछ नहीं है।

नईम — अजी, मैं तुमसे 20 हजार रूपये की जगह उसका पंचगुना वसूल कर लूंगा। तुम हो किस फेर में?

कैलास — मुंह धो रखिए!

नईम — मुझे रुपयों की जरूरत है। आओ कोई समझौता कर लो।

कैलास — कुंवर साहब के 20 हजार रूपये डकार गये, फिर भी अभी संतोष नहीं हुआ? बदहजमी हो जायगी!

नईम — धन से धन की भूख बढ़ती है, तृप्ति नहीं होती। आओ, कुछ मामला कर लो! सरकारी कर्मचारियों द्वारा मामला करने में और भी जेरबारी होगी।

कैलास — अरे तो क्या मामला कर लूं? यहां कागजों के सिवा और कुछ हो भी तो!

नईम — मेरा ऋण चुकाने-भर को बहुत है। अच्छा, इसी बात पर समझौता कर लो कि मैं जो चीज चाहूं, ले लूं। फिर रोना मत।

कैलास — अजी, तुम सारा दफ्तर सिर पर उठा ले जाओ, घर उठा ले जाओ, मुझे पकड़ ले जाओ, और मीठे टुकड़े खिलाओ। कसम ले लो, जो जरा भी चूं करूं।

नईम — नहीं, मैं सिर्फ एक चीज चाहता हूं, सिर्फ एक चीज!

कैलास के कौतूहल की कोई सीमा न रही। सोचने लगा, मेरे पास ऐसी कौन-सी बहुमूल्य वस्तु है? कहीं मुझसे मुसलमान होने को तो न कहेगा? यही धर्म एक चीज है, जिसका मूल्य एक से लेकर असंख्य तक रखा जा सकता है। जरा देखूं तो हजरत क्या कहते है?

उसने पूछा — क्या चीज?

नईम — मिसेज कैलास से एक मिनट तक एकांत में बातचीत करने की आज्ञा।

कैलास ने नईम के सिर पर एक चपत जमा कर कहा — फिर वही शरारत! सैकड़ों बार तो देख चुके हो, ऐसी कौन-सी इंद्र की अप्सरा है!

नईम — वह कुछ भी हो, मामला करते हो, तो करो; मगर याद रखना, एकांत की शर्त है।

कैलास — मंजूर है। फिर जो डिक्री के रुपये मांगे गये, तो नोंच ही खाऊंगा।

नईम — हां, मंजूर है।

कैलास — (धीरे से) मगर यार, नाजुक मिजाज स्त्री है, कोई बेहूदा मजाक न कर बैठना।

नईम — जी, इन बातों में मुझे आपके उपदेश की जरूरत नहीं। मुझे उनके कमरे में ले तो चलिए!

कैलास — सिर नीचे किये रहना।

नईम — अजी, आंखों में पट्टी बांध दो।

कैलास के घर में परदा न था। उमा चिंता-मग्न बैठी हुई थी। सहसा नईम और कैलास को देख कर चौंक पड़ी। बोली, आइए मिरजाजी। अब की तो बहुत दिनों में याद किया।

कैलास नईम को वहीं छोड़ कर कमरे से बाहर निकल आया; लेकिन परदे की आड़ से छिप कर देखने लगा कि इनमें क्या बातें होती है। उसे कुछ बुरा खयाल न था, केवल कौतूहल था।

नईम — हम सरकारी आदमियों को इतनी फुरसत कहां? डिक्री के रुपये वसूल करने थे, इसीलिए चला आया हूं।

उमा कहां तो मुस्करा रही थी, कहां रुपये का नाम सुनते ही उसका चेहरा फक हो गया। गम्भीर स्वर में बोली – हम लोग स्वयं इसी चिंता में पड़े हुए है। कहीं रुपये मिलने की आशा नहीं है; और उन्हें जनता से अपील करते संकोच होता है।

नईम — अजी, आप कहती क्या है? मैंने सब रूपये पाई-पाई वसूल कर लियें।

उमा ने चकित हो कर कहा — सच! उनके पास रुपये कहां थे?

नईम — उनकी हमेशा से यही आदत है। आपसे कह रखा होगा, मेरे पास कौड़ी नहीं है। लेकिन मैंने चुटकियों में वसूल कर लिया! आप उठिए, खाने का इंतजाम कीजिए।

उमा — रूपये भला क्या दिये होंगे। मुझे एतबार नहीं आता।

नईम — आप सरल हैं और वह एक ही काइयां। उसे तो मैं ही खूब जानता हूं। अपनी दरिद्रता के दुखड़े गा-गा कर आपको चकमा दिया करता होगा।

कैलास मुस्कराते हुए कमरे में आये और बोले — अच्छा, अब निकलिए बाहर! यहां भी अपनी शैतानी से बाज न आये?

नईम — रूपये की रसीद तो लिख दूं?

उमा — तुमने रुपये दे दिये? कहां मिले?

कैलास — फिर कभी बतला दूंगा। उठिए हजरत!

उमा — बताते क्यों नहीं, कहां मिले? मिरजा जी से कौन परदा है?

कैलास — नईम, तुम उमा के सामने मेरी तौहीन करना चाहते हो?

नईम — तुमने सारी दुनिया के सामने मेरी तौहीन नहीं की?

कैलास — तुम्हारी तौहीन की, तो उसके लिए 20 हजार रुपये नहीं देने पड़े।

नईम — मैं भी उसी टकसाल के रुपये दे दूंगा। उमा, मैं रुपये पा गया। इन बेचारे का परदा ढका रहने दो।

शतरंज के खिलाड़ी

वाजिदअली शाह का समय था। लखनऊ विलासिता के रंग में डूबा हुआ था। छोटे-बड़े, गरीब-अमीर सभी विलासिता में डूबे हुए थे। कोई नृत्य और गान की मजलिस सजाता था, तो कोई अफीम की पीनक ही में मजे लेता था। जीवन के प्रत्येक विभाग में आमोद-प्रमोद का प्राधान्य था। शासन-विभाग में, साहित्य-क्षेत्र में, सामाजिक अवस्था में, कलाकौशल में, उद्योग-धंधों में, आहार-व्यवहार में सर्वत्र विलासिता व्याप्त हो रही थी। राजकर्मचारी विषय-वासना में, कविगण प्रेम और विरह के वर्णन में, कारीगर कलाबत्तू और चिकन बनाने में, व्यवसायी सुरमे, इत्र, मिस्सी और उबटन का रोजगार करने में लिप्त थे। सभी की आंखों में विलासिता का मद छाया हुआ था। संसार में क्या हो रहा है, इसकी किसी को खबर न थी। बटेर लड़ रहे है। तीतरों की लड़ाई के लिए पाली बदी जा रही है। कहीं चौसर बिछी हुई हैं; पौ-बारह का शोर मचा हुआ है। कहीं शतरंज को घोर संग्राम छिड़ा हुआ है। राजा से लेकर रंक तक इसी धुन में मस्त थे। यहां तक कि फकीरों को पैसे मिलते तो वे रोटियां न ले कर अफीम खाते या मदक पीते। शतरंज, ताश, गंजीफा खेलने से बुद्धि तीव्र होती है, विचार-शक्ति का विकास होता है, पेचीदा मसलों को सुलझाने की आदत पड़ती है। ये दलीलें जोरों के साथ पेश की जाती थीं (इस सम्प्रदाय के लोगों से दुनिया अब भी खाली नहीं है)। इसलिए अगर मिरजा सज्जादअली और मीर रौशनअली अपना अधिकांश समय बुद्धि तीव्र करने में व्यतीत करते थे, तो किसी विचारशील पुरुष को क्या आपत्ति हो सकती थी? दोनों के पास मौरूसी जागीरें थीं; जीविका की कोई चिंता न थी; घर में बैठे चखौतियां करते थे। आखिर और करते ही क्या? प्रात:काल दोनों मित्र नाश्ता करके बिसात बिछा कर बैठ जाते, मुहरे सज जाते, और लड़ाई के दाव-पेंच होने लगते। फिर खबर न होती थी कि कब दोपहर हुई, कब तीसरा पहर, कब शाम। घर के भीतर से बार-बार बुलावा आता कि खाना तैयार है। यहां से जवाब मिलता — चलो, आते है, दस्तरख्वान बिछाओ। यहां तक कि बावरची विवश होकर कमरे ही में खाना

रख जाता था, और दोनों मित्र दोनों काम साथ-साथ करते थे। मिरजा सज्जादअली के घर में कोई बढ़ा-बूढ़ा न था, इसलिए उन्हीं के दीवानखाने में बाजियां होती थीं। मगर यह बात न थी कि मिरजा के घर के और लोग लोग उनके इस व्यवहार से खुश हों। घरवालों का तो कहना ही क्या, मुहल्ले वाले, घर के नौकर-चाकर तक नित्य द्वेषपूर्ण टिप्पणियां किया करते थे — बड़ा मनहूस खेल है। घर को तबाह कर देता है। खुदा न करे, किसी को इसकी चाट पड़े, आदमी दीन-दुनिया किसी के काम का नहीं रहता, न घर का, न घाट का। बुरा रोग है। यहां तक कि मिरजा की बेगम साहबा को इससे इतना द्वेष था कि अवसर खोज-खोज कर पति को लताड़ती थीं। पर उन्हें इसका अवसर मुश्किल से मिलता था। वह सोती रहती थीं, तब तक बाजी बिछ जाती थी। और रात को जब सो जाती थीं, तब कहीं मिरजाजी घर में आते थे। हां, नौकरों पर वह अपना गुस्सा उतारती रहती थीं — क्या पान मांगे हैं? कह दो, आ कर ले जायं। खाने की फुरसत नहीं है? ले जा कर खाना सिर पर पटक दो, खायं चाहे कुत्ते को खिलायें। पर रूबरू वह भी कुछ न कह सकती थीं। उनको अपने पति से उतना मलाल न था, जितना मीर साहब से। उन्होंने उनका नाम मीर बिगाड़ू रख छोड़ा था। शायद मिरजाजी अपनी सफाई देने के लिए सारा इलजाम मीर साहब ही के सर थोप देते थे।

एक दिन बेगम साहब के सिर में दर्द होने लगा। उन्होंने लौंडी से कहा — जा कर मिरजा साहब को बुला ला। किसी हकीम के यहां से दवा लायें। दौड़, जल्दी कर। लौंडी गयी तो मिऱज़ाजी ने कहा — चल, अभी आते हैं। बेगम साहबा का मिजाज गरम था। इतनी ताब कहां कि उनके सिर में दर्द हो और पति शतरंज खेलता रहे। चेहरा सुर्ख हो गया। लौंडी से कहा — जा कर कह, अभी चलिए, नहीं तो वह आप ही हकीम के यहां चली जायंगी। मिरजाजी बड़ी दिलचस्प बाजी खेल रहे थे, दो ही किस्तों में मीर साहब की मात हुई जाती थी। झुंझला कर बोले — क्या ऐसा दम लबों पर है? जरा सब्र नहीं होता?

मीर — अरे, तो जा कर सुन ही आइए न। औरतें नाजुक-मिजाज होती ही है।

मिरजा — जी हां, चला क्यों न जाऊं! दो किस्तों में आपकी मात होती है।

मीर — जनाब, इस भरोसे न रहिएगा। वह चाल सोची है कि आपके मुहरे धरे रहे और मात हो जाय। पर जाइए, सुन आइए। क्यों खामख्वाह उनका दिल दुखाइएगा?

मिरजा — इसी बात पर मात ही करके जाऊंगा।

मीर — मैं खेलूंगा ही नहीं। आप जा कर सुन आइए।

मिरजा — अरे यार, जाना पड़ेगा हकीम के यहां। सिर-दर्द खाक नहीं है मुझे परेशान करने का बहाना है।

मीर — कुछ भी हो, उनकी खातिर तो करनी ही पड़ेगी।

मिरजा — अच्छा, एक चाल और चल लूं।

मीर — हरगिज नहीं, जब तक आप सुन न आयेंगे, मैं मुहरे में हाथ ही नहीं लगाऊंगा।

मिरजा साहब मजबूर हो कर अंदर गये तो बेगम साहबा ने त्योरियां बदल कर, लेकिन कराहते हुए कहा — तुम्हें निगोड़ी शतरंज इतनी प्यारी है? चाहे कोई मर ही जाय, पर उठने का नाम नहीं लेते! नौज, कोई तुम-जैसा आदमी हो!

मिरजा — क्या कहूं मीर साहब मानते ही न थे। बड़ी मुश्किल से पीछा छुड़ा कर आया हूं।

बेगम — क्या जैसे वह खुद निखट्टू है, वैसे ही सबको समझते हैं? उनके भी तो बाल-बच्चे है; या सबका सफाया कर डाला?

मिरजा — बड़ा लती आदमी है। जब आ जाता है, तब मजबूर हो कर मुझे भी खेलना पड़ता है।

बेगम — दुत्कार क्यों नहीं देते?

मिरजा — बराबर के आदमी है; उम्र में, दर्जे में मुझसे दो अंगुल ऊंचे। मुलाहिजा करना ही पड़ता है।

बेगम — तो मैं ही दुत्कारे देती हूं। नाराज हो जायंगे, हो जायं। कौन किसी की रोटियां चला देता है। रानी रूठेंगी, अपना सुहाग लेंगी। हरिया, जा बाहर से शतरंज उठा ला। मीर साहब से कहना, मियां अब न खेलेंगे आप तशरीफ ले जाइए।

मिरजा — हां-हां, कहीं ऐसा गजब भी न करना। जलील करना चाहती हो क्या? ठहर हरिया, कहां जाती है।

बेगम — जाने क्यों नहीं देते? मेरा ही खून पिये, तो उसे रोके। अच्छा, उसे रोका, मुझे रोको, तो जानूं?

यह कह कर बेगम साहबा झल्लाई हुई दीवानखाने की तरफ चलीं। मिरजा बेचारे का रंग उड़ गया। बीवी की मिन्नतें करने लगे — खुदा के लिए, तुम्हें हजरत हुसेन की कसम है। मेरी ही मैयत देखें जो उधर जाय। लेकिन बेगम ने

एक न मानी। दीवानखाने के द्वार तक गयीं, पर एकाएक पर-पुरुष के सामने जाते हुए पांव बंध-से गये। भीतर झांकी, संयोग से कमरा खाली था। मीर साहब ने दो-एक मुहरे इधर-उधर कर दिये थे, और अपनी सफाई बताने के लिए बाहर टहल रहे थे। फिर क्या था बेगम ने अंदर पहुंच कर बाजी उलट दी, मुहरे कुछ तख्त के नीचे फेंक दिये, कुछ बाहर और किवाड़ अंदर से बंद करके कुंडी लगा दी। मीर साहब दरवाजे पर तो थे ही, मुहरे बाहर फेंके जाते देखे, चूड़ियों की झनक भी कान में पड़ी। फिर दरवाजा बंद हुआ, तो समझ गये, बेगम साहबा बिगड़ गयीं। चुपके से घर की राह ली।

मिरजा ने कहा — तुमने गजब किया।

बेगम — अब मीर साहब इधर आये, तो खड़े-खड़े निकलवा दूंगी। इतनी लौ खुदा से लगाते, तो वली हो जाते! आप तो शतरंज खेलें, और मैं यहां चूल्हे-चक्की की फिक्र में सिर खपाऊं! जाते हो हकीम साहब के यहां कि अब भी ताम्मुल है।

मिरजा घर से निकले, तो हकीम के घर जाने के बदले मीर साहब के घर पहुंचे और सारा वृत्तांत कहा। मीर साहब बोले — मैंने तो जब मुहरे बाहर आते देखे, तभी ताड़ गया। फौरन भागा। बड़ी गुस्सेवर मालूम होती है। मगर आपने उन्हें यों सिर चढ़ा रखा है, यह मुनासिब नहीं। उन्हें इससे क्या मतलब कि आप बाहर क्या करते हैं। घर का इंतजाम करना उनका काम है; दूसरी बातों से उन्हें क्या सरोकार?

मिरजा — खैर, यह तो बताइए, अब कहां जमाव होगा?

मीर — इसका क्या गम है। इतना बड़ा घर पड़ा हुआ है। बस यहीं जमे।

मिरजा — लेकिन बेगम साहबा को कैसे मनाऊंगा? घर पर बैठा रहता था, तब तो वह इतना बिगड़ती थीं; यहां बैठक होगी, तो शायद जिंदा न छोड़ेंगी।

मीर — अजी बकने भी दीजिए, दो-चार रोज में आप ही ठीक हो जायंगी। हां, आप इतना कीजिए कि आज से जरा तन जाइए।

2

मीर साहब की बेगम किसी अज्ञात कारण से मीर साहब का घर से दूर रहना ही उपयुक्त समझती थीं। इसलिए वह उनके शतरंज-प्रेम की कभी

आलोचना न करती थीं; बल्कि कभी-कभी मीर साहब को देर हो जाती, तो याद दिला देती थीं। इन कारणों से मीर साहब को भ्रम हो गया था कि मेरी स्त्री अत्यन्त विनयशील और गंभीर है। लेकिन जब दीवानखाने में बिसात बिछने लगी, और मीर साहब दिन-भर घर में रहने लगे, तो बेगम साहबा को बड़ा कष्ट होने लगा। उनकी स्वाधीनता में बाधा पड़ गयी। दिन-भर दरवाजे पर झांकने को तरस जातीं।

उधर नौकरों में भी कानाफूसी होने लगी। अब तक दिन-भर पड़े-पड़े मक्खियां मारा करते थे। घर में कोई आये, कोई जाये, उनसे कुछ मतलब न था। अब आठों पहर की धौंस हो गयी। पान लाने का हुक्म होता, कभी मिठाई का। और हुक्का तो किसी प्रेमी के हृदय की भांति नित्य जलता ही रहता था। वे बेगम साहबा से जा-जा कर कहते — हुजूर, मियां की शतरंज तो हमारे जी का जंजाल हो गयी। दिन-भर दौड़ते-दौड़ते पैरों में छाले पड़ गये। यह भी कोई खेल कि सुबह को बैठे तो शाम कर दी। घड़ी-आध घड़ी दिलबहलाव के लिए खेल खेलना बहुत है। खैर, हमें तो कोई शिकायत नहीं; हुजूर के गुलाम हैं, जो हुक्म होगा, बजा ही लायेंगे , मगर यह खेल मनहूस है। इसका खेलने वाला कभी पनपता नहीं; घर पर कोई न कोई आफत जरूर आती है। यहां तक कि एक के पीछे महल्ले-के-महल्ले तबाह होते देखे गये हैं। सारे महल्ले में यही चरचा होती रहती है। हुजूर का नमक खाते हैं, अपने आका की बुराई सुन-सुन कर रंज होता है। मगर क्या करे? इस पर बेगम साहबा कहती है — मैं तो खुद इसको पसंद नहीं करती। पर वह किसी की सुनते ही नहीं, क्या किया जाय।

मुहल्ले में भी जो दो-चार पुराने जमाने के लोग थे, आपस में भांति-भांति की अमंगल कल्पनाएं करने लगे — अब खैरियत नहीं। जब हमारे रईसों का यह हाल है, तो मुल्क का खुदा ही हाफिज है। यह बादशाहत शतरंज के हाथों तबाह होगी। असर बुरे हैं।

राज्य में हाहाकार मचा हुआ था। प्रजा दिन-दहाड़े लूटी जाती थी। कोई फरियाद सुनने वाला न था। देहातों की सारी दौलत लखनऊ में खिंची आती थी और वह वेश्याओं में, भांडों में और विलासिता के अन्य अंगों की पूर्ति में उड़ जाती थी। अंग्रेज कम्पनी का ऋण दिन-दिन बढ़ता जाता था। कमली दिन-दिन भीगकर भारी होती जाती थी। देश में सुव्यवस्था न होने के कारण वार्षिक कर भी वसूल न होता था। रेजीडेंट बार-बार चेतावनी देता था, पर यहां तो लोग विलासिता के नशे में चूर थे, किसी के काऩों पर जूं न रेंगती थी।

खैर, मीर साहब के दीवानखाने में शतरंज होते कई महीने गुजर गये नये-नये नक्शे हल किये जाते; नये-नये किले बनाये जाते; नित्य नयी व्यूह-रचना होती; कभी-कभी खेलते-खेलते झौड़ हो जाती; तू-तू-मैं-मैं तक की नौबत आ जाती; पर शीघ्र ही दोनों मित्रों में मेल हो जाता। कभी-कभी ऐसा भी होता कि बाजी उठा दी जाती; मिरजा जी रूठकर अपने घर चले आते। मीर साहब अपने घर में जा बैठते। पर रात-भर की निद्रा के साथ सारा मनोमालिन्य शांत हो जाता था। प्रात:काल दोनों मित्र दीवानखाने में आ पहुंचते थे।

एक दिन दोनों मित्र बैठे हुए शतरंज की दल-दल में गोते खा रहे थे कि इतने में घोड़े पर पर सवार एक बादशाही फौज का अफसर मीर साहब का नाम पूछता हुआ आ पहुंचा। मीर साहब के होश उड़ गये। यह क्या बला सिर पर आयी! यह तलबी किस लिए हुई है! अब खैरियत नहीं नजर आती। घर के दरवाजे बंद कर लिये। नौकरों से बोले — कह दो, घर में नहीं है।

सवार — घर में नहीं, तो कहां है?

नौकर — यह मैं नहीं जानता। क्या काम है?

सवार — काम तुझे क्या बताऊंगा? हुजूर में तलबी है। शायद फौज के लिए कुछ सिपाही मांगे गये हैं। जागीरदार है कि दिल्लगी! मोरचे पर जाना पड़ेगा, तो आटे-दाल का भाव मालूम हो जायेगा!

नौकर — अच्छा, तो जाइए, कह दिया जायेगा।

सवार — कहने की बात नहीं है। मैं कल खुद आऊंगा, साथ ले जाने का हुक्म हुआ है।

सवार चला गया। मीर साहब की आत्मा कांप उठी। मिरजा जी से बोले — कहिए जनाब, अब क्या होगा?

मिरजा — बड़ी मुसीबत है। कहीं मेरी तलबी भी न हो।

मीर — कम्बख्त कल फिर आने को कह गया है।

मिरजा — आफत है, और क्या। कहीं मोरचे पर जाना पड़ा, तो बेमौत मरे।

मीर — बस, यही एक तदबीर है कि घर पर मिलो ही नहीं। कल से गोमती पर कहीं वीराने में नख्शा जमे। वहां किसे खबर होगी। हजरत आकर आप लौट जायेंगे।

मिरजा — वल्लाह, आपको खूब सूझी! इसके सिवाय और कोई तदबीर ही नहीं हैं।

इधर मीर साहब की बेगम उस सवार से कह रही थी, तुमने खूब धता बताया।

उसने जवाब दिया — ऐसे गावदियों को तो चुटकियों पर नचाता हूं। इनकी सारी अक्ल और हिम्मत तो शतरंज ने चर ली। अब भूलकर भी घर पर न रहेंगे।

3

दूसरे दिन से दोनों मुंह अंधेरे घर से निकले खड़े होते। बगल में एक छोटी-सी दरी दबाये, डिब्बे में गिलौरियां भरे, गोमती पार की एक पुरानी वीरान मसजिद में चले जाते, जिसे शायद नवाब आसफउद्दौला ने बनवाया था। रास्ते में तम्बाकू, चिलम और मदरिया ले लेते, और मसजिद में पहुंच, दरी बिछा, हुक्का भर कर शतरंज खेलने बैठ जाते थे। फिर उन्हें दीन-दुनिया की फिक्र न रहती थी। किश्त, शह आदि दो-एक शब्दों के सिवा उनके मुंह से और कोई वाक्य नहीं निकलता था। कोई योगी भी समाधि में इतना एकाग्र न होता होगा। दोपहर को जब भूख मालूम होती तो दोनों मित्र किसी नानबाई की दुकान पर जाकर खाना खाते, और एक चिलम हुक्का पीकर फिर संग्राम-क्षेत्र में डट जाते। कभी-कभी तो उन्हें भोजन का भी ख्याल न रहता था।

इधर देश की राजनीतिक दशा भयंकर होती जा रही थी। कम्पनी की फौजें लखनऊ की तरफ बढ़ी चली आती थीं। शहर में हलचल मची हुई थी। लोग बाल-बच्चों को लेकर देहातों में भाग रहे थे। पर हमारे दोनों खिलाड़ियों को इनकी जरा भी फिक्र न थी। वे घर से आते तो गलियों में होकर; डर था कि कहीं किसी बादशाही मुलाजिम की निगाह न पड़ जाये, जो बेकार में पकड़े जायें। हजारों रुपये सालाना की जागीर मुफ्त ही हजम करना चाहते थे।

एक दिन दोनों मित्र मसजिद के खंडहर में बैठे हुए शतरंज खेल रहे थे। मिरजा की बाजी कुछ कमजोर थी। मीर साहब उन्हें किश्त-पर-किश्त दे रहे थे। इतने में कम्पनी के सैनिक आते हुए दिखायी दिये। वह गोरा की फौज थी, जो लखनऊ पर अधिकार जमाने के लिए आ रही थी।

मीर साहब बोले — अंग्रेजी फौज आ रही है; खुदा खैर करे।

मिरजा — आने दीजिए, किश्त बचाइए। यह किश्त।

मीर — जरा देखना चाहिए, यहीं आड़ में खड़े हो जायें!

मिरजा — देख लीजिएगा, जल्दी क्या है, फिर किश्त!

मीर — तोपखाना भी है। कोई पांच हजार आदमी होंगे। कैसे-कैसे जवान हैं। लाल बन्दरों के-से मुंह। सूरत देखकर खौफ मालूम होता है।

मिरजा — जनाब, हीले न कीजिए। ये चकमे किसी और को दीजिएगा। यह किश्त!

मीर — आप भी अजीब आदमी है। यहां तो शहर पर आफत आयी हुई है और आपको किश्त की सूझी है! कुछ इसकी खबर है कि शहर घिर गया, तो घर कैसे चलेंगे?

मिरजा — जब घर चलने का वक्त आयेगा, तो देखा जायेगा — यह किश्त! बस, अब की शह में मात है।

फौज निकल गयी। दस बजे का समय था। फिर बाजी बिछ गयी।

मिरजा बोले — आज खाने की कैसे ठहरेगी?

मीर — अजी, आज तो रोजा है। क्या आपको ज्यादा भूख मालूम होती है?

मिरजा — जी नहीं, शहर में न जाने क्या हो रहा है!

मीर — शहर में कुछ न हो रहा होगा। लोग खाना खा-खा कर आराम से सो रहे होंगे। हुजूर नवाब साहब भी ऐशगाह में होंगे।

दोनों सज्जन फिर जो खेलने बैठे, तो तीन बज गये। अब मिरजाजी की बाजी कमजोर थी। चार का गजर बज ही रहा था कि फौज की वापसी की आहट मिली। नवाब वाजिदअली पकड़ लिये गये थे, और सेना उन्हें किसी अज्ञात स्थान को लिये जा रही थी। शहर में न कोई हलचल थी, न मार-काट। एक बूंद भी खून नहीं गिरा था! आज तक किसी स्वाधीन देश के राजा की पराजय इतनी शांति से, इस तरह खून बहे बिना न हुई होगी। यह वह अहिंसा न थी, जिस पर देवगण प्रसन्न होते हैं। यह वह कायरपन था, जिस पर बड़े-बड़े कायर भी आंसू बहाते है। अवध के विशाल देश का नवाब बन्दी चला जाता था, और लखनऊ ऐश की नींद में मस्त था। यह राजनीतिक अध:पतन की चरम सीमा थी।

मिरजा ने कहा — हुजूर नवाब साहब को जालिमों ने कैद कर लिया है।

मीर — होगा, यह लीजिए शह।

मिरजा — जनाब, जरा ठहरिए। इस वक्त इधर तबीयत नहीं लगती। बेचारे, नवाब साहब इस वक्त खून के आंसू रो रहे होंगे।

मीर — रोया ही चाहें। यह ऐश वहां कहां नसीब होगा। यह किश्त!

मिरजा — किसी के दिन बराबर नहीं जाते। कितनी दर्दनाक हालत है।

मीर — हां, सो तो है ही — यह लो, फिर किश्त! बस, अब की किश्त में मात है, बच नहीं सकते।

मिरजा — खुदा की कसम, आप बड़े बेदर्द है। इतना बड़ा हादसा देखकर भी आपको दुःख नहीं होता। हाय, गरीब वाजिदअली शाह!

मीर — पहले अपने बादशाह को तो बचाइए फिर नवाब साहब का मातम कीजिएगा। यह किश्त और यह मात! लाना हाथ!

बादशाह को लिये हुए सेना सामने से निकल गयी। उनके जाते ही मिरजा ने फिर बाजी बिछा दी। हार की चोट बुरी होती हैं। मीर ने कहा —आइए, नवाब साहब के मातम में एक मरसिया कह डालें। लेकिन मिरजा की राजभक्ति अपनी हार के साथ लुप्त हो चुकी थी। वह हार का बदला चुकाने के लिए अधीर हो रहे थे।

4

शाम हो गयी। खंडहर में चमगादड़ों ने चीखना शुरू किया। अबाबीलें आ-आ कर अपने-अपने घोसलों में चिपटीं। पर दोनों खिलाड़ी डटे हुए थे, मानो दो खून के प्यासे सूरमा आपस में लड़ रहे हों। मिरजाजी तीन बाजियां लगातार हार चुके थे; इस चौथी बाजी का रंग भी अच्छा न था। वह बार-बार जीतने का दृढ़ निश्चय करके संभलकर खेलते थे लेकिन एक-न-एक चाल ऐसी बेढब आ पड़ती थी, जिससे बाजी खराब हो जाती थी। हर बार हार के साथ प्रतिकार की भावना और भी उग्र होती थी। उधर मीर साहब मारे उमंग के गजलें गाते थे, चुटकियां लेते थे, मानो कोई गुप्त धन पा गये हों। मिरजा जी सुन-सुन कर झुंझलाते और हार की झेंप मिटाने के लिए उनकी दाद देते थे। पर ज्यों-ज्यों बाजी कमजोर पड़ती थी, धैर्य हाथ से निकला जाता था। यहां तक कि वह बात-बात पर झुंझलाने लगे — जनाब, आप चाल बदला न कीजिए। यह क्या कि एक चाल चले, और फिर उसे बदल दिया। जो कुछ चलना हो एक बार चल दीजिए; यह आप मुहरे पर हाथ क्यों रखते हैं? मुहरे को छोड़ दीजिए। जब तक आपको चाल न सूझे, मुहरा छुइये ही नहीं। आप एक-एक चाल आध घंटे में चलते हैं। इसकी सनद नहीं। जिसे चाल चलने में पांच मिनट से ज्यादा लगे, उनकी मात समझी जाये। फिर आपने चाल बदलीं! चुपके से मुहरा वहीं रख दीजिए।

मीर साहब का फरजी पिटता था। बोले — मैंने चाल चली ही कब थी?

मिरजा — आप चाल चल चुके हैं। मुहरा वहीं रख दीजिए — उसी घर में!

मीर — उसी घर में क्यों रखूं? मैंने हाथ से मुहरा छोड़ा ही कब था?

मिरजा — मुहरा आप कयामत तक न छोड़ें, तो क्या चाल ही न होगी? फरजी पिटते देखा तो धांधली करने लगे।

मीर — धांधली आप करते है। हार-जीत तकदीर से होती है, धांधली करने से कोई नहीं जीतता।

मिरजा — तो इस बाजी में तो आपकी मात हो गयी।

मीर — मुझे क्यों मात होने लगी?

मिरजा — तो आप मुहरा उसी घर में रख दीजिए, जहां पहले रक्खा था।

मीर — वहां क्यों रखूं? नहीं रखता।

मिरजा — क्यों न रखिएगा? आपको रखना होगा।

तकरार बढ़ने लगी। दोनों अपनी-अपनी टेक पर अड़े थे। यह दबता था न वह। अप्रासंगिक बातें होने लगीं। मिरजा बोले — किसी ने खानदान में शतरंज खेली होती, तब तो उसके कायदे जानते। वे तो हमेशा घास छीला करते थे, आप शतरंज क्या खेलिएगा। रियासत और ही चीज है। जागीर मिल जाने से ही कोई रईस नहीं हो जाता।

मीर — क्या? घास आपके अब्बाजान छीलते होंगे। यहां तो पीढ़ियों से शतरंज खेलते चले आ रहे हैं।

मिरजा — अजी, जाइए भी, गाजीउद्दीन हैदर के यहां बावरची का काम करते-करते उम्र गुजर गयी आज रईस बनने चले है। रईस बनना कुछ दिल्लगी नहीं है।

मीर — क्यों अपने बुजुर्गों के मुंह में कालिख लगाते हो — वे ही बावरची का काम करते होंगे। यहां तो हमेशा बादशाह के दस्तरख्वान पर खाना खाते चले आये हैं।

मिरजा — अरे चल चरकटे, बहुत बढ़-बढ़ कर बातें न कर।

मीर — जबान संभालिये, वरना बुरा होगा। मैं ऐसी सुनने का आदी नहीं हूं। यहां तो किसी ने आंखें दिखायीं कि उसकी आंखें निकालीं। है हौसला?

मिरजा — आप मेरा हौसला देखना चाहते है, तो फिर, आइए। आज दो-दो हाथ हो जाये, इधर या उधर।

मीर — तो यहां तुमसे दबने वाला कौन?

दोनों दोस्तों ने कमर से तलवारे निकाल लीं। नवाबी जमाना था; सभी तलवार, पेशकब्ज, कटार वगैरह बांधते थे। दोनों विलासी थे, पर कायर न थे, उनमें राजनीतिक भावों का अध:पतन हो गया था — बादशाह के लिए, बादशाहत के लिए क्यों मरें; पर व्यक्तिगत वीरता का अभाव न था। दोनों जख्म खा कर गिरे, और दोनों ने वहीं तड़प-तड़प कर जानें दे दीं। अपने बादशाह के लिए जिनकी आंखों से एक बूंद आसू न निकला, उन्हीं दोनों प्राणियों ने शतरंज के वजीर की रक्षा में प्राण दे दिये।

अंधेरा हो चला था। बाजी बिछी हुई थी। दोनों बादशाह अपने-अपने सिंहासन पर बैठे हुए मानों इन वीरों की मृत्यु पर रो रहे थे!

चारों तरफ सन्नाटा छाया हुआ था। खंडहर की टूटी हुई मेहराबें गिरी हुई दीवारें और धूल-धूसरित मीनारें इन लाशों को देखतीं और सिर धुनती थीं।

वज्रपात

दिल्ली की गलियां दिल्ली-निवासियों के रुधिर से प्लावित हो रही हैं। नादिरशाह की सेना ने सारे नगर में आतंक जमा रखा है। जो कोई सामने आ जाता है, उसे उनकी तलवार के घाट उतरना पड़ता है। नादिरशाह का प्रचंड क्रोध किसी भांति शांत ही नहीं होता। रक्त की वर्षा भी उसके कोप को बुझा नहीं सकती।

नादिरशाह दरबार आम में तख्त पर बैठा हुआ है। उसकी आंखों से जैसे ज्वालाएं निकल रही हैं। दिल्लीवालों की इतनी हिम्मत कि उसके सिपाहियों का अपमान करें! उन कापुरूषों की यह मजाल। वह काफिर तो उसकी सेना की एक ललकार पर रणक्षेत्र से निकल भागे थे! नगर-निवासियों का आर्तनाद सुन-सुन कर स्वयं सेना के दिल कांप जाते है; मगर नादिरशाह की क्रोधाग्नि शांत नहीं होती। यहां तक कि उसका सेनापति भी उसके सम्मुख जाने का साहस नहीं कर सकता। वीर पुरुष दयालु होते हैं। असहायों पर, दुर्बलों पर, स्त्रियों पर उन्हें क्रोध नहीं आता। इन पर क्रोध करना वे अपनी शान के खिलाफ समझते हैं; किन्तु निष्ठुर नादिरशाह की वीरता दयाशून्य थी।

दिल्ली का बादशाह सिर झुकाये नादिरशाह के पास बैठा हुआ था। हरमसरा में विलास करने वाला बादशाह नादिरशाह की अविनयपूर्ण बातें सून रहा था; पर मजाल न थी कि जबान खोल सके। उसे अपनी ही जान के लाले पड़े हुए थे, पीड़ित प्रजा की रक्षा कौन करे? वह सोचता था, मेरे मुंह से कुछ निकले और वाह मुझी को डांट बैठे तो!

अंत को जब सेना की पैशाचिक क्रूरता पराकाष्ठा को पहुंच गयी, तो मुहम्मदशाह के वजीर से न रहा गया। वह कविता का मर्मज्ञ था, खुद भी कवि था। जान पर खेल कर नादिरशाह के सामने पहुंच और यह शेर पढ़ा — अर्थात् तेरी निगाहों की तलवार से कोई नहीं बचा। अब, यही उपाय है कि मुर्दों को फिर जला कर कत्ल कर :

कसे न मांद कि दीगर व तेग नाज कुशी;
मगर कि जिन्दा कुनी खल्करा व बाज कुशी।

शेर ने दिल पर चोट किया। पत्थर में भी सुराख होते है; पहाड़ों में भी हरियाली होती है; पाषाण ह्रदयों में भी रस होता है। इस शेर ने पत्थर को पिघला दिया। नादिरशाह ने सेनापति को बुला कर कत्लेआम बंद करने का हुक्म दिया। एकदम तलवारें म्यान में चली गयीं। कातिलों के उठे हुए हाथ उठे ही रह गये। जो सिपाही जहां था; वहीं बुत बन गया।

शाम हो गयी थी। नादिरशाह शाही बाग में सैर कर रहा था। बार-बार वही शेर पढ़ता और झूमता;

कसे न मांद कि दीगर व तेगे नाज कुशी;
मगर कि जिन्दा कुनी खल्करा व बाज कुशी।

2

दिल्ली का खजाना लुट रहा है। शाही महल पर पहरा है। कोई अंदर से बाहर या बाहर से अंदर आ-जा नहीं सकता। बेगमें भी अपने महलों से बाहर बाग में निकलने की हिम्मत नहीं कर सकतीं। महज खजाने पर ही आफत नहीं आयी हुई है, सोने-चांदी के बरतनों, बेशकीमत तसवीरों और आराइश की अन्य सामग्रियों पर भी हाथ साफ किया जा रहा है। नादिरशाह तख्त पर बैठा हुआ हीरे और जवाहरात के ढेरों को गौर से देख रहा है; पर वह चीज नजर नहीं आती, जिसके लिए मुद्दत से उसका चित्त लालायित हो रहा था। उसने मुगलआजम नाम के हीरे की प्रशंसा, उसकी करामातों की चरचा सुनी थी — उसको धारण करने वाला मनुष्य दीर्घजीवी होता है, कोई रोग उसके निकट नहीं आता, उस रत्न में पुत्रदायिनी शक्ति है, इत्यादि। दिल्ली पर आक्रमण करने के जहां और अनेक कारण थे, वहां इस रत्न को प्राप्त करना भी एक कारण था। सोने-चांदी के ढेरों और बहुमूल्य रत्नों की चमक-दमक से उनकी आंखें भले ही चौंधिया जायं, पर ह्रदय-उल्लसित न होता था। उसे तो मुगलआजम की धुन थी और मुगलआजम का वहां कहीं पता न था। वह क्रोध से उन्मत्त हो कर शाही मंत्रियों की ओर देखता और अपने अफसरों को झिड़कियां देता था। पर अपना अभिप्राय खोल कर न कह सकता था। किसी की समझ में न आता था कि वह इतना आतुर क्यों हो रहा है। यह तो खुशी से फूले न समाने का अवसर है। अतुल सम्पत्ति सामने पड़ी हुई है,

संख्या में इतनी सामर्थ्य नहीं कि उसकी गणना कर सके। संसार का कोई भी महीपति इसे विपुल धन का एक अंश भी पाकर अपने को भाग्यशाली समझता; परन्तु यह पुरुष जिसने इस धनराशि का शतांश भी पहले कभी आंखों से न देखा होगा, जिसकी उम्र भेड़ें चराने में ही गुजरी, क्यों इतना उदासीन है? आखिर जब रात हुई, बादशाह का खजाना खाली हो गया और उस रत्न के दर्शन न हुए, तो नादिरशाह की क्रोधाग्नि फिर भड़क उठी। उसने बादशाह के मंत्री को — उसी मंत्री को, जिसकी काव्य-मर्मज्ञता ने प्रजा के प्राण बचाये थे — एकांत में बुलाया और कहा — मेरा गुस्सा तुम देख चुके हो! अगर फिर उसे नहीं देखना चाहते तो लाजिम है कि मेरे साथ कामिल सफाई का बरताव करो। वरना दोबारा यह शोला भड़का, तो दिल्ली की खैरियत नहीं।

वजीर — जहांपनाह, गुलामों से तो कोई खता सरजद नहीं हुई। खजाने की सब कुंजियां जनाबेअली के सिपहसालार के हवाले कर दी गयी है।

नादिर — तुमने मेरे साथ दगा की है।

वजीर — (त्योरी चढ़ाकर) आपके हाथ में तलवार है और हम कमजोर है, जो चाहें फरमावें; पर इल्जाम के तसलीम करने में मुझे उज्र है।

नादिर — क्या उसके सबूत की जरूरत है?

वजीर — जी हां क्योंकि दगा की सजा कत्ल है और कोई बिला सबद अपने कत्ले पर रजामंद न होगा।

नादिर — इसका सबूत मेरे पास है, हालांकि नादिर ने कभी किसी को सबूत नहीं दिया। वह अपनी मरजी का बादशाह है और किसी को सबूत देना अपनी शान के खिलाफ समझता है। पर, यहां जाती मुआ-मिला है। तुमने मुगलआजम हीरा क्यों छिपा दिया?

वजीर के चेहरे का रंग उड़ गया। यह सोचने लगा — यह हीरा बादशाह को जान से भी ज्यादा अजीज है। वह इसे एक क्षण भी अपने पास से जुदा नहीं करते। उनसे क्योंकर कहूं। उन्हें कितना सदमा होगा! मुल्क गया, खजाना गया, इज्जत गयी। बादशाही की यही एक निशानी उनके पास रह गयी है। उनसे कैसे कहूं? मुमकिन है वह गुस्से में आकर इसे कहीं फेंक दें, या तुड़वा डालें। इन्सान की आदत है कि वह अपनी चीज दुश्मन को देने की अपेक्षा उसे नष्ट का देना अच्छा समझता है। बादशाह बादशाह है। मुल्क न सही, अधिकार न सही, सेना पर जिन्दगी भर की स्वेच्छाचारिता एक दिन में नहीं मिट सकती। यदि नादिर को हीरा

न मिला, तो वह न जाने दिल्ली पर क्या सितम ढाये। आह! उसकी कल्पना ही से रोमांच हो जाता है। खुदा न करे, दिल्ली को फिर यह दिन देखना पड़े।

सहसा नादिर ने पूछा — मैं तुम्हारे जवाब का मुंतजिर हूं। क्या यह तुम्हारी दगा का काफी सबूत नहीं है?

वजीर — जहांपनाह, वह हीरा बादशाह सलामत को जान से ज्यादा अजीज है। वह हमेशा अपने पास रखते हैं।

नादिर — झूठ मत बोलो, हीरा बादशाह के लिए है, बादशाह हीरा के लिए नहीं! बादशाह को हीरा जान से ज्यादा अजीज है — का मतलब सिर्फ इतना है कि वह बादशाह का बहुत अजीज है, और यह कोई वजह नहीं कि मैं उस हीरे को उनसे न लूं। अगर बादशाह यों न देंगे, तो मैं जानता हूं कि मुझे क्या करना होगा। तुम जा कर इस मुआमिले में नाजुकफहमी से काम लो, जो तुमने कल दिखाई थी। आहे, कितना लाजवाब शेर था :

कसे न मांद कि दीगर व तेगे नाज कुशी;
मगर कि जिंदा कुनी खल्करा व बाज कुशी।

3

मंत्री सोचता हुआ चला कि यह समस्या क्योंकर हल करूं? बादशाह के दीवानखाने में पहुंचा तो देखा, बादशाह उसी हीरे को हाथ में लिये चिंता में मग्न बैठे हुए हैं।

बादशाह को इस वक्त इसी हीरे की फिक्र थी। लुटे हुए पथिक की भांति वह अपनी वह लकड़ी हाथ से न देना चाहता था। वह जानता था कि नादिर को इस हीरे की खबर है। वह यह भी जानता था कि खजाने में इसे न पा कर उनके क्रोध की सीमा न रहेगी। लेकिन सब कुछ जानते हुए भी, वह हीरे को हाथ से न जाने देना चाहता था। अंत को उसने निश्चय किया, मैं इसे न दूंगा, चाहे मेरी जान ही पर क्यों न बन जाय। रोगी की इस अंतिम सांस को न निकलने दूंगा। हाय, कहां छिपाऊं? इतना बड़ा मकान है कि उसमें एक नगर समा सकता है, पर इस नन्हीं-सी चीज के लिए कहीं जगह नहीं, जैसे किसी अभागे को इतनी बड़ी दुनिया में भी कहीं पनाह नहीं मिलती। किसी सुरक्षित स्थान में न रख कर क्यों न इसे किसी ऐसी जगह रख दूं, जहां किसी का खयाल ही न पहुंचे। कौन अनुमान कर सकता है

कि मैंने हीरे को अपनी सुराही में रखा होगा? अच्छा, हुक्के की फर्शी में क्यों न डाल दूं? फरिश्तों को भी खबर न होगी।

यह निश्चय करके उसने हीरे को फर्शी में डाल दिया। पर तुरन्त ही शंका हुई कि ऐसे बहुमूल्य रत्न को इस जगह रखना उचित नहीं। कौन जाने, जालिम, को मेरी यह गुड़गुड़ी ही पसन्द आ जाय। उसने तुरन्त गुड़गुड़ी का पानी तश्तरी में उंड़ेल दिया और हीरे को निकाल लिया। पानी की दुर्गन्ध उड़ी पर इतनी हिम्मत न पड़ती थी कि खिदमत गार को बुला कर पानी फिंकवा दें। भय होता था, कहीं वह ताड़ न जाय।

वह इसी दुविधा में पड़ा हुआ था कि मंत्री ने आ कर बंदगी की। बादशाह को उस पर पूरा विश्वास था, किन्तु उसे अपनी क्षुद्रता पर इतनी लज्जा आई कि वह इस रहस्य को उस पर भी न प्रकट कर सका। गुमशुम होकर उसकी ओर ताकने लगा।

मंत्री ने बात छेड़ी — आज खजाने में हीरा न मिला, तो नादिर झल्लाया। कहने लगा, तुमने मेरे साथ दगा की है; मैं शहर लुटवां दूंगा, कत्लेआम कर दूंगा, सारे शहर को खाक सियाह कर डालूंगा। मैंने कहा, जनाबेआली को अख्तियार है, जो चाहे करें। पर हमने खजाने की सब कुंजियां आपके सिपहसालार को दे दी हैं। वह कुछ साफ-साफ तो कहता न था, बस कनायों में बातें कर रहा था और भूले गीदड़ की तरह इधर-उधर बौखलाया फिरता था कि किसे पाये और नोचे खाय।

मुहम्मदशाह — मुझे तो उसके सामने बैठते हुए ऐसा खौफ मालूम होता है, गोया किसी शेर का सामना हो। जालिम की आंखें कितनी तुंद और गजबनाक है। आदमी क्या है, शैतान है। खैर, मैं भी उधेड़बुन में पड़ा हुआ हूं फिर क्योंकर छिपाऊं। सल्तनत जाय गम नहीं; पर इस हीरे को मैं उस वक्त तक न दूंगा, जब तक कोई मेरी गरदन पर सवार होकर इसे छीन न ले।

वजीर — खुदा न करे कि हुजूर के दुश्मनों को यह जिल्लत उठानी पड़े। मैं एक तरकीब बतलाऊं। हुजूर इसे अपने अमामे (पगड़ी) में रख लें। वहां तक उसके फरिश्तों का भी खयाल न पहुंचेगा।

मुहम्मदशाह — (उछल कर) वल्लाह, तुमने खूब सोचा; वाकई तुम्हें खूब सूझी। हजरत इधर-उधर टटोलने के बाद अपना-सा मुंह ले कर रह जायंगे। मेरे अमामे को कौन देखेगा? इसी से तो मैंने तुम्हें लुकमान का खिताब दिया है। बस, यही तय रहा। कहीं तुम जरा देर पहले आ जाते, तो मुझे इतना दर्द-सर न उठाना पड़ता।

4

दूसरे ही दिन दोनों बादशाहों में सुलह हो गयी। वजीर नादिरशाह के कदमों पर गिर पड़ा और अर्ज की — अब इस डूबती हुई किश्ती को आप ही पार लग सकते हैं; वरना इसका अल्लाह ही वली है! हिंदुओं ने सिर उठाना शुरू कर दिया है; मरहठे, राजपूत, सिख सभी अपनी-अपनी ताकतों को मुकम्मल कर रहे है। जिस दिन उनमें मेल-मिलाप हुआ उसी दिन यह नाव भंवर में पड़ जायगी, और दो-चार चक्कर खा कर हमेशा के लिए नीचे बैठ जायगी।

नादिरशाह को ईरान से चले अरसा हो गया था। वहां से रोजाना बागियों की बगावत की खबरें आ रही थीं। नादिरशाह जल्द वहां लौट जाना चाहता था। इस समय उसे दिल्ली में अपनी सल्तनत कायम करने का अवकाश न था। सुलह पर राजी हो गया। संधि-पत्र पर दोनों बादशाहों ने हस्ताक्षर कर दिये।

दोनों बादशाहों ने एक ही साथ नमाज पढ़ी, एक ही दस्तरख्वान पर खाना खाया, एक ही हुक्का पिया, और एक-दूसरे से गले मिल कर अपने-अपने स्थान को चले।

मुहम्मदशाह खुश था। राज्य बच जाने की उतनी खुशी न थी, जितनी हीरे के बच जाने की।

मगर नादिरशाह हीरा न पा कर भी दु:खी न था। सबसे हंस-हंस कर बातें करता था, मानो शील और विनय का साक्षात् अवतार हो।

5

प्रात:काल है; दिल्ली में नौबतें बज रही है। खुशी की महफिलें सजाई जा रही हैं। तीन दिन पहले यहां रक्त की नदी बही थी। आज आनंद की लहरें उठ रही है। आज नादिरशाह दिल्ली से रुखसत हो रहा है।

अशर्फियों से लदे हुए ऊंटों की कतारें शाही महल के सामने रवाना होने को तैयार खड़ी है। बहुमूल्य वस्तुएं गाड़ियों में लदी हुई है। दोनों तरफ की फौजें गले मिल रही हैं। अभी कल दोनों पक्ष एक-दूसरे के खून के प्यासे थे। आज भाई-भाई हो रहे है।

नादिरशाह तख्त पर बैठा हुआ है। मुहम्मदशाह भी उसी तख्त पर उसकी बगल में बैठे हुए हैं। यहां भी परस्पर प्रेम का व्यवहार है। नादिरशाह ने मुस्करा

कर कहा — खुदा करे, यह सुलह हमेशा कायम रहे और लोगों के दिलों से इन खूनी दिनों की याद मिट जाय।

मुहम्मदशाह — मेरी तरफ से ऐसी कोई बात न होगी जो सुलह को खतरे में डाले। मैं खुदा से यह दोस्ती कायम रखने के लिए हमेशा दुआ करता रहूंगा।

नादिरशाह — सुलह की जितनी शर्तें थीं; सब पूरी हो चुकीं। सिर्फ एक बात बाकी है! मेरे यहां दस्तूर है कि सुलह के वक्त अमामे बदल दिये जाते है। इसके बगैर सुलह की कारवाई पूरी नहीं होती। आइए हम लोग भी अपने-अपने अमामे बदल लें। लीजिए, यह मेरा अमामा हाजिर है।

यह कह कर नादिर ने अपना अमामा उतार कर मुहम्मदशाह की तरफ बढ़ाया। बादशाह के हाथों के तोते उड़ गये। समझ गया, मुझसे दगा की गयी, दोनों तरफ के शूर-सामंत सामने खड़े थे। न कुछ कहते बनता था न सुनते। बचने का कोई उपाय न था और न कोई उपाय सोच निकालने का अवसर ही। कोई जवाब न सूझा। इनकार की गुंजाइश न थी। मन मसोस कर रह गया। चुपके से अमामा सिर से उतारा, और नादिरशाह की तरफ बढ़ा दिया। हाथ कांप रहे थे, आंखों में क्रोध और विषाद के आंसू भरे हुए थे। मुख पर हलकी-सी मुस्कराहट झलक रही थी — वह मुस्कराहट, जो अश्रुपात से भी कहीं अधिक करुण और व्यथापूर्ण होती है। कदाचित् अपने प्राण निकाल कर देने में भी उसे इससे अधिक पीड़ा न होती।

6

नादिरशाह पहाड़ों और नदियों को लांघता हुआ ईरान को चला जा रहा था। 77 ऊंटों और इतनी ही बैलगाड़ियों की कतार देख-देख कर उसका हृदय बांसों उछल रहा था। वह बार-बार खुदा को धन्यवाद देता था, जिसकी असीम कृपा ने आज उसकी कीर्ति को उज्ज्वल बनाया था। अब वह केवल ईरान ही का बादशाह नहीं, हिंदुस्तान जैसे विस्तृत प्रदेश का भी स्वामी था। पर सबसे ज्यादा खुशी उसे मुगलआजम हीरा पाने की थी, जिसे बार-बार देख कर भी उसकी आंखें तृप्त न होती थी। सोचता था, जिस समय मैं दरबार में यह रत्न धारण करके आऊंगा सबकी आंखें झपक जायेंगी, लोग आश्चर्य से चकित रह जायंगे।

उसकी सेना अन्न-जल के कठिन कष्ट भोग रही थी। सरहदों की विद्रोही सेनाएं पीछे से उसको दिक कर रही थीं। नित्य दस-बीस आदमी मर जाते या मारे जाते थे; पर नादिरशाह को ठहरने की फुरसत न थी। यह भागा-भागा चला जा रहा था।

ईरान की स्थिति बड़ी भयंकर थी। शाहजादा खुद विद्रोह शांत करने के लिए गया हुआ था; पर विद्रोह दिन-दिन उग्र रूप धारण करता जाता था। शाही सेना कई युद्धों में परास्त हो चुकी थी। हर घड़ी यही भय होता था कि कहीं वह स्वयं शत्रुओं के बीच घिर न जाय।

पर वाह रे प्रताप! शत्रुओं ने ज्यों ही सुना कि नादिरशाह ईरान आ पहुंचा, त्योंही उनके हौसले पस्त हो गये। उसका सिंहनाद सुनते ही उनके हाथ-पांव फूल गये। इधर नादिरशाह ने तेहरान में प्रवेश किया उधर विद्रोहियों ने शाहजादे से सुलह की प्रार्थना की, शरण में आ गये। नादिरशाह ने यह शुभ समाचार सुना, तो उसे निश्चय हो गया कि सब उसी हीरे की करामात है। यह उसी का चमत्कार है, जिसने शत्रुओं का सिर झुका दिया, हारी हुई बाजी जिता दी।

शाहजादा विजयी हो कर घर लौटा, तो प्रजा ने बड़े समारोह से उसका स्वागत और अभिवादन किया। सारा तेहरान दीपावली की ज्योति से जगमगा उठा। मंगलगान की ध्वनि से सब गली और कूचे गूंज उठे।

दरबार सजाया गया। शायरों ने कसीदे सुनाये। नादिरशाह ने गर्व से उठ कर शाहजादे के ताज को 'मुगलआजम' हीरे से अलंकृत कर दिया। चारों ओर 'मरहबा! मरहबा !' की आवाजें बुलंद हुईं। शाहजादे के मुख की कांति हीरे के प्रकाश से दूनी चमक उठी। पितृस्नेह से हृदय पुलकित हो उठा। नादिर — वह नादिर, जिसने दिल्ली में खून की नदी बहायी थी — पुत्र प्रेम से फूला न समाता था। उसकी आंखों से गर्व और हार्दिक उल्लास के आंसू बह रहे थे।

7

सहसा बंदूक की आवाज आयी। धांय! धांय! दरबार हिल उठा। लोगों के कलेजे दहल उठे। हाय! वज्रपात हो गया! हाय रे दुर्भाग्य! बंदूक की आवाजें कानों में गूंज ही रही थीं कि शाहजादा कटे हुए पेड़ की तरह गिर पड़ा; साथ ही वह रत्नजटित मुकुट भी नादिरशाह के पैरों के पास आ गिरा।

नादिरशाह ने उन्मत्त की भांति हाथ उठा कर कहा — कातिलों को पकड़ो! साथ ही शोक से विह्वल हो कर वह शाहजादे के प्राणहीन शरीर पर गिर पड़ा। जीवन की सारी अभिलाषाओं का अंत हो गया।

लोग कातिलों की तरफ दौड़े। फिर धांय-धांय की आवाज़ आयी और दोनों कातिल गिर पड़े। उन्होंने आत्महत्या कर ली। दोनों विद्रोही-पक्ष के नेता थे।

हाय रे मनुष्य के मनोरथ, तेरी भित्ति कितनी अस्थिर है! बालू पर की दीवारें तो वर्षा में गिरती हैं। पर तेरी दीवार बिना पानी-बूंद के ढह जाती है। आंधी में दीपक का कुछ भरोसा किया जा सकता है, पर तेरा नहीं। तेरी अस्थिरता के आगे बालकों का घरौंदा अचल पर्वत है, वेश्या का प्रेम सती की प्रतिज्ञा की भांति अटल!

नादिरशाह को लोगों ने लाश पर से उठाया। उसका करुण क्रंदन हृदयों को हिलाये देता था। सभी की आंखों से आंसू बह रहे थे। होनहार कितना प्रबल, कितना निष्ठुर, कितना निर्दय और निर्मम है!

नादिरशाह ने हीरे को जमीन से उठा लिया। एक बार उसे विषादपूर्ण नेत्रों से देखा। फिर मुकुट को शाहजादे के सिर पर रख दिया और वजीर से कहा — यह हीरा इसी लाश के साथ दफन होगा।

रात का समय था। तेहरान में मातम छाया हुआ था। कहीं दीपक या अग्नि का प्रकाश न था। न किसी ने दिया जलाया और न भोजन बनाया। अफीमचियों की चिलमें भी आज ठंडी हो रही थीं। मगर कब्रिस्तान में मशालें रोशन थी — शाहजादे की अंतिम क्रिया हो रही थी।

जब फातिहा खतम हुआ, नादिरशाह ने अपने हाथों से मुकुट को लाश के साथ कब्र में रख दिया। राज और संगतराश हाजिर थे। उसी वक्त कब्र पर ईंट-पत्थर और चूने का मजार बनने लगा।

नादिर एक महीने तक एक क्षण के लिए भी वहां से न हटा। वहीं सोता था, वहीं राज्य करता था। उसके दिल में यह बात बैठ गयी थी कि मेरा अहित इसी हीरे के कारण हुआ। यही मेरे सर्वनाश और, अचानक वज्रपात का कारण है।

सत्याग्रह

हिज एक्सेलेंसी वाइसराय बनारस आ रहे थे। सरकारी कर्मचारी, छोटे से बड़े तक उनके स्वागत की तैयारियां कर रहे थे। इधर कांग्रेस ने शहर में हड़ताल मनाने की सूचना दे दी थी। इससे कर्मचारियों में बड़ी हलचल थी। एक ओर सड़कों पर झंडियां लगायी जा रही थीं, सफाई हो रही थी; पंडाल बन रहा था; दूसरी ओर फौज और पुलिस के सिपाही संगीनें चढ़ाये शहर की गलियों में और सड़कों पर कवायद करते फिरते थे। कर्मचारियों की सिरतोड़ कोशिश थी कि हड़ताल न होने पाये, मगर कांग्रेसियों की धुन थी कि हड़ताल हो और जरूर हो। अगर कर्मचारियों को पशुबल का जोर है तो हमें नैतिक बल का भरोसा, इस बार दोनों की परीक्षा हो जाय कि मैदान किसके हाथ रहता है।

घोड़े पर सवार मैजिस्ट्रेट सुबह से शाम तक दुकानदारों को धमकियां देता फिरता कि एक-एक को जेल भिजवा दूंगा, बाजार लुटवा दूंगा, यह करूंगा और वह करूंगा! दूकानदार हाथ बांध कर कहते — हुजूर बादशाह है, विधाता हैं; जो चाहें कर सकते हैं। पर हम क्या करें? कांग्रेस वाले हमें जीता न छोड़ेंगे। हमारी दुकानों पर धरने देंगे, हमारे ऊपर बाल बढ़ायेंगे, कुएं में गिरेंगे, उपवास करेंगे। कौन जाने, दो-चार प्राण ही दे दें तो हमारे मुंह पर सदैव के लिए कालिख पुत जायगी। हुजूर उन्हीं कांग्रेस वालों को समझायें, तो हमारे ऊपर बड़ा एहसान करें। हड़ताल न करने से हमारी कुछ हानि थोड़े ही होगी। देश के बड़े-बड़े आदमी आवेंगे, हमारी दूकानें खुली रहेंगी, तो एक के दो लेंगे, महंगे सौदे बेचेंगे, पर करें क्या, इन शैतानों से कोई बस नहीं चलता।

राय हरनन्दन साहब, राजा लालचंद और खांबहादुर मौलवी महमूदअली तो कर्मचारियों से भी ज्यादा बेचैन थे। मैजिस्ट्रेट के साथ-साथ और अकेले भी बड़ी कोशिश करते थे। अपने कमान पर बुला कर दुकानदारों को समझाते, अनुनय-विनय करते, आंखें दिखाते, इक्के-बग्गीवालों को धमकाते, मजदूरों की खुशामद करते; पर कांग्रेस के मुठी-भर आदमियों का कुछ ऐसा आतंक छाया हुआ था कि

कोई इनकी सुनता ही न था। यहां तक कि पड़ोस की कुंजड़िन ने भी निर्भय हो कर कह दिया — हुजूर, चाहे मार डालो पर दुकान न खुलेगी। नाक न कटवाऊंगी। सबसे बड़ी चिंता यह थी कि कहीं पंडाल बनाने वाले मजदूर, बढ़ई, लोहार वगैरह काम न छोड़ दें; नहीं तो अनर्थ ही हो जायगा। रायसाहब ने कहा — हुजूर, दूसरे शहरों से दुकानदार बुलवायें और एक बाजार अलग खोलें।

खां साहब ने फरमाया — वक्त इतना कम रह गया है कि दूसरा बाजार तैयार नहीं हो सकता। हुजूर कांग्रेस वालों को गिरफ्तार कर लें, या उनकी जायदाद जब्त कर लें, फिर देखिये कैसे काबू में नहीं आते!

राजा साहब बोले — पकड़-धकड़ से तो लोग और झल्लायेंगे। कांग्रेस से हुजूर कहें कि तुम हड़ताल बंद कर दो, तो सबको सरकारी नौकरी दे दी जायगी। उसमें अधिकांश बेकार लोग पड़े हैं, यह प्रलोभन पाते ही फूल उठेंगे।

मगर मैजिस्ट्रेट को कोई राय न जंची। यहां तक कि वायसराय के आने में तीन दिन और रह गये।

2

आखिर राजा साहब को एक युक्ति सूझी। क्यों न हम लोग भी नैतिक बल का प्रयोग करें? आखिर कांग्रेस वाले धर्म और नीति के नाम पर ही तो यह तूमार बांधते हैं। हम लोग भी उन्हीं का अनुकरण करें, शेर को उनकी मांद में पछाड़ें। कोई ऐसा आदमी पैदा करना चाहिये, जो व्रत करे कि दुकानें न खुलीं, तो मैं प्राण दे दूंगा। यह जरूरी है कि वह ब्राह्मण हो और ऐसा जिसको शहर के लोग मानते हों, आदर करते हों। अन्य सहयोगियों के मन में भी यह बात बैठ गयी। उछल पड़े। रायसाहब ने कहा — बस, अब पड़ाव मार लिया। अच्छा, ऐसा कौन पंडित है, पंडित गदाधर शर्मा?

राजा — जी नहीं, उसे कौन मानता है? खाली समाचार-पत्रों में लिखा करता है। शहर के लोग उसे क्या जानें?

रायसाहब — दमड़ी ओझा तो है इस ढंग का।

राजा — जी नहीं, कालेज के विद्यार्थियों के सिवा उसे और कौन जानता है?

रायसाहब — पंडित मोटेराम शास्त्री?

राजा — बस, बस! आपने खूब सोचा। बेशक वह है इस ढंग का। उसी को बुलाना चाहिए। विद्वान् है, धर्म-कर्म से रहता है। चतुर भी है। वह अगर हाथ में आ जाय तो फिर बाजी हमारी है।

रायसाहब ने तुरंत पंडित मोटेराम के घर संदेश भेजा। उस समय शास्त्रीजी पूजा पर थे। यह पैगाम सुनते ही जल्दी से, पूजा समाप्त की और चले। राजा साहब ने बुलाया है, धन्य भाग! धर्मपत्नी से बोले — आज चंद्रमा कुछ बली मालूम होते है। कपड़े लाओ, देखूं, क्यों बुलाया है?

स्त्री ने कहा — भोजन तैयार है करते जाओ; न जाने कब लौटने का अवसर मिले।

किन्तु शास्त्रीजी ने आदमी को इतनी देर खड़ा रखना उचित न समझा। जाड़े के दिन थे। हरी बनात की अचकन पहनी, जिस पर लाल शंजाफ लगी हुई थी। गले में एक जरी का दुपट्टा डाला। फिर सिर पर बनारसी साफा बांधा। लाल चौड़े किनारे की रेशमी धोती पहनी, और खड़ाऊं पर चले। उनके मुख से ब्रह्मतेज टपकता था। दूरी ही से मालूम होता था कि कोई महात्मा आ रहे हैं। रास्ते में जो मिलता, सिर झुकाता; कितने ही दुकानदारों ने खड़े हो कर पैलगी की। आज काशी का नाम इन्हीं की बदौलत चल रहा है, नहीं तो और कौन रह गया है। कितना नम्र स्वभाव है! बालकों से हंस कर बातें करते है। इस ठाट से पंडितजी राजा साहब के मकान पर पहुंचे। तीनों मित्रों ने खड़े हो कर उनका सम्मान किया। खां बहादुर बोले — कहिए पंडितजी, मिजाज तो अच्छे है? वल्लाह, आप नुमाइश में रखने के काबिल आदमी है। आपका वजन तो दस मन से कम न होगा।

रायसाहब — एक मन इल्म के लिए दस मन अक्ल चाहिए। उसी कायदे से एक मन अक्ल के लिए दस मन का जिस्म जरूरी है, नहीं तो उसका बोझ कौन उठाये?

राजा साहब — आप लोग इसका मतलब नहीं समझ सकते। बुद्धि एक प्रकार का नजला है, जब दिमाग में नहीं समाती, जिस्म में आ जाती है।

खां साहब — मैंने तो बुजुर्गों की जबानी सुना है कि मोटे आदमी अक्ल के दुश्मन होते है।

रायसाहब — आपका हिसाब कमजोर था, वरना आपकी समझ में इतनी बात जरूर आ जाती कि जब अदल और जिस्म में 1 और 10 की निस्तत है, तो जितना ही मोटा आदमी होगा, उतना ही उसकी अक्ल का वजन भी ज्यादा होगा।

राजा साहब — इससे यह साबित हुआ कि जितना मोटा आदमी, उतनी ही मोटी उसकी अक्ल।

मोटेराम—जब मोटी अक्ल की बदौलत राज-दरबार में पूछ होती है तो मुझे पतली अक्ल लेकर क्या करना है!

हास-परिहास के बाद राजा साहब ने वर्तमान समस्या पंडितजी के सामने उपस्थित की और उसके निवारण का जो उपाय सोचा था, वह भी प्रकट किया! बोले — बस, यह समझ लीजिए कि इस साल आपका भविष्य पूर्णतया अपने हाथों में है। शायद किसी आदमी को अपने भाग्य-निर्णय का ऐसा महत्त्वपूर्ण अवसर न मिला होगा। हड़ताल न हुई, तो और तो कुछ नहीं कह सकते, आपको जीवन-भर किसी के दरवाजे जाने की जरूरत न होगी। बस, ऐसा कोई व्रत ठानिए कि शहरवाले थर्रा उठें। कांग्रेसवालों ने धर्म की आड़ ले कर इतनी शक्ति बढ़ायी है। बस, ऐसी कोई युक्ति निकालिए कि जनता के धार्मिक भावों को चोट पहुंचे।

मोटेराम ने गम्भीर भाव से उत्तर दिया—यह तो कोई ऐसा कठिन काम नहीं है। मैं तो ऐसे-ऐसे अनुष्ठान कर सकता हूं कि आकाश से जल की वर्षा कर दूं; मरी के प्रकोप को भी शांत कर दूं; अन्न का भाव घटा-बढ़ा दूं। कांग्रेसवालों को परास्त कर देना तो कोई बड़ी बात नहीं। अंग्रेजी पढ़े-लिखे महानुभाव समझते हैं कि जो काम हम कर सकते हैं, वह कोई नहीं कर सकता। पर गुप्त विद्याओं का उन्हें ज्ञान ही नहीं।

खां साहब — तब तो जनाब, यह कहना चाहिए कि आप दूसरे खुदा है। हमें क्या मालुम था कि आप में कुदरत है; नहीं तो इतने दिनों तक क्यों परेशान होते?

मोटेराम—साहब, मैं गुप्त धन का पता लगा सकता हूं। पितरों को बुला सकता हूं, केवल गुण-ग्राहक चाहिए। संसार में गुणियों का अभाव नहीं, गुणज्ञों का ही अभाव है —गुन ना हिरानो गुन-गाहक हिरानो है।

राजा—भला इस अनुष्ठान के लिए आपको क्या भेंट करना होगा?

मोटेराम—जो कुछ आपकी श्रद्धा हो।

राजा—कुछ बतला सकते हैं कि यह कौन-सा अनुष्ठान होगा?

मोटेराम—अनशन-व्रत के साथ मंत्रों का जप होगा। सारे शहर में हलचल न मचा दूं तो मोटेराम नाम नहीं।

राजा—तो फिर कब से।

मोटेराम—आज ही हो सकता है। हां, पहले देवताओं के आवाहन के निमित्त थोड़े-से रुपये दिला दीजिए।

रुपये की कमी ही क्या थी। पंडित जी को रुपये मिल गए और वह खुश-खुश घर आये। धर्मपत्नी से सारा समाचार कहा। उसने चिंतित होकर कहा — तुमने नाहक यह रोग अपने सिर लिया! भूख न बरदाश्त हुई, तो सारे शहर में भद्द हो जायगी, लोग हंसी उड़ावेंगे। रुपये लौटा दो।

मोटेराम ने आश्वासन देते हुए कहा—भूख कैसे न बरदाश्त होगी? मैं ऐसा मूर्ख थोड़े ही हूं कि यों ही जा बैठूंगा। पहले मेरे भोजन का प्रबंध करो। अमृतियां, लड्डू, रसगुल्ले मंगाओ। पेट-भर भोजन कर लूं। फिर आध सेर मलाई खाऊंगा। उसके ऊपर आध सेर बादाम की तह जमाऊंगा। बची-खुची कसर मलाईवाले दही से पूरी कर दूंगा। फिर देखूंगा, भूख क्यों कर पास फटकती है। तीन दिन तक तो सांस ही न ली जायगी, भूख की कौन चलावे। इतने में तो सारे शहर में खलबली मच जायगी। भाग्य-सूर्य उदय हुआ है, इसे समय आगा-पीछा करने से पछताना पड़ेगा। बाजार न बंद हुआ, तो समझ लो मालामाल हो जाऊंगा, नहीं तो यहां गांठ से क्या जाता है! सौ रुपये तो हाथ लग ही गये।

इधर तो भोजन का प्रबंध हुआ उधर पंडित मोटेराम ने डौंडी पिटवा दी कि संध्या-समय टाउनहाल मैदान में पंडित मोटेराम देश की राजनीतिक समस्या पर व्याख्यान देंगे, लोग अवश्य आयें। पंडितजी सदैव राजनीतिक विषयों से अलग रहते थे। आज वह इस विषय पर कुछ बोलेंगे, सुनना चाहिए। लोगों को उत्सुकता हुई, पंडितजी का शहर में बड़ा मान था। नियत समय पर कई हजार आदमियों की भीड़ लग गई। पंडितजी घर से अच्छी तरह तैयार होकर पहुंचे। पेट इतना भरा हुआ था कि चलना कठिन था। ज्यों ही यह वहां पहुंचे, दर्शकों ने खड़े होकर इन्हें साष्टांग दंडवत प्रणाम किया।

मोटेराम बोले—नगरवासियों, व्यापारियों, सेठों और महाजनों! मैंने सुना है कि तुम लोगों ने कांग्रेसवालों के कहने में आकर बड़े लाट साहब के शुभागमन के अवसर पर हड़ताल करने का निश्चय किया है। यह कितनी बड़ी कृतघ्नता है? वह चाहें, तो आज तुम लोगों को तोप के मुंह पर उड़वा दें, सारे शहर को खुदवा डालें। राजा हैं, हंसी-ठट्ठा नहीं। वह तरह देते जाते हैं, तुम्हारी दीनता पर दया करते हैं और तुम गऊओं की तरह हत्या के बल खेत चरने को तैयार हो! लाट साहब चाहें तो आज रेल बंद कर दें। डाक बंद कर दें। माल का आना-जाना बंद कर दें। तब बताओ, क्या करोगे? वह चाहें तो आज सारे शहर वालों को जेल में डाल दें, बताओ, क्या करोगे? तुम उनसे भाग कर कहां जा सकते हो? है कहीं ठिकाना! इसलिए जब इस देश में और उन्हीं के अधीन रहना है, तो इतना उपद्रव क्यों मचाते हो? याद रखो, तुम्हारी जान उनकी मुट्ठी में है! ताऊन के

कीड़े फैला दें तो सारे नगर में हाहाकार मच जाय। तुम झाड़ू से आंधी को रोकने चले हो? खबरदार जो किसी ने बाजार बन्द किया; नहीं तो कहे देता हूं, यहीं, अन्न-जल बिना प्राण दे दूंगा।

एक आदमी ने शंका की — महाराज, आपके प्राण निकलते-निकलते महीने भर से कम न लगेगा। तीन दिनों में क्या होगा?

मोटेराम ने गरज कर कहा—प्राण शरीर में नहीं रहता, ब्रह्मांड में रहता है। मैं चाहूं तो योगबल से अभी प्राण त्याग कर सकता हूं। मेरा कहना मानोगे तो तुम्हारा कल्याण होगा। न मानोगे, हत्या लगेगी, संसार में कहीं मुंह न दिखला सकोगे। बस, यह लो, यहीं आसन जमाता हूं।

3

शहर में यह समाचार फैला, तो लोगों के होश उड़ गये। अधिकारियों की इस चाल ने उन्हें हतबुद्धि-सा कर दिया। कांग्रेस के कर्मचारी तो अब भी कहते थे कि यह सब पाखंड है। राजभक्तों ने पंडित को कुछ दे-दिला कर यह स्वांग खड़ा किया है। जब और कोई बस न चला, फौज, पुलिस, कानून सभी युक्तियों से हार गये, तो यह नयी माया रची है। यह और कुछ नहीं, राजनीति का दिवाला है। नहीं पंडितजी ऐसे कहां देश-सेवक थे जो देश की दशा से दुःखी होकर व्रत ठानते: इसे भूखा मरने दो, दो दिन में बोल जायेंगे। इस नयी चाल की जड़ अभी तो काट देनी चाहिए! कहीं यह चाल सफल हो गयी, तो समझ लो, अधिकारियों के हाथ में एक नया अस्त्र आ जायगा और वह सदैव इसका प्रयोग करेंगे। जनता इतनी समझदार तो है नहीं कि इन रहस्यों को समझे। गीदड़-भभकी में आ जायगी।

लेकिन नगर के बनिये महाजन, जो प्राय : धर्मभीरु होते हैं ऐसे घबरा गए कि उन पर इन बातों का कुछ असर ही न होता था। वे कहते थे —साहब, आप लोगों के कहने से सरकार के बुरे बने, नुकसान उठाने को तैयार हुए, रोजगार छोड़ा, कितनों के दिवाले हो गये, अफसरों को मुंह दिखलाने लायक नहीं रहे। पहले जाते थे, अधिकारी लोग 'आइए आइए सेठजी' कह कर सम्मान करते थे; अब रेलगाड़ियों में धक्के खाते हैं, पर कोई नहीं सुनता; आमदनी चाहे कुछ हो या न हो, बहियों की तौल देखकर कर (टैक्स) बढ़ा दिया जाता है। यह सब सहा, और सहेंगे, लेकिन धर्म के मामले में हम आप लोगों का नेतृत्व नहीं स्वीकार कर सकते। जब एक विद्वान्, कुलीन, धर्मनिष्ठ ब्राह्मण हमारे ऊपर अन्न-जल त्याग

कर रहा है, तब हम क्योंकर भोजन करके टांगे फैलाकर सोयें? कहीं मर गया, तो भगवान के सामने क्या जवाब देंगे?

सारांश यह कि कांग्रेसवालों की एक न चली। व्यपारियों का एक डेपुटेशन 9 बजे रात पंडितजी की सेवा में उपस्थित हुआ। पंडितजी ने आज भोजन तो खूब डट कर किया था, लेकिन डट कर भोजन करना उनके लिए कोई असाधारण बात न थी। महीने में प्राय: 20 दिन वह अवश्य ही न्योता पाते थे और निमन्त्रण में डटकर भोजन करना एक स्वाभाविक बात है। अपने सहभोजियों की देखा-देखी, लाग-डाँट की धुन में, या गृह-स्वामी के सविनय आग्रह से और सबसे बढ़कर पदार्थों की उत्कृष्टता के कारण, भोजन मात्रा से अधिक हो ही जाता है। पंडितजी की जठराग्नि ऐसी परीक्षाओं में उत्तीर्ण होती रहती थी। अतएव इस समय भोजन का समय आ जाने से उनकी नीयत कुछ डावांडोल हो रही थी। यह बात नहीं कि वह भूख से व्याकुल थे। लेकिन भोजन का समय आ जाने पर अगर पेट अफरा हुआ न हो, अजीर्ण न हो गया हो तो मन में एक प्रकार की भोजन की चाह होने लगती है। शास्त्रीजी की इस समय यही दशा हो रही थी। जी चाहता था, किसी खोमचेवाले को पुकार कर कुछ ले लेते, किन्तु अधिकारियों ने उनकी शरीर रक्षा के लिए वहां कई सिपाहियों को तैनात कर दिया था। वे सब हटने का नाम न लेते थे। पंडितजी की विशाल बुद्धि इस समय यही समस्या हल कर रही थी कि इन यमदूतों को कैसे टालूं? खामख्वाह इन पाजियों को यहां खड़ा कर दिया। मैं कोई कैदी तो हूं नहीं कि भाग जाऊंगा।

अधिकारियों ने शायद यह व्यवस्था इसलिए कर रखी थी कांग्रेसवाले जबरदस्ती पंडितजी को वहां से भगाने की चेष्टा न कर सके। कौन जाने, वे क्या चाल चलें। ऐसे अनुचित और अपमानजनक व्यवहारों से पंडितजी की रक्षा करना अधिकारियों का कर्तव्य था।

वह अभी इस चिंता में थे कि व्यापारियों का डेपुटेशन आ पहुंचा। पंडितजी कुहनियों के बल लेटे हुए थे, संभल बैठे। नेताओं ने उनके चरण छू कर कहा—महाराज, हमारे ऊपर आपने क्यों यह कोप किया है? आपकी जो आज्ञा हो, वह हम शिरोधार्य करें। आप उठिये, अन्न-जल ग्रहण कीजिए। हमें नहीं मालूम था कि आप सचमुच यह व्रत ठानने वाले हैं, नहीं तो हम पहले ही आपसे विनती करते। आप कृपा कीजिए, दस बजने का समय है। हम आपका वचन कभी न टालेंगे।

मोटेराम — ये कांग्रेसवाले तुम्हें मटियामेट करके छोड़ेंगे! आप तो डूबते ही है; तुम्हें भी अपने साथ ले डूबेंगे! बाजार बन्द रहेगा इससे तुम्हारा ही टोटा होगा; सरकार को क्या? तुम नौकरी छोड़ दोगे, आप मूखों मरोगे; सरकार को क्या? तुम जेल जाओगे, आप चक्की पीसोगे, सरकार को क्या? न जाने इन सबको क्या सनक सवार हो गयी है कि अपनी नाक काट कर दूसरों का असगुन मानते है। तुम इन कुपंथियों के कहने में न आओ। क्यों दुकानें खुली रखोगे?

सेठ — महाराज, जब तक शहर-भर के आदमियों की पंचायत न हो जाय, तब तक हम इसका बीमा कैसे ले सकते हैं। कांग्रेसवालों ने कहीं लूट मचवा दी, तो कौन हमारी मदद करेगा? आप उठिए, भोजन पाइए, हम कल पंचायत करके आपकी सेवा में जैसा कुछ होगा, हाल देंगे।

मोटेराम — तो फिर पंचायत करके आना।

डेपुटेशन जब निराश होकर लौटने लगी, तो पंडितजी ने कहा—किसी के पास सुंघनी तो नहीं है?

एक महाशय ने डिबिया निकाल कर दे दी।

लोगों के जाने के बाद मोटेराम ने पुलिसवालों से पूछा—तुम यहां क्यों खड़े हो?

सिपाहियों ने कहा — साहब का हुक्म है, क्या करें?

मोटेराम — यहां से चले जाओ।

सिपाही — आपके कहने से चले जायं? कल नौकरी छूट जाएगी, तो आप खाने को देंगे?

मोटेराम — हम कहते है, चले जाओ; नहीं तो हम ही यहां से चले जायेंगे। हम कोई कैदी हैं, जो तुम घेरे खड़े हो?

सिपाही — चले क्या जाइएगा, मजाल है।

मोटेराम — मजाल क्यों नहीं है बे! कोई जुर्म किए है?

सिपाही —अच्छा, जाओ तो देखें?

पंडितजी ब्रह्म-तेज में आकर उठे और एक सिपाही को इतनी जोर से धक्का दिया कि वह कई कदम पर जा गिरा। दूसरे सिपाहियों की हिम्मत छूट गयी। पंडितजी को उन सब ने थल-थल समझ लिया था, पराक्रम देखा, तो चुपके से सटक गए।

मोटेराम अब लगे इधर-उधर नजरें दौड़ाने की कोई खोंचेवाला नजर आ जाए, उससे कुछ लें। किन्तु ध्यान आ गया, कहीं उसने किसी से कह दिया, तो

लोग तालियां बजाने लगेंगे। नहीं, ऐसी चतुराई से काम करना चाहिए कि किसी को कानों कान खबर न हो। ऐसे ही संकटों में तो बुद्धिबल का परिचय मिलता है। एक क्षण में उन्होंने इस कठिन प्रश्न को हल कर लिया।

दैवयोग से उसी समय एक खोंचेवाला जाता दिखाई दिया। 11 बज चुके थे, चारों तरफ सन्नाटा छा गया था। पंडितजी ने बुलाया —खोंचेवाले, ओ खोंचेवाला!

खोंचेवाला — कहिए क्या दूं? भूख लग आयी न? अन्न-जल छोड़ना साधुओं का काम है, हमारा-आपका नहीं।

मोटेराम — अबे क्या कहता है? यहां क्या किसी साधु से कम है? चाहें तो महीनों पड़े रहें और भूख-प्यास न लगे। तुझे तो केवल इसलिए बुलाया है कि जरा अपनी कुप्पी मुझे दे। देखूं तो वहां क्या रेंग रहा है। मुझे भय होता है कि सांप न हो।

खोंचेवाले ने कुप्पी उतार कर दे दी। पंडित जी उसे लेकर इधर-उधर जमीन पर कुछ खोजने लगे। इतने में कुप्पी उनके हाथ से छूटकर गिर पड़ी, और बुझ गयी। सारा तेल बह गया। पंडितजी ने उसमें एक ठोकर और लगाई कि बचा-खुचा तेल भी बह जाय।

खोंचेवाला —(कुप्पी को हिलाकर) महाराज, इसमें तो जरा भी तेल नहीं बचा। अब तक चार पैसे का सौदा बेचता, आपने यह खटराग बढ़ा दिया।

मोटेराम — भैया, हाथ ही तो है, छूट गिरी, तो अब क्या हाथ काट डालूं? यह लो पैसे, जाकर कहीं से तेल भरा लो।

खोंचेवाला —(पैसे ले कर) तो अब तेल भरवा कर मैं यहां थोड़े ही आऊंगा।

मोटेराम — खोंचा रखे जाओ, लपक कर थोड़ा तेल ले लो; नहीं मुझे कोई सांप काट लेगा तो तुम्हीं पर हत्या पड़ेगी। कोई जानवर है जरूर। देखो, वह रेंगता है। गायब हो गया। दौड़ जाओ पट्ठे, तेल लेते आओ, मैं तुम्हारा खोंचा देखता रहूंगा। डरते हो तो अपने रुपये-पैसे लेते आओ।

खोंचेवाला बड़े धर्म-संकट में पड़ा। खोंचे से पैसे निकालता है तो भय है, कि पण्डितजी अपने दिल में बुरा न मानें। सोचें मुझे बेईमान समझ रहा है। छोड़कर जाता है तो कौन जाने, इनकी नीयत क्या हो। किसी की नीयत सदा ठीक नहीं रहती। अन्त को उसने यही निश्चय किया कि खोंचा यहीं छोड़ दूं, जो तकदीर में होगा, वह होगा। वह उधर बाजार की तरफ चला, इधर पण्डितजी ने खोंचे पर

निगाह दौड़ायी तो बहुत हताश हुए। मिठाई बहुत कम बच रही थी। पांच-छ: चीजें थीं, मगर किसी में दो अदद से ज्यादा निकालने की गुंजाइश न थी। भंडा फूट जाने का खटका था। पंडितजी ने सोचा — इतने से क्या होगा? केवल क्षुधा और प्रबल हो जाएगी, शेर के मुंह खून लग जायेगा। गुनाह बेलज्जत है। अपनी जगह पर जा बैठे। लेकिन दम-भर के बाद प्यास ने फिर जोर किया। सोचा — कुछ तो ढारस। हो ही जायगा। आहार कितना ही सूक्ष्म हो, फिर भी आहार ही है। उठे, मिठाई निकाली; पर पहला ही लड्डू मुंह में रखा था कि देखा, खोंचेवाला तेल की कुप्पी जलाये कदम बढ़ाता चला आ रहा है, उसके पहुंचने के पहले मिठाई का समाप्त हो जाना अनिवार्य था। एक साथ दो चीजें मुंह में रखीं। अभी चुबला ही रहे थे कि वह निशाचर दस कदम और आगे बढ़ आया। एक साथ चार चीजें मुंह में डालीं और अधकुचली ही निगल गये। अभी 6 अदद और थीं, और खोंचेवाला फाटक तक आ चुका था। सारी की सारी मिठाई मुंह में डाल ली। अब न चबाते बनता है, न उगलते। वह शैतान मोटर कार की तरह कुप्पी चमकाता हुआ चला ही आता था। जब वह बिलकुल सामने आ गया, तो पंडित जी ने जल्दी से सारी मिठाई निगल ली। आखिर आदमी ही थे, कोई मगर तो थे नहीं। आंखों में पानी भर आया, गला फंस गया, शरीर में रोमांच हो आया, जोर से खांसने लगे। खोंचेवाले ने तेल की कुप्पी बढ़ाते हुए कहा, यह लीजिए देख लीजिए, चले तो है आप उपवास करने पर प्राणों का इतना डर है। आपको क्या चिंता, प्राण भी निकल जायेंगे, तो सरकार बाल-बच्चों की परवस्ती करेगी।

पंडितजी को क्रोध तो ऐसा आया कि इस पाजी को खोटी-खरी सुनाऊं, लेकिन गले से आवाज न निकली। कुप्पी चुपके से ली और झूठ-मूठ इधर-उधर देखकर लौटा दी।

खोंचेवाला — आपको क्या पड़ी जो चले सरकार का पच्छ करने? कहीं कल दिन-भर पंचायत होगी, तो रात तक कुछ तय होगा। तब तक तो आपकी आंखों में तितलियां उड़ने लगेंगी।

यह कहकर वह चला गया और पंडितजी भी थोड़ी देर तक खांसने के बाद सो रहे।

4

दूसरे दिन सबेरे ही से व्यापारियों ने मिसकौट करनी शुरू की। उधर कांग्रेसवालों में भी हलचल मची। अमन-सभा के अधिकारियों ने भी कान खड़े किये। यह तो इन भोले-भाले बनियों को धमकाने की अच्छी तरकीब हाथ

आयीं। पंडित-समाज ने अलग एक सभा की और उसमें यह निश्चय किया किं पंडित मोटेराम को राजनीतिक मामलों में पड़ने का कोई अधिकार नहीं। हमारा राजनीति से क्या सम्बन्ध? गरज सारा दिन इसी वाद-विवाद में कट गया और किसी ने पंडितजी की खबर न ली। लोग खुल्लम-खुल्ला कहते थे कि पंडितजी ने एक हजार रुपये सरकार से लेकर यह अनुष्ठान किया है। बेचारे पंडितजी ने रात तो लोट-पोट कर काटी, पर उठे तो शरीर मुरदा-सा जान पड़ता था। खड़े होते थे, आंखें तिलमिलाने लगती थीं, सिर में चक्कर आ जाता था। पेट में जैसे कोई बैठा हुआ कुरेद रहा हो। सड़क की तरफ आंखें लगी हुई थीं कि लोग मनाने तो नहीं आ रहे है। संध्योपासना का समय इसी प्रतीक्षा में गया। इस समय पूजन के पश्चात नित्य नाश्ता किया करते थे। आज अभी मुंह में पानी भी न गया। न जाने वह शुभ घड़ी कब आयेगी। फिर पंडिताइन पर बड़ा क्रोध आने लगा। आप तो रात को भर-पेट खाकर सोयी होंगी, इस वक्त भी जलपान कर ही चुकी होंगी, पर इधर भूलकर भी न झांका कि मरे या जीते हैं। कुछ बात करने के बहाने से क्या थोड़ा-सा मोहनभोग बनाकर न ला सकती थीं? पर किसे इतनी चिंता है? रुपए लेकर रख लिये फिर जो कुछ मिलेगा, वह भी रख लेंगी। मुझे उल्लू बनाया।

किस्सा-कोताह पंडितजी ने दिन-भर इन्तजार किया, पर कोई मनाने वाला नजर न आया। लोगों ने दिल में जो यह संदेह पैदा हुआ था कि पंडितजी ने कुछ ले-देकर कर वह स्वांग रचा है, स्वार्थ के वशीभूत होकर यह पाखंड खड़ा किया है, वही उनको मनाने में बाधक होता था।

5

रात को नौ बज गये थे। सेठ भोंदूमल ने, जो व्यापारी समज के नेता थे. निश्चयात्मक भाव से कहा — मान लिया, पंडित जी ने स्वार्थवश ही यह अनुष्ठान किया है; पर इससे वह कष्ट तो कम नहीं हो सकता. जो अन्न-जल के बिना प्राणी-मात्र को होता है। यह धर्म-विरुद्ध है कि एक ब्राह्मण हमारे ऊपर दाना-पान त्याग दें और हम पेट भर-भर कर चैन की नींद सोये । अगर उन्होंने धर्म के विरुद्ध आचरण किया है, तो उसका दंड उन्हें भोगना पड़ेगा। हम क्यों अपने कर्तव्य से, मुंह फेरे?

कांग्रेस के मंत्री ने दबी हुई आवाज से कहा — मुझे तो जो कहना था, वह मैं कह चुका। आप लोग समाज के अगुआ हैं, जो फैसला कीजिए, हमें मंजूर है। चलिए मैं अभी आपके साथ चलूंगा। धर्म का कुछ अंश मुझे भी मिल जाएगा; पर

एक विनती सुन लीजिए — आप लोग पहले मुझे वहां जाने दीजिए। मैं एकांत में उनसे दस मिनट बाते करना चाहता हूं। आप लोग फाटक पर खड़े रहिएगा। जब मैं वहां से लौट आऊं तो फिर जाइएगा। इसमें किसी को क्या आपत्ति हो सकती थी? प्रार्थना स्वीकृत हो गयी।

मंत्रीजी पुलिस विभाग में बहुत दिनों तक रह चुके थे, मानव-चरित्र की कमजोरियों को जानते थे। वह सीधे बाजार गये और 5 रू० की मिठाई ली। उसमें मात्रा से अधिक सुगन्ध डालने का प्रयत्न किया, चांदी के बरक लगवाये और एक दोने में लिए रूठे हुए ब्रह्मदेव की पूजा करने चले। एक झज्झर में ठंडा पानी लिया और उसमें केवड़े का जल मिलाया। दोनों ही चीजों से खुशबू की लपटें उड़ रही थीं। सुगंध में इतनी उत्तेजक शक्ति है, कौन नहीं जानता है। इससे बिना भूख की भूख लग जाती है, भूखे आदमी की तो बात ही क्या?

पंडित जी इस समय भूमि पर अचेत पड़े हुए थे। रात को कुछ नहीं मिला। दस-पांच छोटी-छोटी मिठाइयों का क्या जिक्र! दोपहर को कुछ नहीं मिला। और इस वक्त भी भोजन की बेला टल गयी थी। भूख में अब आशा की व्याकुलता नहीं; निराशा की शिथिलता थी। सारे अंग ढीले पड़ गये थे। यहां तक कि आंखें भी न खुलती थीं। उन्हें खोलने की बार-बार चेष्टा करते; पर वे आप-ही-आप बंद हो जातीं। ओठ सूख गये थे। जिन्दगी का कोई चिह्न था, तो बस, उनका धीरे-धीरे कराहना। ऐसा संकट उनके ऊपर कभी न पड़ा था। अजीर्ण की शिकायत तो उन्हें महीने में दो-चार बार हो जाती थी, जिसे वह हड़ आदि की फंकियों से शांत कर लिया करते थे; पर अजीर्णावस्था में ऐसा कभी न हुआ था कि उन्होंने भोजन छोड़ दिया हो। नगर-निवासियों को, अमन-सभा को, सरकार को, ईश्वर को, कांग्रेस को और धर्म-पत्नी को जी-भर कर कोस चुके थे। किसी से कोई आशा न थी। अब इतनी शक्ति भी न रही थी कि स्वयं खड़े होकर बाजार जा सकें। निश्चय हो गया था कि आज रात को अवश्य प्राण-पखेरू उड़ जायेंगे। जीवन-सूत्र कोई रस्सी तो है ही नहीं कि चाहे जितने झटके दो, टूटने का नाम न ले!

मंत्रीजी ने पुकारा — शास्त्री जी!

मोटेराम ने पड़े-पड़े आंखें खोल दीं। उनमें ऐसी करुण वेदना भरी हुई थी, जैसी किसी बालक के हाथ से कौआ मिठाई छीन ले गया हो।

मंत्रीजी ने दोने की मिठाई सामने रख दी और झज्झर पर कुल्हड़ औंध दिया। इस काम से सुचित होकर बोले — यहां कब तक पड़े रहिएगा?

सुगंध ने पण्डित जी की इन्द्रियों पर संजीवनी का काम किया। पंडितजी उठ बैठे और बोले — देखो, कब तक निश्चय होता है।

मंत्री — यहां कुछ निश्चय-विश्चय न होगा। आज दिन-भर पंचायत हुई थी, कुछ तय न हुआ। कल कहीं शाम को लाट साहब आयेंगे। तब तक तो आपको न जाने क्या दशा होगी? आपका चेहरा बिलकुल पीला पड़ गया है।

मोटेराम — यहीं मरना बदा होगा, तो कौन टाल सकता है? इस दोने में कलाकद है क्या?

मंत्री — हां, तरह-तरह की मिठाइयां है। एक नातेदार के यहां बैना भेजने के लिए विशेष रीति से बनवायी है।

मोटेराम — जभी इनमें इतनी सुगंध हैं। जरा दोना खोलिए तो?

मंत्रीजी ने मुस्करा कर दोना खोल दिया और पंडितजी नेत्रों से मिठाइयां खाने लगे। अंधा आंखें पाकर भी संसार को ऐसे तृष्णापूर्ण नेत्रों से न देखेगा। मुंह में पानी भर आया। मंत्रीजी ने कहा — आपका व्रत न होता तो दो-चार मिठाइयां आपको चखाता। 5 रू० सेर के दाम दिये हैं।

मोटेराम — तब तो बहुत ही श्रेष्ठ होंगी। मैंने बहुत दिन हुए कलाकंद नहीं खाया।

मंत्री — आपने भी तो बैठे-बैठाये झंझट मोल ले लिया। प्राण ही न रहेंगे, तो धन किस काम आयेगा?

मोटेराम — क्या करूं, फंस गया, मैं इतनी मिठाइयों का जलपान कर जाता था। (हाथ से मिठाइयों को टटोल कर) भोला की दुकान की होंगी?

मंत्री — चखिए दो-चार।

मोटेराम — क्या चखूं, धर्म-संकट में पड़ा हूं।

मंत्री — अजी चखिए भी! इस समय जो आनन्द प्राप्त होगा, वह लाख रूपये से भी नहीं मिल सकता। कोई किसी से कहने जाता है क्या?

मोटेराम — मुझे भय किसका है। मैं यहां दाना-पानी बिना मर रहा हूं, और किसी को परवा ही नहीं। तो फिर मुझे क्या डर? लाओ, इधर दोना बढ़ाओ। जाओ, सबसे कह देना शास्त्रीजी ने व्रत तोड़ दिया। भाड़ में जाय बाजार और व्यापार। यहां किसी की चिंता नहीं। जब धर्म नहीं रहा, तो मैंने ही धर्म का बीड़ा थोड़े ही उठाया है।

यह कहकर पंडितजी ने दोना अपनी तरफ खींच लिया और लगे बढ़-बढ़ कर हाथ मारने। यहां तक कि एक पल-भर में आधा दोना समाप्त हो गया। सेठ लो

आकर फाटक पर खड़े थे, मंत्री ने जाकर कहा — जरा चल कर तमाशा देखिए। आप लोगों को न बाजार खोलना पड़ेगा; न खुशामद करनी पड़ेगी। मैंने सारी समस्याएं हल कर दीं। यह कांग्रेस का प्रताप है।

चांदनी छिटकी हुई थी। लोगों ने आकर देखा, पंडितजी मिठाई ठिकाने लगाने में वैसे ही तन्मय हो रहे हैं, जैसे कोई महात्मा समाधि में मग्न हो।

भोंदूमल ने कहा — पंडितजी के चरण छूता हूं। हम लोग तो आ ही रहे थे, आपने क्यों जल्दी की? ऐसी जुगत बताते कि आपकी प्रतिज्ञा भी न टूटती और कार्य भी सिद्ध हो जाता।

मोटेराम — मेरा काम सिद्ध हो गया। यह अलौकिक आनन्द है, जो धन के ढेरों से नहीं प्राप्त हो सकता। अगर कुछ श्रद्धा हो, तो इसी दुकान की इतनी ही मिठाई और मंगवा दो।[1]

---

1. हम यह कहना भूल गये कि मंत्री जी को मिठाई लेकर मैदान में आते समय पुलिस के सिपाही को 4 आने पैसे देने पड़े थे। यह नियम-विरुद्ध था; लेकिन मंत्रीजी ने इस बात पर अड़ना उचित न समझा — लेखक।

भाड़े का टट्टू

अगरा कालेज के मैदान में संध्या समय दो युवक हाथ से हाथ मिलाये टहल रहे थे। एक का नाम यशवंत था, दूसरे का रमेश। यशवंत डीलडौल का ऊंचा और बलिष्ठ था। उसके मुख पर संयम और स्वास्थ्य की कांति झलकती थी। रमेश छोटे कद और इकहरे बदना का तेज हीन और दुर्बल आदमी था। दोनों में किसी विषय पर बहस हो रही थी।

यशवंत ने कहा — मैं आत्मा के आगे धन का कुछ मूल्य नहीं समझता।

रमेश बोला — बड़ी खुशी की बात है।

यशवंत — हां, देख लेना। तुम ताना मार रहे हो, लेकिन मैं दिखला दूंगा कि धन को कितना तुच्छ समझता हूं।

रमेश — खैर, दिखला देना। मैं तो धन को तुच्छ नहीं समझता। धन के लिए 15 वर्षों से किताब चाट रहा हूं, धन के लिए मां-बाप, भाई-बंद सबसे अलग यहां पड़ा हूं, न जाने अभी कितनी सलामियां देनी पड़ेगी, कितनी खुशामद करनी पड़ेगी। क्या इसमें आत्मा का पतन न होगा? मैं तो इतने ऊंचे आदर्श का पालन नहीं कर सकता। यहां तो अगर किसी मुकदमे में अच्छी रिश्वत पा जायें तो शायद छोड़ न सकें। क्या तुम छोड़ दोगे?

यशवंत — मैं उसकी ओर आंख उठाकर भी न देखूंगा और मुझे विश्वास हैं कि तुम जितने नीच बनते हो, उतने नहीं हो।

रमेश — मैं उससे कहीं नीच हूं, जितना कहता हूं।

यशवंत — मुझे तो यकीन नहीं आता कि स्वार्थ के लिए तुम किसी को नुकसान पहुंचा सकोगे।

रमेश — भाई, संसार में आदर्श का निर्वाह केवल संन्यासी ही कर सकता है; मैं तो नहीं कर सकता। मैं तो समझता हूं कि अगर तुम्हें धक्का देकर तुमसे बाजी जीत सकूं, तो तुम्हें जरूर गिरा दूंगा। और, बुरा न मानो तो कह दूं, तुम भी मुझे जरूर गिरा दोगे। स्वार्थ का त्याग करना कठिन है।

यशवंत — तो मैं कहूंगा कि तुम भाड़े के टट्टू हो।

रमेश — और मैं कहूंगा कि तुम काठ के उल्लू हो।

2

यशवंत और रमेश साथ-साथ स्कूल में दाखिल हुए और साथ-ही-साथ उपाधियां लेकर कालेज से निकले। यशवंत कुछ मंदबुद्धि, पर बला का मिहनती था। जिस काम को हाथ में लेता, उससे चिमट जाता और उसे पूरा करके ही छोड़ता। रमेश तेज था, पर आलसी। घंटे-भर भी जमकर बैठना उसके लिए मुश्किल था। एम० ए० तक तो वह आगे रहा और यशवंत पीछे, मेहनत बुद्धि-बल से परास्त होती रही; लेकिन सिविल सर्विस में पांसा पलट गया। यशवंत सब धंधे छोड़कर किताबों पर पिल पड़ा; घूमना-फिरना, सैर-सपाटा, सरकस-थिएटर, यार-दोस्त, सबसे मुंह मोड़कर अपनी एकांत कुटीर में जा बैठा। रमेश दोस्तों के साथ गप-शप उड़ाता, क्रिकेट खेलता रहा। कभी-कभी मनोरंजन के तौर पर किताब देख लेता। कदाचित् उसे विश्वास था कि अब की भी मेरी तेजी बाजी ले जायेगी। अक्सर जाकर यशवंत को दिक करता। उसकी किताब बंद कर देता; कहता, क्यों प्राण दे रहे हो? सिविल सर्विस कोई मुक्ति तो नहीं है, जिसके लिए दुनिया से नाता तोड़ लिया जाये! यहां तक कि यशवंत उसे आते देखता, तो किवाड़े बंद कर लेता।

आखिर परीक्षा का दिन आ पहुंचा। यशवंत ने सब-कुछ याद किया था, पर किसी प्रश्न का उत्तर सोचने लगता, तो उसे मालूम होता, मैंने जितना पढ़ा था, सब भूल गया। वह बहुत घबराया हुआ था। रमेश पहले से कुछ सोचने का आदी न था। सोचता, जब परचा सामने आयेगा, उस वक्त देखा जायेगा। वह आत्म-विश्वास से फूला-फूला फिरता था।

परीक्षा का फल निकला, तो सुस्त कछुवा तेज खरगोश से बाजी मार ले गया था।

अब रमेश की आंखें खुली पर वह हताश न हुआ। योग्य आदमी के लिए यश और धन की कमी नहीं, यह उसका विश्वास था। उसने कानून की परीक्षा की तैयारी शुरू की और यद्यपि उसने बहुत ज्यादा मिहनत न की, लेकिन अव्वल दरजे में पास हुआ। यशवंत ने उसकी बधाई का तार भेजा। अब वह एक जिले का अफसर हो गया था।

3

दस साल गुजर गये। यशवंत दिलोजान से काम करता था और उसके अफसर उससे बहुत प्रसन्न थे। पर अफसर जितने प्रसन्न थे, मातहत उतने ही अप्रसन्न रहते थे। वह खुद जितनी मिहनत करता था, मातहतों को भी उतना ही बेलौस बनाना चाहता था। ऐसे आदमी बड़े कारगुजार समझे जाते है। यशवंत की कारगुजारी का अफसरों पर सिक्का जमता जाता था। पांच वर्षों में ही वह जिले का जज बना दिया गया।

रमेश इतना भाग्यशाली न था। वह जिस इजलास में वकालत करने जाता, वहीं असफल रहता। हाकिम को नियत समय पर आने में देर हो जाती, तो खुद चल देता, और फिर बुलाने से भी न आता। कहता — अगर हाकिम वक्त की पाबंदी नहीं करता, तो मैं क्यों करूं? मुझे क्या गरज पड़ी है कि घंटों उनके इजलास पर खड़ा उनकी राह देखा करूं? बहस इतनी निर्भीकता से करता कि खुशामद के आदी हुक्काम की निगाहों में उसकी निर्भीकता गुस्ताखी मालूम होती। सहनशीलता उसे छू नहीं गयी थी। हाकिम हो या दूसरे पक्ष का वकील, जो उसके मुंह लगता, उसकी खबर लेता था। यहां तक कि एक बार वह जिला जज ही से लड़ बैठा। फल यह हुआ कि उसकी सनद छीन ली गयी। किंतु मुवक्किलों के हृदय में उसका सम्मान ज्यों-का-त्यों रहा।

तब उसने आगरा कालेज में शिक्षक का पद प्राप्त कर लिया। किंतु यहां भी दुर्भाग्य ने साथ न छोड़ा। प्रिंसिपल से पहले ही दिन खटपट हो गयी। प्रिंसिपल का सिद्धान्त यह था कि विद्यार्थियों को राजनीति से अलग रहना चाहिए। वह अपने कालेज के किसी छात्र को किसी राजनीतिक जलसे में शरीक न होने देते। रमेश पहले ही दिन से इस आज्ञा का खुल्लम-खुल्ला विरोध करने लगा। उसका कथन था कि अगर किसी को राजनीतिक जलसों में शामिल होना चाहिए, तो विद्यार्थी को। यह भी उसकी शिक्षा का एक अंग है। अन्य देशों में छात्रों ने युगांतर उपस्थित कर दिया है, तो इस देश में क्यों उनकी जबान बंद की जाती है? इसका फल यह हुआ कि साल खतम होने के पहले ही रमेश को इस्तीफा देना पड़ा। किंतु विद्यार्थियों पर उसका दबाव तिल भर भी कम न हुआ।

इस भांति कुछ तो अपने स्वभाव और कुछ परिस्थितियों ने रमेश को मार-मार कर हाकिम बना दिया। पहले मुवक्किलों का पक्ष लेकर अदालत से लड़ा, फिर छात्रों का पक्ष लेकर प्रिंसिपल से राड़ मोल ली, और अब प्रजा का पक्ष लेकर

सरकार को चुनौती दी। वह स्वभाव से ही निर्भीक, आदर्शवादी, सत्यभक्त तथा आत्माभिमानी था। ऐसे प्राणी के लिए प्रजा सेवक बनने के सिवा और उपाय ही क्या था? समाचार-पत्रों में वर्तमान परिस्थिति पर उसके लेख निकलने लगे। उसकी आलोचनाएं इतनी स्पष्ट, इतनी व्यापक और इतनी मार्मिक होती थीं कि शीघ्र ही उसकी कीर्ति फैल गयी। लोग मान गये कि इस क्षेत्र में एक नयी शक्ति का उदय हुआ। अधिकारी लोग उसके लेख पढ़कर तिलमिला उठते थे। उसका निशाना इतना ठीक बैठता था कि उससे बच निकलना असंभव था। अतिशयोक्तियां तो उनके सिरों पर से सनसनाती हुई निकल जाती थी। उनका वे दूर से तमाशा देख सकते थे, अभिज्ञताओं की वे उपेक्षा कर सकते थे। ये सब शस्त्र उनके पास पहुंचते ही न थे, रास्ते ही में गिर पड़ते थे। पर रमेश के निशाने सिरों पर बैठते और अधिकारियों में हलचल और हाहाकार मचा देते थे।

देश की राजनीतिक स्थिति चिंताजनक हो रही थी। यशवंत अपने पुराने मित्र के लेखों को पढ़-पढ़ कर कांप उठते थे। भय होता; कहीं वह कानून के पंजे में आ जाये। बार-बार उससे संयत रहने की ताकीद करते, बार-बार मिन्नतें करते कि जरा अपनी कलम को और नरम कर दो, जान-बूझ कर क्यों विषधर कानून के मुंह में उंगली डालते हो? लेकिन रमेश को नेतृत्व का नशा चढ़ा हुआ था। वह इन पत्रों का जवाब तक न देता था।

पांचवें साल यशवंत बदलकर आगरे का जिला जज हो गया।

4

देश की राजनीतिक दशा चिंताजनक हो रही थी। खुफिया-पुलिस ने तूफान खड़ा कर दिया था। उसकी कपोल-कल्पित कथाएं सुन-सुन कर हुक्कामों की रूह फना हो रही थी। कहीं अखबारों का मुंह बन्द किया जाता था, कहीं प्रजा के नेताओं का। खुफिया-पुलिस ने अपना उल्लू सीधा करने के लिए हुक्कामों के कुछ इस तरह कान भरे कि उन्हें हर एक स्वतंत्र विचार रखनेवाला खूनी और कातिल नजर आता था।

रमेश यह अंधेरे देखकर चुप कर बैठने वाला मनुष्य न था। ज्यों-ज्यों अधिकारियों की निरंकुशता बढ़ती थी, त्यों-त्यों उसका भी जोश बढ़ता था। रोज कहीं न कहीं व्याख्यान देता और उसके प्राय : सभी व्याख्यान विद्रोहात्मक भावों से भरे होते थे। स्पष्ट और खरी बातें कहना ही विद्रोह है! अगर किसी का राजनीतिक

भाषण विद्रोहात्मक नहीं माना गया, तो समझ लो, उसने अपने आंतरिक भावों को गुप्त रखा है। उसके दिल में जो कुछ है, उसे जबान पर लाने का साहस उसमें नहीं है। रमेश ने मनोभावों को गुप्त रखना सीखा ही न था। प्रजा का नेता बनकर जेल और फांसी से डरना क्या! जो आफत आनी हो, आवे। वह सब कुछ सहने को तैयार बैठा था। अधिकारियों की आंखों में भी वही सबसे ज्यादा गड़ा हुआ था।

एक दिन यशवंत ने रमेश को अपने यहां बुला भेजा। रमेश के जी में तो आया कि कह दे, तुम्हें आते क्या शरम आती है? आखिर हो तो गुलाम ही। लेकिन फिर कुछ सोचकर कहला भेजा, कल शाम को आऊंगा। दूसरे दिन वह ठीक 6 बजे यशवंत के बंगले पर जा पहुंचा। उसने किसी से इसका जिक्र न किया। कुछ तो यह खयाल था कि लोग कहेंगे, मैं अफसरों की खुशामद करता हूं और कुछ यह कि शायद इससे यशवंत को कोई हानि पहुंचे।

वह यशवंत के बंगले पर पहुंचा तो चिराग जल चुके थे। यशवंत ने आकर उसे गले से लगा लिया। आधी रात तक दोनों मित्रों में खूब बातें होती रहीं। यशवंत ने इतने में नौकरी के जो अनुभव प्राप्त किये थे, सब बयान किये। रमेश को यह जानकर आश्चर्य हुआ कि यशवंत के राजनीतिक विचार कितने विषयों में मेरे विचारों से भी ज्यादा स्वतंत्र हैं। उसका यह खयाल बिल्कुल गलत निकला कि वह बिल्कुल बदल गया होगा, वफादारी के रोग अलापता होगा।

रमेश ने कहा — भले आदमी, जब इतने जले हुए हो; तो छोड़ क्यों नहीं देते नौकरी? और कुछ न सही, अपनी आत्मा की रक्षा तो कर सकोगे!

यशवंत — मेरी चिंता पीछे करना, इस समय अपनी चिंता करो। मैंने तुम्हें सावधान करने को बुलाया है। इस वक्त सरकार की नजर में तुम बेतरह खटक रहे हो। मुझे भय है कि तुम कहीं पकड़े न जाओ।

रमेश — इसके लिए तो तैयार बैठा हूं।

यशवंत — आखिर आग में कूदने से लाभ ही क्या?

रमेश — हानि-लाभ देखना मेरा काम नहीं। मेरा काम तो अपने कर्तव्य का पालन करना है।

यशवंत — हठी तो तुम सदा के हो, मगर मौका नाजुक है, संभले रहना ही अच्छा है। अगर मैं देखता कि जनता में वास्तविक जागृति है तो तुमसे पहले मैदान में आता। पर जब देखता हूं कि अपने ही मरे स्वर्ग देखना है, तो आगे कदम रखने की हिम्मत नहीं पड़ती।

दोनों दोस्तों ने देर तक बातें कीं। कालेज के दिन याद आये। सहपाठियों के लिए कालेज की पुरानी स्मृतियां मनोरंजन और हास्य का अविरल स्रोत हुआ करती हैं। अध्यापकों पर आलोचनाएं हुई; कौन-कौन साथी क्या कर रहा है, इसकी चर्चा हुई। बिलकुल यह मालूम होता था कि दोनों अब भी कालेज के छात्र है। गम्भीरता नाम को भी न था।

रात ज्यादा हो गयी। भोजन करते-करते एक बज गया। यशवंत ने कहा — अब कहां जाओगे, यहीं सो रहो और बातें हों। तुम तो कभी आते भी नहीं?

रमेश तो जमते जोगी थे ही; खाना खाकर बात करते-करते सो गये। नींद खुली, तो 9 बज गये थे। यशवंत सामने खड़े मुस्करा रहे थे।

इसी रात को आगरे में भयंकर डाका पड़ गया।

5

रमेश दस बजे घर पहुंचे, तो देखा, पुलिस ने उनका मकान घेर रखा है। इन्हें देखते ही एक अफसर ने वारंट दिखाया। तुरन्त घर की तलाशी होने लगी। मालूम नहीं, क्योंकर रमेश के मेज की दराज में एक पिस्तौल निकल आया। फिर क्या था, हाथों में हथकड़ी पड़ गयी। अब किसे उनके डाके में शरीक होने से इन्कार हो सकता था? और भी कितने ही आदमियों पर आफत आयी। सभी प्रमुख नेता चुन लिये गये। मुकदमा चलने लगा।

औरों की बात को ईश्वर जाने पर रमेश निरपराध था। इसका उसके पास ऐसा प्रबल प्रमाण था, जिसकी सत्यता से किसी को इनकार न हो सकता था। पर क्या वह इस प्रमाण का उपयोग कर सकता था?

रमेश ने सोचा, यशवंत स्वयं मेरे वकील द्वारा सफाई के गवाहों में अपना नाम लिखाने का प्रस्ताव करेगा। मुझे निर्दोष जानते हुए वह कभी मुझे जेल न जाने देगा। वह इतना हृदय-शून्य नहीं है। लेकिन दिन गुजरते जाते थे और यशवंत की ओर से इस प्रकार का कोई प्रस्ताव न होता था; और रमेश खुद संकोच-वश उसका नाम लिखाते हुए डरते थे। न-जाने इसमें उसे क्या बाधा हो। अपनी रक्षा के लिए वह उसे संकट में न डालना चाहते थे।

यशवंत हृदय-शून्य न थे, भाव-शून्य न थे, लेकिन कर्म-शून्य अवश्य थे। उन्हें अपने परम मित्र को निर्दोष मारे जाते देख कर दुःख होता था, कभी-कभी रो

पड़ते थे; पर इतना साहस न होता था कि सफाई दे कर उसे छुड़ा लें। न जाने अफसरों को क्या खयाल हो! कहीं यह न समझने लगे कि मैं भी षड़यंत्रकारियों से सहानुभूति रखता हूं, मेरा भी उनके साथ कुछ सम्पर्क है। यह मेरे हिन्दुस्तानी होने का दंड है! जान कर जहर निगलना पड़ रहा है। पुलिस ने अफसरों पर इतना आतंक जमा दिया कि चाहे मेरी शहादत से रमेश छूट भी जाय, खुलमखुल्ला मुझ पर अविश्वास न किया जाय, पर दिलों से यह संदेह क्योंकर दूर होगा कि मैंने केवल एक स्वदेश-बंधु को छुड़ाने के लिए झूठी गवाही दी? और बंधु भी कौन? जिस पर राज-विद्रोह का अभियोग है।

इसी सोच-विचार में एक महीना गुजर गया। उधर मजिस्ट्रेट ने यह मुकदमा यशवंत ही के इजलास में भेज दिया। डाके में कई खून हो गये थे। और मजिस्ट्रेट को उतनी ही कड़ी सजाएं देने का अधिकार न था जितनी उसके विचार में दी जानी चाहिए थीं।

6

यशवंत अब बड़े संकट में पड़ा। उसने छुट्टी लेनी चाही; लेकिन मंजूर न हुई। सिविल सर्जन अंग्रेज था। इस वजह से उसकी सनद लेने की हिम्मत न पड़ी। बला सिर पर आ पड़ी थी और उससे बचने का उपाय न सूझता था।

भाग्य की कुटिल क्रीड़ा देखिए। साथ खेले और साथ पढ़े हुए दो मित्र एक-दूसरे के सम्मुख खड़े थे, केवल एक कठघरे को अंतर था। पर एक की जान दूसरे की मुट्ठी में थी। दोनों की आंखें कभी चार न होतीं। दोनों सिर नीचे किये रहते थे। यद्यपि यशवंत न्याय के पद पर था, और रमेश मुलजिम, लेकिन यथार्थ में दशा इसके प्रतिकूल थी। यशवंत की आत्मा लज्जा, ग्लानि और मानसिक पीड़ा से तड़पती थी और रमेश का मुख निर्दोषिता के प्रकाश से चमकता रहता था।

दोनों मित्रों में कितना अन्तर था। एक उदार था। दूसरा कितना स्वार्थी। रमेश चाहता तो भरी अदालत में उस रात की बात कह देता। लेकिन यशवंत जानता था, रमेश फांसी से बचने के लिए भी उस प्रमाण का आश्रय न लेगा, जिसे मैं गुप्त रखना चाहता हूं।

जब तक मुकदमे की पेशियां होती रहीं तब तक यशवंत को असह्य मर्मवेदना होती रही। उसकी आत्मा और स्वार्थ में नित्य संग्राम होता रहता था; पर फैसले के दिन तो उसकी वही दशा हो रही थी, जो किसी खून के अपराधी की हो।

इजलास पर जाने की हिम्मत न पड़ती थी। वह तीन बजे कचहरी पहुंचा। मुलजिम अपना भाग्य-निर्णय सुनने को तैयार खड़े थे। रमेश भी आज रोज से ज्यादा उदास था। उसके जीवन संग्राम में वह अवसर आ गया था, जब उसका सिर तलवार की धार के नीचे होगा। अब तक भय सूक्ष्म रूप में था, आज उसने स्थूल रूप धारण कर लिया था।

यशवंत ने दृढ़ स्वर में फैसला सुनाया। जब उसके मुख से ये शब्द निकले कि रमेशचन्द्र को 7 वर्ष का कठिन कारावास, तो उसकी गला रुंध गया। उसने तजवीज मेज पर रख दी। कुर्सी पर बैठ कर पसीना पोंछने के बहाने आंखों में उमड़े हुए आंसुओं को पोंछा। इसके आगे तजवीज उससे न पढ़ी गयी।

7

रमेश जेल से निकल कर पक्का क्रांतिवादी बन गया। जेल की अंधेरी कोठरी में दिन भर के कठिन परिश्रम के बाद वह दोनों के उपकार और सुधार के मनसूबे बांधा करता था। सोचता, मनुष्य क्यों पाप करता है? इसलिए न कि संसार में इतनी विषमता है। कोई तो विशाल भवनों में रहता है और किसी को पेड़ की छांह भी मयस्सर नहीं। कोई रेशम और रत्नों से मढ़ा हुआ है, किसी को फटा वस्त्र भी नहीं। ऐसे न्याय-विहीन संसार में यदि चोरी, हत्या और अधर्म है तो यह किसका दोष है? वह एक ऐसी समिति खोलने का स्वप्न देखा करता, जिसका काम संसार से इस विषमता को मिटा देना हो। संसार सबके लिए है और उसमें सबको सुख भोगने का समान अधिकार है। न डाका, डाका है, न चोरी, चोरी। धनी अगर अपना धन खुशी से नहीं बांट देता, तो उसकी इच्छा के विरुद्ध बांट लेने में क्या पाप? धनी उसे पाप कहता है तो कहे। उसका बनाया हुआ कानून दण्ड देना चाहता, तो दे। हमारी अदालत भी अलग होगी। उसके सामने वे सभी मनुष्य अपराधी होंगे, जिनके पास जरूरत से ज्यादा सुख-भोग की सामग्रिया हैं। हम भी उन्हें दंड देंगे, हम भी उनसे कड़ी मेहनत लेंगे। जेल से निकलते ही उसने इस सामाजिक क्रांति की घोषणा कर दी। गुप्त सभाएं बनने लगीं, शस्त्र जमा किये जाने लगे और थोड़े ही दिनों में डाकों का बाजार गरम हो गया है। पुलिस ने उसका पता लगाना शुरू किया। उधर क्रांतिकारियों ने पुलिस पर भी हाथ साफ करना शुरू किया। उनकी शक्ति दिन-दिन बढ़ने लगी। काम इतनी चतुराई से होता था कि किसी को अपराधी का कुछ सुराग न मिलता। रमेश कहीं गरीबों के लिए दवाखाने

खोलता, कहीं बैंक। डाके के रुपयों से उसने इलाके खरीदना शुरू किया। जहां कोई इलाका नीलाम होता वह उसे खरीद लेता। थोड़े ही दिनों में उसके अधीन एक बड़ी जायदाद हो गयी। इसका नफा गरीबों के उपकार में खर्च होता था। तुर्रा यह कि सभी जानते थे, यह रमेश की करामात है, पर किसी को मुंह खोलने की हिम्मत न होती थी। सभ्य समाज की दृष्टि में रमेश से ज्यादा घृणित और कोई प्राणी संसार में न था। लोग उसका नाम सुन कर कानों पर हाथ रख लेते थे। शायद उसे प्यासों मरता देख कर कोई एक बूंद पानी भी उसके मुंह में न डालता लेकिन किसी की मजाल न थी कि उस पर आक्षेप कर सके।

इस तरह कई साल गुजर गये। सरकार ने डाकुओं का पता लगाने के लिए बड़े-बड़े इनाम रखे। यूरप से गुप्त पुलिस के सिद्धहस्त आदमियों को बुला कर इस काम पर नियुक्त किया। लेकिन गजब के डकैत थे, जिनकी हिकमत के आगे किसी की कुछ न चलती थी।

पर रमेश खुद अपने सिद्धान्तों का पालन न कर सकता था। ज्यों-ज्यों दिन गुजरते थे, उसे अनुभव होता था कि मेरे अनुयायियों में असंतोष बढ़ता जाता है। उनमें भी जो ज्यादा चतुर और साहसी थे, वे दूसरों पर रोब जमाते और लूट के माल में बराबर हिस्सा न देते थे। यहां तक कि रमेश से कुछ लोग जलने लगे। वह राजसी ठाट से रहता था। लोग कहते उसे हमारी कमाई को यों उड़ाने का क्या अधिकार है? नतीजा यह हुआ कि आपस में फूट पड़ गयी।

रात का वक्त था; काली घटा छायी हुई थी। आज डाकागाड़ी में डाका पड़ने वाला था। प्रोग्राम पहले से तैयार कर लिया गया था। पांच साहसी युवक इस काम के लिए चुने गये थे।

सहसा एक युवक ने खड़े होकर कहा — आप बार-बार मुझी को क्यों चुनते है? हिस्सा लेने वाले तो सभी हैं, मैं ही क्यों बार-बार अपनी जान जोखिम में डालूं?

रमेश ने दृढ़ता से कहा — इसका निश्चय करना मेरा काम है कि कौन कहां भेजा जाय। तुम्हारा काम केवल मेरी आज्ञा का पालन है।

युवक — अगर मुझसे काम ज्यादा लिया जाता है, तो हिस्सा क्यों नहीं ज्यादा दिया जाता?

रमेश ने उसकी त्योरियां देखीं और चुपके से पिस्तौल हाथ में लेकर बोले — इसका फैसला वहां से लौटने के बाद होगा।

युवक — मैं जाने से पहले इसका फैसला करना चाहता हूं।

रमेश ने इसका जवाब न दिया। वह पिस्तौल से उसका काम तमाम कर देना ही चाहते थे कि युवक खिड़की से नीचे कूद पड़ा और भागा। कूदने-फांदने में उसका जोड़ न था। चलती रेलगाड़ी से फांद पड़ना उसके बायें हाथ का खेल था।

वह वहां से सीधा गुप्त पुलिस के प्रधान के पास पहुंचा।

8

यशवंत ने भी पेंशन लेकर वकालत शुरू की थी। न्याय-विभाग के सभी लोगों से उनकी मित्रता थी। उनकी वकालत बहुत जल्द चमक उठी। यशवंत के पास लाखों रुपये थे। उन्हें पेंशन भी बहुत मिलती थी। वह चाहते, तो घर बैठे आनन्द से अपनी उम्र के बाकी दिन काट देते। देश और जाति की कुछ सेवा करना भी उनके लिए मुश्किल न था। ऐसे ही पुरुषों से निस्वार्थ सेवा की आशा की जा सकती है। पर यशवंत ने अपनी सारी उम्र रूपये कमाने में गुजारी थी, और वह अब कोई ऐसा काम न कर सकते थे, जिसका फल रुपयों की सूरत में न मिले।

यों तो सारा सभ्य-समाज रमेश से घृणा करता था, लेकिन यशवंत सबसे बढ़ा हुआ था। कहता, अगर कभी रमेश पर मुकदमा चलेगा, तो मैं बिना फीस लिये सरकार की तरफ से पैरवी करूंगा। खुल्लमखुल्ला रमेश पर छींटे उड़ाया करता — यह आदमी नहीं, शैतान है; राक्षस है; ऐसे आदमी का तो मुंह न देखना चाहिए! उफ्! इसके हाथों कितने भले घरों का सर्वनाश हो गया। कितने भले आदमियों के प्राण गये। कितनी स्त्रियां विधवा हो गयीं। कितने बालक अनाथ हो गये। आदमी नहीं, पिशाच है। मेरा बस चले, तो इसे गोली मार दूं, जीता चुनवा दूं।

9

सारे शहर में शोर मचा हुआ था — रमेश बाबू पकड़े गये! बात सच्ची थी। रमेश चुपचाप पकड़ा गया था। उसी युवक ने, जो रमेश के सामने कूद कर भागा था, पुलिस के प्रधान से सारा कच्चा चिट्ठा बयान कर दिया था। अपहरण और हत्या का कैसा रोमांचकारी, कैसा पापपूर्ण वृत्तांत था।

भद्र समुदाय बगलें बजाता था। सेठों के घरों में घी के चिराग जलते थे। उनके सिर पर एक नंगी तलवार लटकती रहती थी, आज वह हट गयी। अब वे मीठी नींद से सो सकते थे।

अखबारों में रमेश के हथकंडे छपने लगे। वे बातें जो अब तक मारे भय के किसी की जबान पर न आती थीं, अब अखबारों में निकलने लगीं। उन्हें पढ़ कर पता चलता था कि रमेश ने कितना अंधेर मचा रखा था। कितने ही राजे और रईस उसे माहवार टैक्स दिया करते थे। उसका पुरजा पहुंचता, फलां तारीख को इतने रुपये भेज दो फिर किसकी मजाल थी कि उसका हुक्म टाल सके। वह जनता के हित के लिए जो काम करता, उसके लिए भी अमीरों से चंदे लिये थे। रकम लिखना रमेश का काम था। अमीर को बिना कान-पूंछ हिलाये वह रकम दे देनी पड़ती थी।

लेकिन भद्र समुदाय जितना ही प्रसन्न था, जनता उतनी ही दुखी। अब कौन पुलिसवालों के अत्याचार से उनकी रक्षा करेगा? कौन सेठों के जुल्म से उन्हें बचायेगा, कौन उनके लड़कों के लिए कला-कौशल के मदरसे खोलेगा? वे अब किसके बल पर कूदेंगे? वह अब अनाथ थे। वहीं उनका अवलम्ब था। अब वे किसका मुंह ताकेंगे? किसको अपनी फरियाद सुनायेंगे?

पुलिस शहादतें जमा कर रही थी। सरकारी वकील जोरों से मुकदमा चलाने की तैयारियां कर रहा था। लेकिन रमेश की तरफ से कोई वकील न खड़ा होता था। जिले भर में एक ही आदमी था, जो उसे कानून के पंजे से छुड़ा सकता था। वह था यशवंत! लेकिन यशवंत जिसके नाम से कानों पर उंगली रखता था, क्या उसी की वकालत करने को खड़ा होगा? असम्भव।

रात्रि के 9 बजे थे। यशवंत के कमरे में एक स्त्री ने प्रवेश किया। यशवंत अखबार पढ़ रहा था। बोला — क्या चाहती हो?

स्त्री — अपने पति के लिए एक वकील।

यशवंत — तुम्हारा पति कौन है?

स्त्री — वह जो आपके साथ पढ़ता था, और जिस पर डाके का झूठा अभियोग चलाया जाने वाला है।

यशवंत ने चौंक कर पूछा — तुम रमेश की स्त्री हो?

स्त्री — हां।

यशवंत — मैं उनकी वकालत नहीं कर सकता।

स्त्री — आपको अख्तियार है। आप अपने जिले के आदमी है, और मेरे पति के मित्र रह चुके हैं। इसलिए सोचा था, बाहर वालों को बुलाऊं। मगर अब इलाहाबाद या कलकत्ते से ही किसी को बुलाऊंगी।

यशवंत — मिहनताना दे सकोगी?

स्त्री ने अभिमान के साथ कहा — बड़े-से-बड़े वकील का मिहनेतना क्या होता है?

यशवंत — तीन हजार रूपये रोज।

स्त्री — बस! आप इस मुकदमे को ले लें, मैं आपको तीन हजार रुपये रोज दूंगी।

यशवंत — तीन हजार रुपये रोज!

स्त्री — हां, और यदि आपने उन्हें छुड़ा लिया, तो पचास हजार रुपये आपको इनाम के तौर पर और दूंगी।

यशवंत के मुंह में पानी भर आया। अगर मुकदमा दो महीने भी चला, तो कम-से-कम एक लाख रुपये सीधे हो जायंगे। पुरस्कार ऊपर से, पूरे दो लाख की गोटी है। इतना धन तो जिंदगी-भर में भी जमा न कर पाये थे। मगर दुनिया क्या कहेगी! अपनी आत्मा भी तो नहीं गवाही देती। ऐसे आदमी को कानून के पंजे से बचाना असंख्य प्राणियों की हत्या करना है। लेकिन गोटी दो लाख की है। कुछ रमेश के फंस जाने से इस जत्थे का अंत तो हुआ नहीं जाता। उसके चेले-चापड़ तो रहेंगे ही। शायद वे अब और भी उपद्रव मचायें। फिर मैं दो लाख की गोटी क्यों जाने दूं! लेकिन मुझे कहीं मुंह दिखाने की जगह न रहेगी। न सही। जिसका जी चाहे खुश हो, जिसका जी चाहे नाराज। ये दो लाख तो नहीं छोड़े जाते। कुछ मैं किसी का गला तो दबाता नहीं, चोरी तो करता नहीं। अपराधियों की रक्षा करना तो मेरा काम ही है।

सहसा स्त्री ने पूछा — आप जवाब देते है।

यशवंत — मैं कल जवाब दूंगा। जरा सोच लूं?

स्त्री — नहीं, मुझे इतनी फुरसत नहीं है। अगर आपको कुछ उलझन हो तो साफ-साफ कह दीजिएगा, मैं और प्रबंध करूं।

यशवंत को और विचार करने का अवसर न मिला। जल्दी का फैसला स्वार्थ ही की ओर झुकता है। यहां हानि की सम्भावना नहीं रहती।

यशवंत — आप कुछ रुपये पेशगी के दे सकती है?

स्त्री — रुपयों की मुझसे बार-बार चर्चा न कीजिए। उनकी जान के सामने रुपयों की हस्ती क्या है? आप जितनी रकम चाहें, मुझसे ले लें। आप चाहे उन्हें छुड़ा न सकें। लेकिन सरकार के दांत खट्टे जरूर कर दें।

यशवंत — खैर, मैं ही वकील हो जाऊंगा। कुछ पुरानी दोस्ती का निर्वाह भी तो करना चाहिए।

10

पुलिस ने एड़ी-चोटी का जोर लगाया, सैकड़ों शहादतें पेश कीं। मुखबिर ने तो पूरी गाथा ही सुना दी; लेकिन यशवंत ने कुछ ऐसी दलीलें कीं; शहादतों को कुछ इस तरह झूठा सिद्ध किया और मुखबिर की कुछ ऐसी खबर ली कि रमेश बेदाग छूट गये। उन पर कोई अपराध न सिद्ध हो सका। यशवंत जैसे संयत और विचारशील वकील का उनके पक्ष में खड़े हो जाना ही इसका प्रमाण था कि सरकार ने गलती की।

संध्या का समय था। रमेश के द्वार पर शामियाना तना हुआ था। गरीबों को भोजन कराया जा रहा था। मित्रों की दावत हो रही थी। यह रमेश के छूटने का उत्सव था। यशवंत को चारों ओर से धन्यवाद मिल रहे थे। रमेश को बधाइयां दी जा रही थीं। यशवंत बार-बार रमेश से बोलना चाहता था, लेकिन रमेश उनकी ओर से मुंह फेर लेते थे। अब तक उन दोनों में एक बात भी न हुई थी।

आखिर यशवंत ने एक बार झुंझला कर कहा — तुम तो मुझसे इस तरह ऐंठे हुए हो, मानो मैंने तुम्हारे साथ कोई बुराई की है।

रमेश — और आप क्या समझते हैं कि मेरे साथ भलाई की है? पहले आपने मेरे इस लोक का सर्वनाश किया था, अबकी परलोक का किया। पहले न्याय किया होता, तो मेरी जिंदगी सुधर जाती और अब जेल जाने देते, तो आकबत बन जाती।

यशवंत — यह तो न कहोगे कि इस मामले में कितने साहस से काम लेना पड़ा।

रमेश — आपने साहस से काम नहीं लिया, स्वार्थ से काम लिया। आप अपने स्वार्थ के भक्त हैं। मैं तो आपको 'भाड़े का टट्टू' समझता हूं। मैंने अपने जीवन को बहुत दुरूपयोग किया, लेकिन उसे आपके जीवन से बदलने को किसी दशा में तैयार नहीं हूं। आप मुझसे धन्यवाद की आशा न रखें।

बाबाजी का भोग

रामधन अहीर के द्वार पर एक साधु आ कर बोला — बच्चा तेरा कल्याण हो, कुछ साधु पर श्रद्धा कर।

रामधन ने जा कर स्त्री से कहा — साधु द्वार पर आये हैं, उन्हें कुछ दे दो।

स्त्री बरतन मांज रही थी, और इस घोर चिंता में मग्न थी कि आज भोजन क्या बनेगा, घर में अनाज का एक दाना भी न था। चैत का महीना था। किन्तु यहां दोपहर ही को अंधकार छा गया था। उपज सारी-की-सारी खलिहान से उठ गयी। आधी महाजन ने ले ली, आधी जमींदार के प्यादों ने वसूल की, भूसा बेचा तो बैल के व्यापारी से गला छूटा, बस थोड़ी-सी गांठ अपने हिस्से में आयी। उसी को पीट-पीट कर एक मन-भर दाना निकाला था। किसी तरह चैत का महीना पार हुआ। अब आगे क्या होगा। क्या बैल खायेंगे, क्या घर के प्राणी खायेंगे, यह ईश्वर ही जाने! पर द्वार पर साधु आ गया है, उसे निराश कैसे लौटायें, अपने दिल में क्या कहेगा।

स्त्री ने कहा — क्या दे दूं, कुछ तो रहा नहीं?

रामधन — जा, देख तो मटके में, कुछ आटा-वाटा मिल जाय तो ले आ।

स्त्री ने कहा — मटके झाड़-पोंछ कर तो कल ही चूल्हा जला था। क्या उसमें बरक्कत होगी?

रामधन — तो मुझसे तो यह न कहा जायगा कि बाबा घर में कुछ नहीं है। किसी के घर से मांग ला।

स्त्री — जिससे लिया उसे देने की नौबत नहीं आयी, अब और किस मुंह से मांगू?

रामधन — देवताओं के लिए कुछ अंगोवा निकाला है न वही ला, दे आऊं!

स्त्री — देवतओं की पूजा कहां से होगी?

रामधन — देवता मांगने तो नहीं आते? समाई होगी करना, न समाई हो न करना।

स्त्री — अरे तो कुछ अंगौवा भी पंसेरी दो पंसेरी है? बहुत होगा तो आध सेर। इसके बाद क्या फिर कोई साधु न आयेगा? उसे तो जवाब देना पड़ेगा।

रामधन — यह बला तो टलेगी, फिर देखी जायगी।

स्त्री झुंझला कर उठी और एक छोटी-सी हांड़ी उठा लायी, जिसमें मुश्किल से आध सेर आटा था। वह गेहूं का आटा बड़े यत्न से देवताओं के लिए रखा हुआ था। रामधन कुछ देर खड़ा सोचता रहा, तब आटा एक कटोरे में रख कर बाहर आया और साधु की झोली में डाल दिया।

महात्मा ने आटा लेकर कहा — बच्चा अब तो साधु आज यहीं रमेंगे। कुछ थोड़ी-सी दाल दे, तो साघु का भोग लग जाय।

रामधन ने फिर आ कर स्त्री से कहा। संयोग से दाल घर में थी। रामधन ने दाल, नमक, उपले जुटा दिये। फिर कुएं से पानी खींच लाया। साधु ने बड़ी विधि से बाटियां बनायीं, दाल पकायी और आलू झोली में से निकाल कर भुरता बनाया। जब सब सामग्री तैयार हो गयी, तो रामधन से बोले –बच्चा, भगवान् के भोग के लिए कौड़ी-भर घी चाहिए। रसोई पवित्र न होगी; तो भोग कैसे लगेगा?

रामधन — बाबाजी, घी तो घर में न होगा।

साधु — बच्चा, भगवान् का दिया तेरे पास बहुत है। ऐसी बातें न कह।

रामधन — महाराज, मेरे गाय-भैंस कुछ नहीं है, घी कहां से होगा?

साधु — बच्चा, भगवान् के भंडार में सब कुछ है जाकर मालकिन से कहो तो?

रामधन ने जा कर स्त्री से कहा — घी मांगते है, मांगने को भीख, पर घी बिना कौर नहीं धंसता!

स्त्री — तो इसी दाल में से थोड़ी ले कर बनिये के यहां से ला दो। जब सब किया है तो इतने के लिए उन्हें क्यों नाराज करते हो?

घी आ गया। साधुजी ने ठाकुरजी की पिंडी निकाली, घंटी बजायी और भोग लगाने बैठे। खूब तन कर खाया, फिर पेट पर हाथ फेरते हुए द्वार पर लेट गये। थाली, बटली और कलछुली रामधन घर में मांजने के लिए उठा ले गया।

उस रात रामधन के घर चूल्हा नहीं जला। खाली दाल पका कर ही पी ली।

रामधन लेटा, तो सोच रहा था — मुझसे तो यही अच्छे!

विनोद

विद्यालयों में विनोद की जितनी लीलाएं होती रहती हैं, वे यदि एकत्र की जा सकें, तो मनोरंजन की बड़ी उत्तम सामग्री हाथ आये। वहां अधिकांश छात्र जीवन की चिंताओं से मुक्त रहते हैं। कितने ही तो परीक्षाओं की चिंता से भी बरी रहते हैं। वहां मटरगश्त करने, गप्पें उड़ाने और हंसी-मजाक करने के सिवा उन्हें कोई और काम नहीं रहता! उनका क्रियाशील उत्साह कभी विद्यालय के नाट्य-मंच पर प्रकट होता है, कभी विशेष उत्सवों के अवसर पर। उनका शेष समय अपने और मित्रों के मनोरंजन में व्यतीत होता है। वहां जहां किसी महाशय ने किसी विभाग में विशेष उत्साह दिखाया (क्रिकेट, हाकी, फुटबाल को छोड़कर) और वह विनोद का लक्ष्य बना। अगर कोई महाशय बड़े धर्मनिष्ठ हैं संध्या और हवन में तत्पर रहते हैं, बिला नागा नमाजें अदा करते हैं, तो उन्हें हास्य का लक्ष्य बनने में देर नहीं लगती। अगर किसी को पुस्तकों से प्रेम है, कोई परीक्षा के लिए बड़े उत्साह से तैयारियां करता है, तो समझ लीजिए कि उसकी मिट्टी खराब करने के लिए कहीं-न-कहीं अवश्य षड़यंत्र रचा जा रहा है। सारांश यह कि वहां निर्द्वन्द्व, निरीह, खुले दिल आदमियों के लिए कई बाधा नहीं, उनसे किसी को शिकायत नहीं होती; लेकिन मुल्लाओं और पंडितों की बड़ी दुर्गति होती है।

महाशय चक्रधर इलाहाबाद के एक सुविख्यात विद्यालय के छात्र थे। एम० ए० क्लास में दर्शन का अध्ययन करते थे। किन्तु जैसा विद्वज्जनों का स्वभाव होता है, हंसी-दिल्लगी से कोसों दूर भागते थे। जातीयता के गर्व में चूर रहते थे। हिंदू आचार-विचार की सरलता और पवित्रता पर मुग्ध थे। उन्हें नेकटाई, कालर, बास्कट आदि वस्त्रों से घृणा थी। सीधा-सादा मोटा कुरता और चमरौधे जूते पहनते। प्रात:काल नियमित रूप से संध्या हवन करके मस्तक पर चंदन का तिलक भी लगाया करते थे। ब्रह्मचर्य के सिद्धांतों के अनुसार सिर घुटाते थे; किन्तु लम्बी चोटी रख छोड़ी थी। उनका कथन था कि चोटी रखने में प्राचीन आर्य-ऋषियों ने अपनी सर्वज्ञता का प्रचंड परिचय दिया है। चोटी के द्वारा शरीर की अनावश्यक

उष्णता बाहर निकल जाती और विद्युत्-प्रवाह शरीर में प्रविष्ट होता है। इतना ही नहीं, शिखा को ऋषियों ने हिंदू-जातीयता का मुख्य लक्षण घोषित किया है। भोजन सदैव अपने हाथ से बनाते थे और वह भी बहुत सुपाच्य और सूक्ष्म। उनको धारणा थी कि आहार का मनुष्य के नैतिक विकास पर विशेष प्रभाव पड़ता है। विजातीय वस्तुओं को हेय समझते थे। कभी क्रिकेट या हाकी के पास न फटकते थे। पाश्चात्य सभ्यता के तो वह शत्रु ही थे। यहां तक कि अंग्रेजी लिखने-बोलने में भी उन्हें संकोच होता था, जिसका परिणाम यह था कि उनकी अंग्रेजी कमजोर थी और वह उसमें सीधा-सा पत्र भी मुश्किल से लिख सकते थे। अगर उनको कोई व्यसन था, तो पान खाने का। इसके गुणों का समर्थन और वैद्यक ग्रन्थों से उसकी परिपुष्टि करते थे।

विद्यालय के खिलाड़ियों को इतना धैर्य कहां कि ऐसा शिकार देखें और उस पर निशाना न मारें। आपस में कानाफूसी होने लगी कि इस जंगली को सीधे रास्ते पर लाना चाहिए। कैसा पंडित बना फिरता है! किसी को कुछ समझता ही नहीं। अपने सिवा सभी को जातीय-भाव से हीन समझता है। इसकी ऐसी मिट्टी पलीद करो कि सारा पाखंड भूल जाय!

संयोग से अवसर भी अच्छा मिल गया। कालेज़ खुलने के थोड़े ही दिनों बाद एक एंग्लो इंडियन रमणी दर्शन के क्लास में सम्मिलित हुई। वह कवि-कल्पित सभी उपमाओं की आगार थी। सेब का-सा खिला हुआ रंग, सुकोमल शरीर, सहास्य छवि और उस पर मनोहर वेष-भूषा! छात्रों को विनोद का मसाला हाथ लगा। लोग इतिहास और भाषा छोड़-छोड़ कर दर्शन की कक्षा में प्रविष्ट होने लगे।

सबकी आंखें उसी चंद्रमुखी की ओर चकोर की नाई लगी रहती थीं। सब उसकी कृपा-कटाक्ष के अभिलाषी थे। सभी उसकी मधुर वाणी सुनने के लिए लालायित थे। किंतु प्रकृति का जैसा नियम है, आचारशील हृदयों पर प्रेम का जादू जब चल जाता है, तब वारा-न्यारा करके ही छोड़ता है। और लोग तो आंखें ही सेंकने में मग्न रहा करते, किंतु पंडित चक्रधर प्रेम-वेदना से विकल और सत्य अनुराग से उन्मत हो उठे। रमणी के मुख की ओर ताकते भी झेंपते थे कि कहीं किसी की निगाह न पड़ जाय, तो इस तिलक और शिखा पर फबतियां उड़ने लगें। उब अवसर पाते, तो अत्यन्त विनम्र, सचेष्ट, आतुर और अनुरक्त नेत्रों से देख लेते; किंतु आंखें चुराये हुए और सिर झुकाये हुए, कि कहीं अपना परदा न खुल जाय, दीवार के कानों को खबर न हो जाय।

मगर दाई से पेट कहां छिप सकता है। ताड़ने वाले ताड़ गये। यारों ने पंडितजी की मुहब्बत की निगाह पहचान ही ली। मुंह मांगी मुराद पायी। बांछे खिल गयीं। दो महाशयों ने उनसे घनिष्ठता बढ़ानी शुरू कर दी। मैत्री को संघटित करने लगे। जब समझ गये कि इन पर हमारा विश्वास जम गया, शिकार पर वार करने का अवसर आ गया, तो एक रोज दोनों ने बैठ कर लेडियों की शैली में पंडितजी के नाम एक पत्र लिखा :

'माई डियर चक्रधर, बहुत दिनों से विचार कर रही हूं कि आपको पत्र लिखूं; मगर इस भय से कि बिना परिचय से ऐसा साहस करना अनुचित होगा, अब तक जब्त करती रही। पर अब नहीं रहा जाता। आपने मुझ पर न-जाने क्या जादू कर दिया है कि एक क्षण के लिए भी आपकी सूरत आंखों से नहीं उतरती। आपकी सौम्य मूर्ति, प्रतिभाशाली मस्तक और साधारण पहनावा सदैव आंखों के सामने फिरा करता है। मुझे स्वभावत: आडम्बर से घृणा है। पर यहां सभी को कृत्रिमता के रंग में डूबा पाती हूं। जिसे देखिए, मेरे प्रेम में अनुरक्त है; पर मैं उन प्रेमियों के मनोभावों से परिचित हूं। वे सब-के-सब लम्पट और शोहदे हैं। केवल आप एक ऐसे सज्जन है जिनके हृदय में मुझे सद्भाव और सदनुराग की झलक दीख पड़ती है। बार-बार उत्कंठा होती है कि आपसे कुछ बातें करती; मगर आप मुझसे इतनी दूर बैठते है कि वार्तालाप का सुअवसर नहीं प्राप्त होता। ईश्वर के लिए कल से आप मेरे समीप ही बैठा कीजिए, और कुछ न सही तो आपके सामीप्य ही से मेरी आत्मा तृप्त होती रहेगी।

इस पत्र को पढ़कर फाड़ डालिएगा और इसका उत्तर लिख कर पुस्तकालय की तीसरी आलमारी के नीचे रख दीजिएगा।

आपकी
लूसी।'

यह पत्र डाक में डाल दिया गया और लोग उत्सुक नेत्रों से देखने लगे कि इसका क्या असर होता है। उन्हें बहुत लम्बा इन्तजार न करना पड़ा। दूसरे दिन कालेज में आकर पंडितजी को लूसी के सन्निकट बैठने की फिक्र हुई। वे दोनों महाशय जिन्होंने उनसे आत्मीयता बढ़ा रखी थी, लूसी के निकट बैठा करते थे। एक का नाम था नईम और दूसरे का गिरिधरसहाय। चक्रधर ने आकर गिरिधर से कहा — यार, तुम मेरी जगह जा बैठो। मुझे यहां बैठने दो।

नईम — क्यों? आपको हसद होता है क्या?

चक्रधर — हसद-वसद की बात नहीं। वहां प्रोफेसर साहब का लेक्चर सुनायी नहीं देता। मैं कानों का जरा भारी हूं।

गिरिधर — पहले तो आपको यह बीमारी न थी। यह रोग कब स उत्पन्न हो गया?

नईम — और फिर प्रोफेसर साहब तो यहां से और भी दूर हो जाएंगे जी?

चक्रधर — दूर हो जाएंगे क्या, यहां अच्छा रहेगा। मुझे कभी-कभी झपकियां आ जाती है। सामने डर लगा रहता है कि कहीं उसकी निगाह न पड़ जाय।

गिरिधर — आपको तो झपकियां ही आती है न। यहां तो वही घंटा सोने का है। पूरी एक नींद लेता हूं। फिर?

नईम — तुम भी अजीब आदमी हो। जब दोस्त होकर एक बात कहते है, तो उसको मानने में तुम्हें क्या एतराज? चुपके से दूसरी जगह जा बैठो।

गिरिधर — अच्छी बात है, छोड़े देता हूं। किंतु यह समझ लीजिएगा कि यह कोई साधारण त्याग नहीं है। मैं अपने ऊपर बहुत जब्र कर रहा हूं। कोई दूसरा लाख रूपये भी देता, तो जगह न छोड़ता।

नईम — अरे भाई, यह जन्नत है जन्नत! लेकिन दोस्त की खातिर भी तो है कोई चीज?

चक्रधर ने कृतज्ञतापूर्ण दृष्टि से देखा और वहां जाकर बैठ गये। थोड़ी देर बाद लूसी भी अपनी जगह पर बैठी। अब पंडितजी बार-बार उसकी ओर सापेक्ष भाव से ताकते हैं कि वह कुछ बातचीत करे, और वह प्रोफेसर का भाषण सुनने में तन्मय हो रही है। आपने समझा शायद लज्जावश नहीं बोलती। लज्जाशीलता रमणियों का सबसे सुंदर भूषण भी तो है। उसकी डेस्क की ओर मुंह फेर-फेर कर ताकने लगे। उसे इनके पान चबाने से शायद घृणा होती थी — बार-बार मुंह दूसरी ओर फेर लेती। किंतु पंडितजी इतने सूक्ष्मदर्शी, इतने कुशाग्रबुद्धि न थे। इतने प्रसन्न थे, मानो सातवें आसमान पर हैं। सबको उपेक्षा की दृष्टि से देखते थे, मानो प्रत्यक्ष रूप से कह रहे है कि तुम्हें यह सौभाग्य कहां नसीब? मुझ-सा प्रतापी और कौन होगा?

दिन तो गुजरा। संध्या-समय पंडितजी नईम के कमरे में आये और बोले—यार, एक लेटर-रायटर (पत्र-व्यवहार शिक्षक) की आवश्यकता है। किसका लेटर-रायटर सबसे अच्छा है?

नईम ने गिरिधर की ओर कनखियों से देखकर पूछा — लेटर-रायटर ले कर क्या कीजिएगा?

गिरिधर — फजूल है। नईम खुद किस लेटर-रायटर से कम है।

चक्रधर ने कुछ सकुचाते हुए कहा — अच्छा, कोई प्रेम-पत्र लिखना हो, तो कैसे आरम्भ किया जाय।

नईम — डार्लिंग लिखते हैं। और जो बहुत ही घनिष्ठ सम्बन्ध हो तो डियर डार्लिंग लिख सकते हैं।

चक्रधर — और समाप्त कैसे करना चाहिए।

नईम — पूरा हाल बताइए तो खत ही न लिख दें?

चक्रधर — नहीं, आप इतना बता दीजिए, मैं लिख लूंगा।

नईम — अगर बहुत प्यारा माशूक हो, तो लिखिए —Your dying Lover; और अगर साधारण प्रेम हो तो लिख सकते है —Yours for ever.

चक्रधर — कुछ शुभकामना के भाव भी तो रहने चाहिए न?

नईम — बेशक। बिला आदाब के भी कोई खत होता है, और वह भी मुहब्बत का। माशूक के लिए आदाब लिखने में फकीरों की तरह दुआएं देनी चाहिए। आप लिख सकते हैं —God give you everlasting grace and beauty या May you remain happy in love and lovely.

चक्रधर — कागज पर लिख दो।

गिरिधर ने एक पत्र के टुकड़े पर कई वाक्य लिख दिये। जब भोजन करके लौटे, तो चक्रधर ने अपने किवाड़ बन्द कर लिये, और खूब बना-बना कर पत्र लिखा। अक्षर बिगड़-बिगड़ जाते थे, इसलिए कई बार लिखना पड़ा। कहीं पिछले पहर जा कर पत्र-समाप्त हुआ। तब आपने उसे इत्र में बसाया, दूसरे दिन पुस्तकालय में निर्दिष्ट स्थान पर रख दिया। यार लोग तो ताक में थे ही पत्र उड़ा लाये और खूब मजे ले-ले कर पढ़ा।

2

तीन दिन के बाद चक्रधर को फिर एक पत्र मिला। लिखा —

'माई डियर चक्रधर,

तुम्हारी प्रेम-पत्री मिली। बार-बार पढ़ा। आंखों से लगाया; चुम्बन किया। कितनी मनोहर महक थी। ईश्वर से यही प्रार्थना है कि हमारा प्रेम भी ऐसा

ही सरभिसिंचित रहे। आपको शिकायत है कि मैं आपसे बातें क्यों नहीं करती। प्रिय, प्रेम बातों से नहीं, हृदय से होता है। जब मैं तुम्हारी ओर से मुंह फेर लेती हूं, तो मेरे दिल पर क्या गुजरती है, यह मैं ही जानती हूं। एक दबी हुई ज्वाला है, जो अंदर ही अंदर मुझे भस्म कर रही है। आपको मालूम नहीं, कितनी आंखें हमारी ओर एकटक ताकती रहती है। जरा भी संदेह हुआ, और चिर-वियोग की विपत्ति हमारे सिर पड़ी। इसलिए हमें बहुत ही सावधान रहना चाहिए। तुमसे एक याचना करती हूं, क्षमा करना। मैं तुम्हें अंग्रेजी पोशाक में देखने को बहुत उत्कंठित हो रही हूं। यों तो तुम चाहे जो वस्त्र धारण करो, मेरी आंखों के तारे हो —विशेषकर तुम्हारा सादा कुरता मुझे बहुत ही सुन्दर मालूम होता है — फिर भी, बाल्यावस्था से जिन वस्त्रों को देखती चली आती हूं, उन पर विशेष अनुराग होना स्वाभाविक है। मुझे आशा है, तुम निराश न करोगे। मैंने तुम्हारे लिए एक बास्कट बनायी है! उसे मेरे प्रेम का तुच्छ उपहार समझ कर स्वीकार करो।

तुम्हारी

लूसी

पत्र के साथ एक छोटा-सा पैकट था। बास्कट उसी में बन्द था। यारों ने आपस में चंदा करके बड़ी उदारता से इसका मूलधन एकत्र किया था। उस पर सेंट-परसेंट से भी अधिक लाभ होने की सम्भावना थी। पंडित चक्रधर उक्त उपहार और पत्र पाकर इतने प्रसन्न हुए, जिसका ठिकाना नहीं, उसे लेकर सारे छात्रावास में चक्कर लगा आये। मित्र-वृन्द देखते थे, उसकी कांट-छांट की सराहना करते थे; तारीफों के पुल बांधते थे; उसके मूल्य का अतिशयोक्तिपूर्ण अनुमान करते थे। कोई कहता था — यह सीधे पेरिस से सिलकर आया है; इस मुल्क में ऐसे कारीगर कहां? कोई अगर इस टक्कर का बास्कट सिलवा दे, तो 100 रु० की बाजी बदता हूं? पर वास्तव में उसके कपड़े का रंग इतना गहरा था कि कोई सुरुचि रखने वाला मनुष्य उसे पहनना पसंद न करता। चक्रधर को लोगों ने पूर्व मुख करके खड़ा किया, और फिर शुभ मुहूर्त वह बास्कट उन्हें पहनाया। आप फूले न समाते थे। कोई इधर से आकर कहता — भाई, तुम तो बिलकुल पहचाने नहीं जाते। चोला ही बदल दिया। अपने वक्त के यूसुफ हो। यार, क्यों न हो, तभी तो यह ठाट है। मुखड़ा कैसा दमकने लगा, मानो तपाया हुआ कुंदन है। अजी, एक बास्कट पर यह जीवन है, कहीं पूरा अंग्रेजी सूट पहन लो तो न जाने क्या गजब हो जाय? सारी मिसें लोट-पोट हो जायं। गला छुड़ाना मुश्किल हो जाय।

आखिर सलाह हुई कि उनके लिए एक अंग्रेजी सूट बनवाना चाहिए। इस कला के विशेषज्ञ उनके साथ गुट बांधकर सूट बनवाने चले। पंडितजी घर के सम्पन्न थे। एक अंग्रेजी दूकान से बहुमूल्य सूट लिया गया। रात को इसी उत्सव में गाना-बजाना भी हुआ। दूसरे दिन, दस बजे, लोगों ने पंडितजी को सूट पहनाया। आप अपनी उदासीनता दिखाने के लिए बोले — मुझे तो बिलकुल अच्छा नहीं लगता। आप लोगों को न जाने क्यों ये कपड़े अच्छे लगते है?

नईम – जरा आइने में सूरत को देखिये, तो मालूम हो। खासे शाहजादे मालूम पड़ते हो। तुम्हारे हुश्न पर मुझे तो रस्क है। खुदा ने तो आपको ऐसी सूरत दी, और उसे आप मोटे कपड़ों में छिपाये हुए थे।

चक्रधर को नेकराई बांधने का ज्ञान न था। बोले —भाई, इसे तो ठीक कर दो।

गिरिधरसहाय ने नेकटाई इतनी कसकर बांधी कि पंडितजी को सांस लेना भी मुश्किल हो गया। बोले — यार, बहुत तंग है।

गिरिधर — इसका फैशन ही यह है; हम क्या करें। ढीली टाई ऐब में दाखिल है।

नईम — इन्होंने तो फिर भी बहुत ढीली रखी है। मैं तो और भी कसकर बांधता हूं।

चक्रधर — अजी, यहां तो दम घुट रहा है।

नईम — और टाई का मंशा ही क्या है? इसीलिए तो बांधी जाती है कि आदमी बहुत जोर-जोर से सांस न ले सके।

चक्रधर के प्राण संकट में थे। आंखें सजल हो रही थीं, चेहरा भी सुर्ख हो गया था। मगर टाई को ढीला करने की हिम्मत न पड़ती थी। इस सज-धज से आप कालेज चले, तो मित्रों का एक गोल सम्मान का भाव दिखाता आपके पीछे-पीछे चला, मानों बरातियों का समूह है। एक-दूसरे की तरफ ताकता; और रुमाल मुंह में दे कर हंसता था। मगर पंडितजी को क्या खबर? वह तो अपनी धुन में मस्त थे। अकड़-अकड़ कर चलते हुए आकर क्लास में बैठ गए। थोड़ी देर बाद लूसी भी आई। पंडित का यह वेश देखा, तो चकित हो गयी। उसके अधरों पर मुस्कान की एक अपूर्व रेखा अंकित हो गयी! पंडितजी ने समझा, यह उसके उल्लास का चिह्न है। बार-बार मुस्करा कर उसकी ओर ताकने और रहस्यपूर्ण भाव से देखने लगे; किन्तु वह लेशमात्र भी ध्यान न देती थी।

पंडितजी की जीवनचर्या, धर्मोत्साह और जातीय प्रेम में बड़े वेग से परिवर्तन होने लगे। सबसे पहले शिखा पर छुरा फिरा। अंग्रेजी फैशन के बाल कटवाये गये। लोगों ने कहा — यह क्या महाशय? आप तो फरमाते थे कि शिखा द्वारा विद्युत्प्रवाह शरीर में प्रवेश करता है। अब वह किस मार्ग से जाएगा?

पंडितजी ने दार्शनिक भाव से मुस्कराकर कहा — मैं तुम लोगों को उल्लू बनाता था। क्या मैं इतना भी नहीं जानता कि यह सब पाखंड है? मुझे अंत:करण से इस पर विश्वास ही कब था; आप लोगों को चकमा देना चाहता था।

नईम — वल्लाह, आप एक ही झांसेबाज निकले। हम लोग आपको बछिया के ताऊ ही समझते थे मगर आप तो आठों गांठ कुम्मैत निकले।

चक्रधर — देखता कि लोग कहते क्या हैं!

शिखा के साथ-साथ संध्या और हवन की भी इतिश्री हो गयी। हवन-कुंड कमरे में चारपाई के नीचे फेंक दिया गया। कुछ दिनों के बाद सिगरेट के जले हुए टुकड़े रखने का काम देने लगा। जिस आसन पर बैठकर हवन किया करते थे, वह पायदान बना। अब प्रतिदिन साबुन रगड़ते, बालों में कंघी करते और सिगार पीते। यार उन्हें चंग पर चढ़ाए रहते थे। यह प्रस्ताव हुआ कि चंडूल से बास्कट के रुपये वसूल करने चाहिए मय सूद के। फिर क्या था, लूसी का एक पत्र आ गया — आपके रूपांतर से मुझे जितना आनन्द हुआ उसे शब्दों में नहीं प्रकट कर सकती! आपसे मुझे ऐसी ही आशा थी। अब आप इस योग्य हो गए हैं कि कोई यूरोपियन लेडी आपके सहवास में अपना अपमान नहीं समझ सकती। अब आपसे प्रार्थना केवल यही है कि मुझे अपने अनन्त और अविरल प्रेम का कोई चिह्न प्रदान कीजिए, जिसे मैं सदेव अपने पास रखूं। मैं कोई बहुमूल्य वस्तु नहीं, केवल प्रेमोपहार चाहती हूं।

चक्रधर ने मित्रों से पूछा — अपनी पत्नी के लिए कुछ सौगात भेजना चाहता हूं। क्या भेजना उचित होगा?

नईम — जनाब, यह तो उसकी तालीम और मिजाज पर मुनहसर है। अगर वह नये फैशन की लेडी है, कोई बेशकीमत, सुबुक वजहदार चीज़ या ऐसी ही कई चीजें भेजिए। मसलन रूमाल, रिस्टवाच, लवेंडर की शीशी, फैसी कंघी, आइना, लाकेट, ब्रुस वगैरह। और खुदा न खास्ता अगर गंवारिन है, तो किसी दूसरे आदमी से पूछिए। मुझे गंवारिनों के मिजाज का इल्म नहीं।

चक्रधर – जनाब, अंग्रेजी पढ़ी हुई हैं। बड़े ऊंचे खानदान की हैं।

नईम — तो फिर मेरी सलाह पर अमल कीजिए।

संध्या समय मित्रगण चक्रधर के साथ बाजार गये और ढेर की ढेर चीजें बटोर लाये। सब की सब ऊंचे दरजे की। कोई 75 रु० खर्च हुए। मगर पंडितजी ने उफ् तक न की। हंसते हुए रुपये निकाले। लौटते वक्त नईम ने कहा—अफसोस, हमें ऐसी खुशमिजाज बीवी न मिली!

गिरिधर — जहर खा लो, जहर!

नईम — भई दोस्ती के माने तो यही है कि एक बार हमें भी उनकी जियारत हो — क्यों पंडितजी, आप इसमें कोई हरजा समझते हैं?

चक्रधर — माता-पिता न होते, तो कोई हरज न था। अभी तो मैं उन्हीं का मुंहताज हूं। इतनी स्वतंत्रता क्यों कर बरतूं?

नईम — खैर, खुदा उन्हें जल्द दुनिया से नजात दे।

रातोंरात पैकेट बना और प्रात:काल पंडितजी उसे ले जाकर लाइब्रेरी में रख आए। लाइब्रेरी सबेरे ही खुल जाती थी। कोई अड़चन न हुई। उन्होंने इधर मुंह फेरा। उधर यारों ने माल उड़ाया और चम्पत हुए। नईम ने कमरे में चंदे के हिसाब से हिस्सा-बांट हुआ। किसी ने घड़ी पायी, किसी ने रूमाल, किसी ने कुछ। एक रुपये के बदले पांच-पांच रु० हाथ लगे।

3

प्रेमीजन का धैर्य अपार होता है। निराशा पर निराशा होती है, पर धैर्य हाथ से नहीं छूटता। पंडितजी बेचारे विपुल धन व्यय करने के पश्चात् भी प्रेमिका से सम्भाषण का सौभाग्य प्राप्त न कर सके। प्रेमिका भी विचित्र थी, जो पत्रों में मिसरी डली घोल देती, मगर प्रत्यक्ष में दृष्टिपात भी न करती थी। बेचारे बहुत चाहते थे कि स्वयं ही अग्रसर हों, पर हिम्मत न पड़ती थी। विकट समस्या थी। किंतु इससे भी वह निराश न थे। हवन-संध्या तो छोड़ ही बैठे थे। नये फैशन के बाल कट ही चुके थे अब बहुधा अंग्रेजी ही बोलते, यद्यपि वह अशुद्ध और भ्रष्ट होती थी। रात को अंग्रेजी मुहावरों की किताब लेकर पाठ की भांति रटते। नीचे के दरजों में बेचारे ने इतने श्रम से कभी पाठ न याद किया था। उन्हीं रटे हुए मुहावरों को मौके-बे-मौके काम में लाते। दो-चार दिन बाद लूसी के सामने भी अंग्रेजी बघारने लगे, जिससे उनकी योग्यता का परदा और भी खुल गया।

किंतु दुष्टों को अब भी उन पर दया न आयी। एक दिन चक्रधर के पास सी का पत्र पहुंचा, जिसमें बहुत अनुनय-विनय के बाद यह इच्छा प्रकट की गयी

थी कि — मैं आपको अंग्रेजी खेल खेलते देखना चाहती हूं। मैंने आपको कभी फुटबाल या हाकी खेलते नहीं देखा। अंग्रेजी जेंटिलमैन के लिए हाकी, क्रिकेट आदि में सिद्धहस्त होना परमावश्यक है? मुझे आशा है, आप मेरी यह तुच्छ याचना स्वीकार करेंगे। अंग्रेजी वेश-भूषा में, बोलचाल में, आचार-व्यवहार में, कालेज में अब आपका कोई प्रतियोगी नहीं रहा। मैं चाहती हूं कि खेल के मैदान में भी आपकी सर्वश्रेष्ठता सिद्ध हो जाए। कदाचित् कभी आपको मेरे साथ लेडियों के सम्मुख खेलना पड़े, तो उस समय आपको और आपसे ज्यादा मेरी हेठी होगी। इसलिए टेनिस अवश्य खेलिए।

दस बजे पंडितजी को वह पत्र मिला। दोपहर को ज्योंही विश्राम की घंटी बजी कि आपने नईम से जाकर कहा — यार, जरा फुटबाल निकाल दो।

नईम फुटबाल के कप्तान भी थे। मुस्कराकर बोले — खैर तो है, इस दोपहर में फुटबाल लेकर क्या कीजिएगा? आप तो कभी मैदान की तरफ झांकते भी नहीं। आज इस जलती-बलती धूप में फुटबाल खेलने की धुन क्यों सवार है?

चक्रधर — आपको इससे क्या मतलब। आप गेंद निकाल दीजिए। मैं गेंद में भी आप लोगों को नीचा दिखाऊंगा।

नईम — जनाब, कहीं चोट-चपेट आ जायगी, मुफ्त में परेशान होइएगा। हमारे ही सिरः मरहम-पट्टी का बोझ पड़ेगा। खुदा के लिए इस वक्त रहने दीजिए।

चक्रधर — आखिर चोट तो मुझे लगेगी आपकी इससे क्या नुकसान होता है? आपको जरा-सा गेंद निकाल देने में इतनी आपत्ति क्यों है?

नईम ने गेंद निकाल दिया और पंडितजी उसी जलती हुई दोपहरी में अभ्यास करने लगे। बार-बार गिरते थे, बार-बार तालियां पड़ती थीं, मगर वह अपनी धुन में ऐसे मस्त थे कि उसकी कुछ परवाह ही न करते थे। इसी बीच में आपने लूसी को आते देख लिया तो और भी फूल गए। बार-बार पैर चलाते थे, मगर निशाना खाली जाता था, पैर पड़ते भी थे तो गेंद पर कुछ असर न होता था। और लोग आकर गेंद को एक ठोकर में आसमान तक पहुंचा देते, तो आप कहते, मैं जोर से मारूं तो इससे भी ऊपर जाए, लेकिन फायदा क्या? लूसी दो-तीन मिनट तक खड़ी उनकी बौखलाहट पर हंसती रही। आखिर नईम से बोली — वेल नईम, इस पंडित को क्या हो गया है? रोज एक न एक स्वांग भरा करता है। इसके दिमाग में खलल तो नहीं पड़ गया?

नईम — मालूम तो कुछ ऐसा ही होता है।

शाम को सब लोग छात्रालय में आए, तो मित्रों ने जाकर पंडितजी को बधाई दी। यार, हो बड़े खुशनसीब, हम लोग फुटबाल को कालेज की चोटी तक पहुंचाते रहे, मगर किसी ने तारीफ न की। तुम्हारे खेल की सबने तारीफ की, खासकर लूसी ने। वह तो कहती थी, जिस ढंग से यह खेलते हैं, उस ढंग से मैंने बहुत कम हिन्दुस्तानियों को खेलते देखा है। मालूम होता है, आक्सफोर्ड का अभ्यस्त खिलाड़ी है।

चक्रधर — और भी कुछ बोली? क्या कहा, सच बताओ।

नईम — अजी, अब साफ-साफ न कहलवाइए। मालूम होता है, आपने टट्टी की आड़ से शिकार खेला है। बड़े उस्ताद हो यार! हम लोग मुंह ताकते रहे और तुम मैदान मार ले गये। जभी आप रोज यह कलेवर बदला करते थे? अब भेद खुला। वाकई खुशनसीब हो।

चक्रधर — मैं उसी कायदे से गेंद में ठोकर मारता था, जैसे किताब में लिखा है।

नईम — तभी तो बाजी मार ले गए भाई! और नहीं क्या हम आपसे किसी बात में कम है। हां, तुम्हारी-जैसी सूरत कहां से लावें।

चक्रधर — बहुत बनाओ नहीं। मैं ऐसा कहां का बड़ा रूपवान हूं।

नईम – अजी यह तो नतीजे ही से जाहिर है। यहां साबुन और तेल लगाते-लगाते भौंरा हुआ जाता हूं और कुछ असर नहीं होता। मगर आपका रंग बिना हरे-फिटकिरी के ही चोखा है।

चक्रधर — कुछ मेरे कपड़े वगैरह की निस्बत तो नहीं कहती थीं?

नईम — नहीं और तो कुछ नहीं कहा। हां, इतना देखा कि जब तक खड़ी रही, आपकी ही तरफ उसकी टकटकी लगी हुई थी।

पंडितजी अकड़े जाते थे। हृदय फूला जाता था। जिन्होंने उनकी यह अनुपम छवि देखी, वे बहुत दिनों तक याद रखेंगे। मगर इस अतुल आनंद का मूल्य उन्हें बहुत देना पड़ा, क्योंकि अब कालेज का सेशन समाप्त होने वाला और मित्रों की पंडितजी के माथे एक बार दावत खाने की बड़ी अभिलाषा थी। प्रस्ताव होने की देर थी। तीसरे दिन उनके नाम लूसी का पत्र पहुंचा — वियोग के दुर्दिन आ रहे हैं, न-जाने आप कहां होंगे और मैं कहां हूंगी। मैं चाहती हूं, इस अटल प्रेम की यादगार में एक दावत हो। अगर उसका व्यय आपके लिए असह्य हो, तो यों सम्पूर्ण भार लेने को तैयार हूं। इस दावत में मैं और मेरी सखियां-सहेलियां निमन्त्रित होंगी, कालेज के छात्र और अध्यापकगण सम्मिलित होंगे। भोजन के उपरांत हम अपने

वियुक्त हृदय के भावों को प्रकट करेंगे। काश, आपका धर्म, आपकी जीवन प्रणाली और मेरे माता-पिता की निर्दयता बाधक न होती तो हमें संसार की कोई शक्ति जुदा नहीं कर सकती।

चक्रधर यह पत्र पाते ही बौखला उठे। मित्रों ने कहा — भाई, चलते-चलते एक बार सहभोज तो हो जाय! फिर न जाने कौन कहां होगा। मिस लूसी को भी बुलाया जाय।

यद्यपि पंडित जी के पास इस समय रूपये न थे, घरवाले उनकी फिजूलखर्ची की कई बार शिकायत कर चुके थे, मगर पंडितजी का आत्माभिमान यह कब मानता कि प्रीतिभोज का भार लूसी पर रखा जाय। वह तो अपने प्राण तक उस पर वार चुके थे। न जाने क्या-क्या बहाने बनाकर ससुराल से रुपये मंगवाये और बड़े समारोह से दावत की तैयारियां होने लगीं। कार्ड छपवाये गये, भोजन परोसने वाले के लिए नयी वरदियां बनवायी गयीं। अंग्रेजी और हिन्दुस्तानी, दोनों ही प्रकार के व्यंजनों की व्यवस्था की गई। अंग्रेजी खाने के लिए रायल होटल से बातचीत की गयी। इसमें बहुत सुविधा थी। यद्यपि चीजें बहुत महंगी थीं, लेकिन झंझट से नजात हो गई। अन्यथा सारा भार नईम और उसके दोस्त गिरिधर पर पड़ता। हिन्दुस्तानी भोजन के व्यवस्थापक गिरिधर हुए।

पूरे दो सप्ताह तक तैयारियां हुई थीं। नईम और गिरिधर तो कालेज में केवल मनोरंजन के लिए थे। पढ़ना-पढ़ाना तो उनको था नहीं, आमोद-प्रमोद ही में समय व्यतीत किया करते थे, कवि-सम्मेलन की भी ठहरी। कविजनों के नाम बुलावे भेजे गये। सारांश यह कि बड़े पैमाने पर प्रीतिभोज का प्रबंध किया गया और भोज हुआ भी विराट्। विद्यालय के नौकरों ने पूरियां बेचीं। विद्यालय के इतिहास में वह भोज चिरस्मरणीय रहेगा। मित्रों ने खूब बढ़-बढ़ कर हाथ मारे, दो-तीन मिसें भी बुलायी गयीं। मिरजा नईम लूसी को घेर-घार कर ले ही आये। इसने भोज को और भी रसमय बना दिया।

4

किंतु शोक, महाशोक, इस भोज का परिणाम अभागे चक्रधर के लिए कल्याणकारी न हुआ। चलते-चलते लज्जित और अपमानित होना बदा था। मित्रों की तो दिल्लगी थी और उस बेचारे की जान पर बन रही थी। सोचे, अब तो बिदा होते ही हैं, फिर मुलाकात हो या न हो। अब किस दिन के लिए सब्र

करे? मन के प्रमोद्गार को निकाल क्यों न लें। कलेजा चीर कर दिखा क्यों न दें। और लोग तो दावत खाने में जुटे हुए थे; और वह मदन-बाण-पीड़ित युवक बैठा सोच रहा था कि यह अभिलाषा क्यों कर पूरी हो? अब यह आत्म-दमन क्यों? लज्जा क्यों? विरक्ति क्यों? गुप्त रोदन क्यों? मौन-मुखापेक्षा क्यों? अन्तर्वेदना क्यों? बैठे-बैठे प्रेम को क्रियाशील बनाने के लिए मन में बल का संचार करते रहे, कभी देवताओं का स्मरण करते, कभी ईश्वर को अपनी भक्ति की याद दिलाते। अवसर की ताक में इस भांति बैठे थे, जैसे बगुला मेंढक की ताक में बैठता है। भोजन समाप्त हो गया। पान-इलाइची बंट चुकी, वियोगवार्ता हो चुकी है। मिस लूसी अपनी श्रवणमधुर वाणी से हृदयों में हाहाकार मचा चुकी, और भोजशाला से निकल कर बाइसिकिल पर बैठी। उधर कवि-सम्मेलन में इस तरह मिसरा पढ़ा गया

कोई दीवाना बनाये, कोई दीवाना बने।

इधर चक्रधर चुपके से लूसी के पीछे हो लिए और साइकिल को भयंकर वेग से दौड़ाते हुए उसे आधे रास्ते में जा पकड़ा। वह इन्हें इस व्यग्रता से दौड़े आते देखकर सहम उठी कि कोई दुर्घटना तो नहीं हो गयी। बोली — वेल पंडितजी! क्या बात है? आप इतने बदहवास क्यों है? कुशल तो है?

चक्रधर का गला भर आया। कम्पित् स्वर से बोले — अब आपसे सदैव के लिए बिछुड़ ही जाऊंगा। यह कठिन विरह-पीड़ा कैसे सही जायगी। मुझे तो शंका है, कहीं पागल न हो जाऊं!

लूसी ने विस्मिन होकर पूछा — आपकी मंशा क्या है? आप बीमार हैं क्या?

चक्रधर — आह डियर डार्लिंग तुम पूछती हो, मैं बीमार हूं? मैं मर रहा हूं, प्राण निकल चुके हैं केवल प्रेमाभिलाषा का अवलम्बन है!

यह कहकर आपने उसका हाथ पकड़ना चाहा। वह उनका उन्माद देख कर भयभीत हो गई। क्रोध में आकर बोली — आप मुझे यहां रोककर मेरा अपमान कर रहे हैं। इसके लिए आपको पछताना पड़ेगा।

चक्रधर — लूसी देखो चलते-चलते इतनी निष्ठुरता न करो। मैंने ये विरह के दिन किस तरह काटे हैं, सो मेरा दिल ही जानता है। मैं ही ऐसा बेहया हूं कि अब तक जीता हूं। दूसरा होता तो अब तक चल बसा होता। बस केवल तुम्हारी सुधामयी पत्रिकाएं ही मेरे जीवन का एकमात्र आधार थीं।

लूसी — मेरी पत्रिकाएं! कैसी? मैंने आपको कब पत्र लिखे! आप कोई नशा तो नहीं खा आये हैं?

चक्रधर — डियर डार्लिंग, इतनी जल्द न भूल जाओ, इतनी निर्दयता न दिखाओ। तुम्हारे वे प्रेम-पत्र, जो तुमने मुझे लिखे है, मेरे जीवन की सबसे बड़ी सम्पत्ति रहेंगे। तुम्हारे अनुरोध से मैंने यह वेश धारण किया, अपना संध्या-हवन छोड़ा, यह आचार-व्यवहार ग्रहण किया। देखो तो जरा, मेरे हृदय पर हाथ रख कर, कैसी धड़कन हो रही है। मालूम होता है, बाहर निकल पड़ेगा। तुम्हारा यह कुटिल हास्य मेरे प्राण ही लेकर छोड़ेगा। मेरी अभिलाषाओं ···

लूसी — तुम भंग तो नहीं खा गये हो या किसी ने तुम्हें चकमा तो नहीं दिया है? मैं तुमको प्रेम-पत्र लिखती। ह :-हः। जरा अपनी सूरत तो देखो, खासे बनैले सुअर मालूम होते हो।

किंतु पंडितजी अभी तक यही समझ रहे थे कि यह मुझसे विनोद कर रही है। उसका हाथ पकड़ने की चेष्टा करके बोले — प्रिये, बहुत दिन के बाद यह सुअवसर मिला है। अब न भागने पाओगी।

लूसी को अब क्रोध आ गया। उसने जोर से एक चांटा उनके लगाया, और सिंहिनी की भांति गरज कर बोली — यू ब्लडी, हट जा रास्ते से, नहीं तो, अभी पुलिस को बुलाती हूं। रास्केल!

पंडितजी चांटा खाकर चौंधिया गये। आंखों के सामने अंधेरा छा गया। मानसिक आघात पर यह शारीरिक वज्रपात! यह दुहरी विपत्ति! वह तो चांटा मारकर हवा हो गयी और यह वहीं जमीन पर बैठकर इस सम्पूर्ण वृत्तांत की मन-ही मन आलोचना करने लगे। चांटे ने बाहर की आंखें आंसुओं से भर दी , पर अंदर की आंखें खोल दी थीं। कहीं कालेज के लौंडों ने तो यह शरारत नहीं की? अवश्य यही बात है। आह! पाजियों ने बड़ा चकमा दिया! तभी सब-के-सब मुझे देख-देख कर हंसा करते थे! मैं भी कुछ कम-अकल हूं, नहीं तो इनके हाथों टेसू क्यों बनता! बड़ा झांसा दिया। उम्र-भर याद रहेगा। वहां से झल्लाये हुए आये और नईम से बोले — तुम बड़े दगाबाज हो, परले सिरे के धूर्त, पाजी, उल्लू, गधे, शैतान!

नईम — आखिर कोई बात भी कहिए, या गालियां ही देते जाइएगा?

गिरिधर — क्या बात हुई, कहीं लूसी से आपने कुछ कहा तो नहीं?

चक्रधर — उसी के पास से आ रहा हूं चांटा खाकर और मुंह में कालिख लगवाकर! तुम दोनों ने मिलकर मुझे खूब उल्लू बनाया। इसकी कसर न लूं, तो

मेरा नाम नहीं। मैं नहीं जानता था कि तुम लोग मित्र बनकर मेरी गरदन पर छुरी चला रहे हो! अच्छा जो वह गुस्से में आकर पिस्तौल चला देती तो।

नईम — अरे यार माशूकों की घातें निराली होती हैं!

चक्रधर — तुम्हारा सिर! माशूक चांटे लगाया करते हैं! वे आंखों से तीर चलाते है, कटार मारते हैं; या हाथों से मुष्टि-प्रहार करते है?

गिरिधर — उससे आपने क्या कहा?

चक्रधर — कहा क्या अपनी बिरह व्यथा की गाथा सुनाता रहा। इस पर उसने ऐसा चांटा रसीद किया कि कान भन्ना उठे। हाथ हैं उसके कि पत्थर!

गिरिधर — गजब ही हो गया। आप है निरे चोंच! भले आदमी इतनी मोटी बुद्धि है तुम्हारी! हम क्या जानते थे कि आप ऐसे छिछोरे हैं, नहीं तो मजाक ही क्यों करते। अब आपके साथ हम लोगों पर भी आफत आयी। कहीं उसने प्रिंसिपल से शिकायत कर दी, तो न इधर के हुए न उधर के। और जो कहीं अपने किसी अंग्रेज आशना से कहा, तो जान के लाले पड़ जायेंगे। बड़े बेवकूफ हो यार, निरे चोंच हो। इतना भी नहीं समझे कि वह सब दिल्लगी थी। ऐसे बड़े खूबसूरत भी तो नहीं हो।

चक्रधर — दिल्लगी तुम्हारे लिए थी, मेरी तो मौत हो गयी। चिड़िया जान से गयी, लड़कों का खेल हुआ। अब चुपके से मेरे पांच सौ रुपये लौटा दीजिए, नहीं तो गरदन ही तोड़ दूंगा!

नईम — रूपयों के बदले खिदमत चाहे ले लो। कहो तुम्हारी हजामत बना दें, जूते साफ कर दें, सिर सहला दें। बस, खाना देते जाना। कसम ले लो, जो जिंदगी-भर कहीं जाऊं, या तरक्की के लिए कहूं। मां-बाप के सिर से तो बोझ टल जायेगा।

चक्रधर — मत जले पर नमक छिड़को जी! आपके आप गये, मुझे ले डूबे। तुम्हारी तो अंग्रेजी अच्छी है, लोट-पोट कर निकल जाओगे। मैं तो पास भी न हूंगा। बदनाम हुआ, वह अलग। पांच सौ चपत भी पड़ी। यह दिल्लगी है कि गला काटना? खैर, समझूंगा। और चाहे मैं न समझूं, पर ईश्वर जरूर समझेंगे।

नईम — गलती हुई भाई, मुझे अब खुद इसका अफसोस है।

गिरिधर — खैर, रोने-धोने का अभी बहुत मौका है। अब यह बतलाइए कि लूसी ने प्रिंसिपल से कह दिया तो नतीजा क्या होगा। तीनों आदमी निकाल दिये जायेंगे। नौकरी से भी हाथ धोना पड़ेगा! फिर?

चक्रधर—मैं तो प्रिंसिपल से तुम लोगों की सारी कलई खोल दूंगा।

नईम — क्यों यार, दोस्त के यही माने है?

चक्रधर — जी हां, आप जैसे दोस्तों की यही सजा है।

उधर तो रात-भर मुशायरे का बाजार गरम रहा और इधर यह त्रिमूर्ति बैठी प्राण-रक्षा के उपाय सोच रही थी। प्रिंसिपल के कानों तक बात पहुंची और आफत आयी। अंग्रेज वाली बात है, न जाने क्या कर बैठे। आखिर बहुत वाद-विवाद के पश्चात् यह निश्चित हुआ कि नईम और गिरिधर प्रात:काल मिस लूसी के बंगले पर जायें, उससे क्षमा याचना करें। और इस अपमान के लिए वह जो प्रायश्चित कहे, उसे स्वीकार करें।

चक्रधर — मैं एक कौड़ी न दूंगा।

नईम — न देना भाई! हमारी जान तो है न?

गिरिधर — जान लेकर वह चाटेगी। पहले रुपये की फिक्र कर लो! वह बिना तावान लिये न मानेगी।

नईम — भाई, चक्रधर, खुदा के लिए इस वक्त दिल न छोटा करो, नहीं तो हम तीनों की मिट्टी खराब होगी। जो कुछ हुआ उसे मुआफ करो, अब फिर ऐसी खता न होगी।

चक्रधर — ऊंह, यही न होगा निकाल दिया जाऊंगा। दूकान खोल लूंगा। तुम्हारी मिट्टी खराब होगी। शरारत का मजा चखोगे। ओह कैसा चकमा दिया है।

बहुत खुशामद और चिरौरी के बाद देवता सीधे हुए। प्रात:काल नईम लूसी के बंगले पर पहुंचे। वहां मालूम हुआ कि वह प्रिंसिपल के बंगले पर गयी है। अब काटो, तो बदन में लहू नहीं। या अली तुम्हीं मुश्किल को आसान करने वाले हो, अब जान की खैर नहीं। प्रिंसिपल ने सुना, तो कच्चा ही खा जायेगा, नमक न मांगेगा। इस कम्बख्त पंडित की बदौलत अजाब में जान फंसी। इस बेहूदे को सूझी क्या? चला नाजनीन से इश्क जताने! बनबिलाव की-सी तो आपकी सूरत है। और खब्त यह कि यह महरू मुझ पर रीझ गयी। हमें भी अपने साथ डुबोये देता है। कहीं लूसी से रास्ते में मुलाकात हो गयी, तो शायद आरजू-मिन्नत करने से मान जये; लेकिन जो वहां पहुंच चुकी हो तो फिर कोई उम्मीद नहीं। वह फिर पैर गाड़ी पर बैठे और बेतहाशा प्रिंसिपल के बंगले की तरफ भागे। ऐसे तेज जा रहे थे, मानो पीछे मौत आ रही है। जरा-सी ठोकर लगती, तो हड्डी-पसली चूर-चूर हो जाती। पर शोक! कहीं लूसी का पता नहीं। आधा रास्ता निकल गया और लूसी की गर्द तक न नजर आयी। नैराश्य ने गति को मंद कर दिया। फिर हिम्मत करके चले। बंगले के द्वार पर भी मिल गयी, तो जान बच जायेगी। सहसा लूसी दिखायी

दी। नईम ने पैरों को और भी तेज चलाना शुरू किया। वह प्रिंसिपल के बंगले के दरवाजे पर पहुंच चुकी थी। एक सैकंड में वारा-न्यारा होता था, नाव डूबती थी या पार जाती थी। हृदय उछल-उछल कर कंठ तक आ रहा था। जोर से पुकारा — मिस टरनर, हेलो मिस टरनर, वरी ठहर जाओ।

लूसी ने पीछे फिर कर देखा, नईम को पहचान कर ठहर गयी और बोली — मुझसे उस पंडित की सिफारिश करने तो नहीं आये हो! मैं प्रिंसिपल से उसकी शिकायत करने जा रही हूं।

नईम — तो पहले मुझे और गिरिधर — दोनों को गोली मार दो, फिर जाना।

लूसी — बेहया लोगों पर गोली का असर नहीं होता। उसने मुझे बहुत इसल्ट किया है।

नईम — लूसी, तुम्हारे कुसूरवार हमी दोनों है। यह बेचारा पंडित तो हमारे हाथ का खिलौना था। सारी शरारत हम लोगों की थी। कसम तुम्हारे सिर की!

लूसी — You naughty boy!

नईम — हम दोनों उसे दिल-बहलाव का एक स्वांग बनाये हुए थे। इसकी हमें ज़रा भी खबर न थी कि वह तुम्हें छेड़ने लगेगा। हम तो समझते थे कि उसमें इतनी हिम्मत ही नहीं है। खुदा के लिए मुआफ करो, वरना हम तीनों का खून तुम्हारी गरदन पर होगा।

लूसी — खैर, तुम कहते हो तो प्रिंसिपल से न कहूंगी, लेकिन शर्त यह है कि पंडित मेरे सामने बीस मरतबा कान पकड़कर उठे-बैठे और मुझे कम से कम 200 रू. तावान दे।

नईम — लूसी, इतनी बेरहमी न करो। यह समझो, उस गरीब के दिल पर क्या गुजर रही होगी। काश, अगर तुम इतनी हसीन न होती!

लूसी मुस्कराकर बोली — खुशामद करना कोई तुमसे सीख ले।

नईम — तो अब वापस चलो।

लूसी — मेरी दोनों शर्तें मंजूर करते हो न?

नईम — तुम्हारी दूसरी शर्त तो हम सब मिलकर पूरी कर देंगे, लेकिन पहली शर्त सख्त है, बेचारा जहर खाकर मर जायेगा। हां, उसके एवज में मैं पचास दफा कान पकड़कर उठ-बैठ सकता हूं।

लूसी — तुम छंटे हुए शोहदे हो। तुम्हें शर्म कहा! मैं उसी को सजा देना चाहती हूं। बदमाश, मेरा हाथ पकड़ना चाहता था।

नईम — जरा भी रहम न करोगी!

लूसी — नहीं, सौ बार नहीं।

नईम लूसी को साथ लाये। पंडित के सामने दोनों शर्तें रखी गयीं, तो बेचारा बिलबिला उठा। लूसी के पैरों पर गिर पड़ा और सिसक-सिसक कर रोने लगा। नईम और गिरिधर भी अपने कुकृत्य पर लज्जित हुए। अन्त में लूसी को दया आयी। बोली — अच्छा, इन दोनों में से कोई एक शर्त मंजूर कर लो मैं मुआफ कर दूंगी।

लोगों को पूरा विश्वास था कि चक्रधर रुपये वाली ही शर्त स्वीकार करेंगे। लूसी के सामने वह कभी कान पकड़कर उठा-बैठी न करेंगे। इसलिए जब चक्रधर ने कहा, मैं रुपये तो न दूंगा। हां, बीस की जगह चालीस बार उठा-बैठी कर लूंगा, तो सब लोग चकित हो गये। नईम ने कहा — यार, क्यों हम लोगों को जलील करते हो? रुपये क्यों नहीं देते?

चक्रधर — रुपये बहुत खर्च कर चुका। अब इस चुडैल के लिए कानी कौड़ी तो खर्च करूंगा नहीं, दो सौ बहुत होते हैं। इसने समझा होगा, चलकर मजे से दो सौ रुपये मार लाऊंगी और गुलछर्रे उड़ाऊंगी। यह न होगा। अब तक रुपये खर्च करके अपनी हंसी करायी है, अब बिना खर्च किये हंसी कराऊंगा। मेरे पैरों में दर्द हो बला से, सब लोग हंसे बला से, पर इसकी मुठठी तो न गरम होगी।

यह कहकर चक्रधर ने कुरता उतार फेंका, धोती ऊपर चढ़ा ली और बरामदे से नीचे मैदान में उतरकर उठा-बैठी करने लगे। मुख-मंडल क्रोध से तमतमाया हुआ था, पर वह बैठकें लगाये जाते थे। मालूम होता था, कोई पहलवान अपना करतब दिखा रहा है। पंडित ने अगर बुद्धिमत्ता का कभी परिचय दिया तो इसी अवसर पर। सब लोग खड़े थे, पर किसी के होंठों पर हंसी न थी। सब लोग दिल में कटे जाते थे। यहां तक कि लूसी को भी सिर उठाने का साहस न होता था। सिर गये बैठी थी। शायद उसे खेद हो रहा था कि मैंने नाहक यह दंड-योजना की।

बीस बार उठते-बैठते कितने देर लगती है। पंडित ने खूब उच्च स्वर से गिन-गिन कर बीस की संख्या पूरी की और गर्व से सिर उठाये अपने कमरे में चले गये। लूसी ने उन्हें अपमानित करना चाहा था, उलटे उसी का अपमान हो गया।

इस दुर्घटना के पश्चात् एक सप्ताह तक कालेज खुला रहा; किन्तु पंडित जी को किसी ने हंसते नहीं देखा। वह विमन और विरक्त भाव से अपने कमरे में बैठे रहते थे। लूसी का नाम जबान पर आते झल्ला पड़ते थे।

इस साल की परीक्षा में पंडित जी फेल हो गये; पर इस कालेज में फिर न आये, शायद अलीगढ़ चले गये।

मांगे की घड़ी

मेरी समझ में आज तक यह बात न आयी कि लोग ससुराल जाते हैं, तो इतना ठाट-बाट क्यों बनाते हैं। आखिर इसका उद्देश्य क्या होता है? हम अगर लखपती हैं तो क्या, और रोटियों को मुंहताज हैं तो क्या, विवाह तो हो ही चुका, अब इस ठाट का हमारे ऊपर क्या असर पड़ सकता है। विवाह के पहले तो उससे कुछ काम निकल सकता है। हमारी सम्पन्नता बात चीत पक्की करने में बहुत-कुछ सहायक हो सकती है। लेकिन जब विवाह हो गया, देवीजी हमारे घर का सारा रहस्य जान गयीं और निःसंदेह' अपने माता-पिता से रो-रोकर अपने दुर्भाग्य की कथा भी कह सुनायी, तो हमारा यह ठाट हानि के सिवा लाभ नहीं पहुंचा सकता। फटेहालों देखकर, सम्भव है, हमारी सासजी को कुछ दया आ जाती और विदाई के बहाने कोई माकूल रकम हमारे हाथ लग जाती। यह ठाट देखकर तो अवश्य ही समझेंगी कि अब इसका सितारा चमक उठा है, जरूर कहीं-न-कहीं से माल मार लाया है। उधर नाई और कहार इनाम के लिए बड़े-बड़े मुंह फैलायेंगे वह अलग। देवीजी को भी भ्रम हो सकता है। मगर यह सब जानते और समझते हुए मैंने पर साल होलियों में ससुराल जाने के लिए बड़ी-बड़ी तैयारियां कीं। रेशमी अचकन जिन्दगी में कभी न पहनी थी, फ्लेक्स के बूटों का भी स्वप्न देखा करता था। अगर नकद रुपये देने का प्रश्न होता, तो शायद यह स्वप्न, स्वप्न ही रहता, पर एक दोस्त की कृपा से दोनों चीजें उधार मिल गयीं। चमड़े का सूटकेस एक मित्र से मांग लाया। दरी फट गयी थी और नयी दरी उधार मिल भी सकती थी; लेकिन बिछावन ले जाने की मैंने जरूरत न समझी। अब केवल रिस्ट-वाच की और कमी थी। यों तो दोस्तों में कितने ही के पास रिस्ट-वाच थी —मेरे सिवा ऐसे अभागे बहुत कम होंगे, जिनके पास रिस्ट-वाच न हो — लेकिन मैं सोने की घड़ी चाहता था और वह केवल दानू के पास थी। मगर दानू से मेरी बेतकल्लुफी न थी! दानू रूखा आदमी था। ईश्वर ने माना है, वह इस सिद्धान्त का पालन कर सकता है। मैं कैसे कर सकता हूं? जानता था कि वह साफ इनकार करेगा, पर दिल ने

माना। खुशामद के बल पर मैंने अपने जीवन में बड़े-बड़े काम कर दिखाये हैं, इसी खुशामद की बदौलत आज महीने में 30 रुपये फटकारता हूं। एक हजार ग्रेजुएटों से कम उम्मेदवार न थे; लेकिन सब मुंह ताकते रह गये और बन्दा मूंछों पर ताव देता हुआ घर आया। जब इतना बड़ा पाला मार दिया, तो दो-चार दिन के लिए घड़ी मांग लाना कौन-सा बड़ा मुश्किल काम था। शाम को जाने की तैयारी थी। प्रात:काल दानू के पास पहुंचा और उनके छोटे बच्चे को, जो बैठक के सामने सहन में खेल रहा था, गोद में उठाकर लगा भींच-भींचकर प्यार करने। दानू ने पहले तो मुझे आते देखकर जरा त्योरियां चढ़ायी थीं, लेकिन मेरा यह वात्सल्य देखकर कुछ नरम पड़े, उनके ओठों के किनारे जरा फैल गये। बोले — खेलने दो दुष्ट को तुम्हारा कुरता मैला हुआ जाता है। मैं तो इसे कभी छूता भी नहीं।

मैंने कृत्रिम तिरस्कार का भाव दिखाकर कहा — मेरा कुरता मैला हो रहा है न, आप इसकी क्यों फिक्र करते है। वाह! ऐसा फूल-सा बालक और उसकी यह कदर। तुम-जैसों को तो ईश्वर नाहक सन्तान देता है। तुम्हें भारी मालूम होता है तो लाओ मुझे दे दो।

यह कहकर मैंने बालक को कन्धे पर बैठा लिया और सहन में कोई पन्द्रह मिनट तक उचकता फिरा। बालक खिलखिलाता था और मुझे दम न लेने देता था यहां तक कि दानू ने उसे मेरे कन्धे से उतारकर जमीन पर बैठा दिया और बोले — कुछ पान पत्ता तो लाया नहीं, उल्टे सवारी कर बैठा। जा, अम्मां से पान बनवा ला।

बालक मचल गया। मैंने उसे शांत करने के लिए दानू को हल्के हाथों दो-तीन धप जमाये और उनकी रिस्ट-वाच से सुसज्जित कलाई पकड़कर बोला — ले लो बेटा, इनकी घड़ी ले लो, यह बहुत मारा करते हैं तुम्हें। आप तो घड़ी लगाकर बैठे है और हमारे मुन्ने के पास नहीं।

मैंने चुपके से रिस्ट-वाच खोलकर बालक की बांह में बांध दी और तब उसे गोद में उठाकर बोला — भैया, अपनी घड़ी हमें दे दो।

सयाने बाप के बेटे भी सयाने होते हैं। बालक ने घड़ी को दूसरे हाथ से छिपा कर कहा — तुमको नई देंगे!

मगर मैंने अन्त में उसे फुसलाकर घड़ी ले ली। और अपनी कलाई पर बांध ली। बालक पान लेने चला गया। दानू बाबू अपनी घड़ी के अलौकिक गुणों की प्रशंसा करने लगे — ऐसी सच्ची समय बताने वाली घड़ी आज तक कम-से-कम मैंने नहीं देखी।

मैंने अनुमोदन किया — है भी तो स्विस!

दानू — अजी, स्विस होने से क्या होता है। लाखों स्विस-घड़ियां देख चुका हूं। किसी को सरदी, किसी को जुकाम, किसी को गठिया, किसी को लकवा। जब देखिए, तब अस्पताल में पड़ी हैं। घड़ी की पहचान चाहिए और यह कोई आसान काम नहीं। कुछ लोग समझते है, बहुत दाम खर्च कर देने से अच्छी घड़ी मिल जाती है। मैं कहता हूं तुम गधे हो। दाम खर्च करने से ईश्वर नहीं मिला करता। ईश्वर मिलता है ज्ञान से और घड़ी भी मिलती है ज्ञान से। फासेट साहब को जानते होगे। बस, बन्दा ऐसों ही की खोज में रहता है। एक दिन आकर बैठ गया। शराब की चाट थी। जेब में रुपये नदारद। मैंने 25 रुपये में यह घड़ी ले ली। इसको तीन साल होते हैं और आज तक एक मिनट का फर्क नहीं पड़ा। कोई इसके सौ-आंकता है, कोई दो सौ, कोई साढी तीन सौ. कोई पौने पांच सौ; मगर मैं कहता हूं, तुम सब गधे हो, एक हजार के नीचे ऐसी घड़ी नहीं मिल सकती। पत्थर पर पटक दो, क्या मजाल कि बाल भी आये।

मैं — तब तो यार, एक दिन के लिए मंगनी दे दो। बाहर जाना है। औरों को भी इसकी करामात सुनाऊंगा।

दानू — मंगनी तो तुम जानते हो, मैं कोई चीज नहीं देता। क्यों नहीं देता, इसकी कथा सुनाने बैठूं, तो अलिफलैला की दास्तान हो जाय। उसका सारांश यह है कि मंगनी में चीज देना मित्रता की जड़ खोदना, मुरौवत का गला घोटना और अपने घर आग लगाना है। आप बहुत उत्सुक मालूम होते हैं, इसलिए दो-एक घटनाएं सुना ही दूं। आपको फुरसत है न? हां, आज तो दफ्तर बन्द हैं, तो सुनिए — एक साहब लालटेने मंगनी ले गये। लौटाने आये, तो चिमनियां सब टूटी हुई। पूछा, यह आपने क्या किया, सो बोले — जैसी गयी थीं, वैसी आयीं। यह तो आपने न कहा था कि इनके बदले नयी लालटेनें लूंगा। वाह साहब, वाह! यह अच्छा रोजगार निकाला। बताइए, क्या करता। एक दुसरे महाशय कालीन ले गये। बदले में एक फटी हुई दरी ले आये। पूछा तो बोले :

'साहब, आपको तो यह दरी मिल भी गयी, मैं किसके सामने जाकर रोऊं। मेरी पांच कालीनों का पता नहीं, कोई साहब सब समेट ले गये।' बताइए, उनसे क्या कहता? तब से मैंने कान पकड़े कि अब किसी के साथ यह व्यवहार ही न करूंगा। सारा शहर मुझे बेमुरौवत, मक्खीचूस और जाने क्या-क्या कहता है, पर मैं परवा नहीं करता। लेकिन आप बाहर जा रहे हैं और बहुत-से आदमियों से आपकी मुलाकात होगी, सम्भव है, कोई इस घड़ी का गाहक निकल जाय, इसलिए

आपके साथ इतनी सख्ती न करूंगा। हां, इतना अवश्य कहूंगा कि मैं इसे निकालना चाहता हूं और आपसे मुझे सहायता मिलने की पूरी उम्मीद है। अगर कोई दाम लगाये, तो मुझसे आकर कहिएगी।

मैं यहां से कलाई पर घड़ी बांधकर चला, तो जमीन पर पांव न पड़ते थे। घड़ी मिलने की इतनी खुशी न थी, जितनी एक मुड्ढ पर विजय पाने की। कैसा फांसा है बचा को! वह समझते थे कि मैं ही बड़ा सयाना हूं, यह नहीं जानते थे कि यहां उनके भी गुरुघंटाल हैं।

2

उसी दिन शाम को मैं ससुराल जा पहुंचा। अब यह गुत्थी खुली कि लोग क्यों ससुराल जाते वक्त इतना ठाट करते है। सारे घर में हलचल पड़ गयी। मुझ पर किसी की निगाह न थी। सभी मेरा साज-सम्मान देख रहे थे। कहार पानी लेकर दौड़ा, एक साला मिठाई की तश्तरी लाया, दूसरा पान की। नाइन झांककर देख गयी और ससुरजी की आंखों में तो ऐसा गर्व झलक रहा था, मानो संसार को उनके निर्वाचन-कौशल पर सिर झुकाना चाहिए। मैं 30 रूपये महीने का नौकर इस वक्त ऐसी शान से बैठा हुआ था, जैसे बड़े बाबू दफ्तर में बैठते हैं। कहार पंखा झल रहा था, नाइन पांव धो रही थी, एक साला बिछावन बिछा रहा था, दूसरा धोती लिये खड़ा था कि मैं पाजामा उतारूं। यह सब इसी ठाट की करामात थी।

रात को देवीजी ने पूछा —'सब रुपये उड़ा आये कि कुछ बचा भी है?'

मेरा सारा प्रमोत्साह शिथिल पड़ गया। क्षेम न कुशल, न प्रेम की कोई बातचीत। बस, हाय रूपये! हाये रुपये !! जी में आया कि इसी वक्त उठकर चल दूं। लेकिन जब्त कर गया। बोला — 'मेरी आमदनी जो कुछ है वह तो तुम्हें मालूम ही है।'

'मैं क्या जानूं, तुम्हारी क्या आमदनी है। कमाते होगे अपने लिये, मेरे लिये क्या करते हो? तुम्हें तो भगवान् ने औरत बनाया होता, तो अच्छा होता। रात-दिन कंघी-चोटी किया करते। तुम नाहक मर्द बने। अपने शौक-सिंगार से बचत ही नहीं, दूसरों की फिक्र तुम क्या करोगे?'

मैंने झुंझलाकर कहा — 'क्या तुम्हारी यही इच्छा है कि इसी वक्त चला जाऊं?' देवीजी ने भी त्योरियां चढ़ाकर कहा —'चले क्यों नहीं जाते, मैं तो तुम्हें बुलाने न गयी थी, या मेरे लिए कोई रोकड़ लाये हो?'

मैंने चिंतित स्वर में कहा — 'तुम्हारी निगाह में आदमी का कोई मूल्य नहीं। जो कुछ है, वह रोकड़ ही है।

देवीजी ने त्योरियां चढ़ाते हुए कहा —'प्रेम प्रो प्रेम अपने-आपसे करते होगे, मुझसे तो नहीं करते।'

'तुम्हें पहले तो यह शिकायत कभी न थी?'

'इससे यह तो तुमको मालूम ही हो गया कि मैं रोकड़ की परवा नहीं करती ;. लेकिन देखती हूं कि ज्यों-ज्यों तुम्हारी दशा सुधर रही है, तुम्हारा हृदय भी बदल रहा है। इससे तो यही अच्छा था कि तुम्हारी वही दशा बनी रहती। तुम्हारे साथ उपवास कर सकती हूं, फटे-चीथड़े पहनकर दिन काट सकती हूं; लेकिन यह नहीं हो सकता कि तुम चैन करो और मैं मैके में पड़ी भाग्य को रोया करूं। मेरा प्रेम उतना सहनशील नहीं है।'

सालों और नौकरों ने मेरा जो आदर-सम्मान किया था, उसे देख कर मैं अपने ठाट पर फूला न समाया था। अब यहां मेरी जो अवहेलना हो रही थी, उसे देखकर मैं पछता रहा था कि व्यर्थ ही यह स्वांग भरा। अगर साधारण कपड़े पहने, रोनी सूरत बनाये आता, तो बाहर वाले चाहे अनादर ही करते, लेकिन देवीजी तो प्रसन्न रहतीं; पर अब तो भूल हो गयी थी। देवीजी की बातों पर मैंने गौर किया, तो मुझे उनसे सहानुभूति हो गयी। यदि देवीजी पुरूष होतीं और मैं उनकी स्त्री, तो क्या मुझे यह किसी तरह भी सह्य होता कि वह तो छैला बने घूमें और मैं पिंजरे में बन्द दाने और पानी को तरसूं? चाहिए यह था कि देवीजी से सारा रहस्य कह सुनाता, पर अत्मगौरव ने इसे किसी तरह स्वीकार न किया। स्वांग भरना सर्वथा अनुचित था, लेकिन परदा खोलना तो भीषण पाप था। आखिर मैंने फिर उसी खुशामद से काम लेने का निश्चय किया, जिसने इतने कठिन अवसरों पर मेरा साथ दिया था। प्रेम पुलकित कण्ठ से बोला —'प्रिये! सच कहता हूं, मेरी दशा अब भी वही है, लेकिन तुम्हारे दर्शनों की इच्छा इतनी बलवती हो गयी थी कि उधार कपड़े लिये। यहां तक कि अभी सिलाई भी नहीं दी। फटेहालों आते संकोच होता था कि सबसे पहले तुमको दुःख होगा और तुम्हारे घर वाले भी दुःखी होंगे। अपनी दशा जो कुछ है, वह तो है ही, उसका ढिंढोरा पीटना तो और भी लज्जा की बात है।'

देवीजी ने कुछ शान्त होकर कहा —'तो उधार लिया?'

'और नकद कहां धरा था?'

'घड़ी भी उधार ली?'

'हां; एक जान-पहचान की दुकान से ले ली।'

'कितने की है?'

बाहर किसी ने पूछा होता, तो मैंने 500 से कौड़ी कम न बताया होता, लेकिन यहां मैंने 25 रू० बताया।

'तब तो बड़ी सस्ती मिल गयी।'

'और नहीं तो मैं फंसता ही क्यों?'

'इसे मुझे देते जाना।'

ऐसा जान पड़ा मेरे शरीर में रक्त ही नहीं रहा। सारे अवयव निस्पन्द हो गये, इनकार करता हूं, तो नहीं बचता; स्वीकार करता हूं, तो भी नहीं बचता। आज प्रात:काल यह घड़ी मंगनी पाकर मैं फूला न समाया था। इस समय वह ऐसी मालूम हुई, मानो कौड़ियाला कुन्डली मारे बैठा हो, बोला — 'तुम्हारे लिए कोई अच्छी घड़ी ले लूंगा।'

'जी नहीं, माफ कीजिए, आप ही अपने लिए दूसरी घड़ी ले लीजिएगा। मुझे तो यही अच्छी लगती है। कलाई पर बांधे रहूंगी। जब-जब इस पर आंखें पड़ेगी, तुम्हारी याद आयेगी। देखो, तुमने आज तक मुझे फूटी कौड़ी भी कभी नहीं दी। अब इनकार करोगे, तो फिर कोई चीज न मागूंगी।'

देवीजी के कोई चीज मांगने से मुझे किसी विशेष हानि का भय न होना चाहिए था, बल्कि उनके इस विराग का स्वागत करना चाहिए था, पर न जाने क्यों मैं डर गया। कोई ऐसी युक्ति सोचने लगा कि यह राजी हो जाये और घड़ी भी न देनी पड़े। बोला —'घड़ी क्या चीज है, तुम्हारे लिए जान हाजिर है, प्रिये! लाओ, तुम्हारी कलाई पर बांध दूं, लेकिन बात यह है कि वक्त का ठीक-ठीक अन्दाज न होने से कभी-कभी दफ्तर पहुंचने में देर हो जाती है और व्यर्थ की फटकार सुननी पड़ती है। घड़ी तुम्हारी है, किंतु जब तक दूसरी घड़ी न ले लूं, इसे मेरे पास रहने दो। मैं बहुत जल्द कोई सस्ते दामों की घड़ी अपने लिए ले लूंगा और तुम्हारी घड़ी तुम्हारे पास भेज दूंगा। इसमें तो तुम्हें कोई आपत्ति न होगी।'

देवीजी ने अपनी कलाई पर घड़ी बांधते हुए कहा — 'राम जाने, तुम बड़े चकमेबाज हो, बातें बनाकर काम निकालना चाहते हो। यहां ऐसी कच्ची गोलियां नहीं खेली है, यहां से जाकर दो-चार दिन में दूसरी घड़ी ले लेना। दो-चार दिन जरा सबेरे दफ्तर चले जाना।'

अब मुझे और कुछ कहने का साहस नहीं हुआ। कलाई से घड़ी के जाते ही हृदय पर चिंता का पहाड़-सा बैठ गया। ससुराल में दो दिन रहा, पर उदास और चिंतित। दानू बाबू को क्या जवाब दूंगा, यह प्रश्न किसी गुप्त वेदना की भांति चित्त को मसोसता रहा।

3

घर पहुंचकर जब मैंने सजल नेत्र होकर दानू बाबू से कहा — 'घड़ी तो कहीं खो गयी तो खेद या सहानुभूति का एक शब्द भी मुंह से निकालने के बदले उन्होंने बड़ी निर्दयता से कहा — इसीलिए मैं तुम्हें घड़ी न देता था। आखिर वही हुआ, जिसकी मुझे शंका थी। मेरे पास वह घड़ी तीन साल रही, एक दिन भी इधर-उधर न हुई। तुमने तीन दिन में वारा-न्यारा कर दिया। आखिर कहां गये थे?'

मैं तो डर रहा था कि दानू बाबू न-जाने कितनी घुड़कियां सुनायेंगे। उनकी यह क्षमाशीलता देखकर जान-में-जान आयी। बोला — 'जरा ससुराल चला गया था।' 'तो भाभी को लिवा लाए?' 'जी, भाभी को लिवा लाता? अपना गुजर होता ही नहीं, भाभी को लिवा लाता?'

'आखिर तुम इतना कमाते हो, वह क्या करते हो?'

'कमाता क्या हूं, अपना सिर 30) महीने का नौकर हूं।'

'तो तीसों खर्च कर डालते हो?'

'क्या 30) मेरे लिए बहुत है?'

'जब तुम्हारी कुल आमदनी 30) है, तो यह सब अपने ऊपर खर्च करने का तुम्हें अधिकार नहीं है। बीवी कब तक मैके में पड़ी रहेगी!'

'जब तक और तरक्की नहीं होती, तब तक मजबूरी है। किस बिरते पर बुलाऊं?'

'और तरक्की दो-चार साल न हो तो?'

'यह तो ईश्वर ही ने कहा है — इधर तो ऐसी आशा नहीं है।'

'शाबाश! तब तो तुम्हारी पीठ ठोकनी चाहिए। और कुछ काम क्यों नहीं करते? सुबह को क्या करते हो?'

'सारा वक्त नहाने-धोने, खाने-पीने में निकल जाता है। फिर दोस्तों से मिलना-जुलना भी तो है।'

'तो भाई, तुम्हारा रोग असाध्य है। ऐसे आदमी के साथ मुझे लेशमात्र भी सहानुभूति नहीं हो सकती। आपको मालूम है। मेरी घड़ी 500) की थी। सारे रुपये आपको देने होंगे। आप अपने लिए 15) रख कर बाकी 15) महीना मेरे हवाले रखते जाइए। तीस महीने या ढाई साल में मेरे रुपये पट जायें, तो खूब जी खोलकर दोस्तों से मिलियेगा। समझ गये न? मैंने 50) छोड़ दिये हैं इससे अधिक रियायत नहीं कर सकता।'

'15) में मेरा गुजर कैसे होगा?

'गुजर तो लोग 5) में भी करते हैं और 500) में भी। इसकी न चलाओ, अपनी सामर्थ्य देख लो।'

दानू बाबू ने जिस निष्ठुरता से ये बातें कीं, उससे मुझे विश्वास हो गया कि अब इनके सामने रोना-धोना व्यर्थ है। यह अपनी पूरी रकम लिए बिना न मानेंगे। घड़ी अधिक-से-अधिक 200) की थी। लेकिन इससे क्या होता है। उन्होंने तो पहले उसका दाम बता दिया था। अब उस विषय पर मीन-मेख विचारने का मुझे साहस कैसे हो सकता था। किस्मत ठोककर घर आया। यह विवाह करने का मजा है। उस वक्त कैसे प्रसन्न थे, मानों चारों पदार्थ मिले जा रहे थे। अब नानी के नाम को रोओ। घड़ी का शौक चर्राया था, उसका फल भोगो। न घड़ी बांध कर जाते तो ऐसी कौन-सी किरकिरी हुई जाती थी। मगर तब तुम किसकी सुनते थे। देखें 15) में कैसे गुजर करते हो? 30) में तो तुम्हारा पूरा ही न पड़ता था, 15) में तुम क्या भुना लोगे?

इन्हीं चिंताओं में पड़ा-पड़ा मैं सो गया। भोजन करने की भी रूचि न रही।

4

जरा सुन लीजिए कि 30) में मैं कैसे गुजर करता था —20) तो होटल को देता था। 5) नाश्ते का खर्च था और बाकी 5) में पान, सिगरेट, कपड़े, जूते सब कुछ। मैं कौन राजसी ठाट में रहता था, कौन-सी फिजूलखर्ची करता था कि अब खर्च में कमी करता। मगर दानू बाबू का कर्ज तो चुकाना ही था। रोकर चुकाता या हंसकर! एक बार जी में आया कि ससुराल जाकर घड़ी उठा लाऊं, लेकिन दानू बाबू से कह चुका था कि घड़ी खो गयी। अब घड़ी लेकर जाऊंगा तो यह मुझे झूठा और लवाडिया समझेंगे। मगर क्या मैं यह नहीं कह सकता कि मैंने समझा था कि घड़ी खो गयी, ससुराल गया तो इसका पता चल गया। मेरी बीवी ने उड़ा दिया था। हा, यह चाल अच्छी थी। लेकिन देवीजी से क्या बहाना करूंगा? उन्हें कितना दुःख होगा। घड़ी पाकर कितनी खुश हो गयी थी! अब जाकर घड़ी छीन लाऊं तो शायद फिर मेरी सूरत भी न देखे। हां; यह हो सकता था कि दानू बाबू के पास जाकर रोता। मुझे विश्वास था कि आज क्रोध में उन्होंने चाहे कितनी ही निष्ठुरता दिखायी हो, लेकिन दो-चार दिन के बाद जब उनका क्रोध शांत हो जाय और जाकर उनके सामने रोने लगूं तो उन्हें अवश्य दया आ जायगी। बचपन की

मित्रता हृदय से नहीं निकल सकती। लेकिन मैं इतना आत्मगौरव-शून्य न था और न हो सकता था।

मैं दूसरे ही दिन एक सस्ते होटल में उठ गया। यहां 12) में ही प्रबन्ध हो गया। सुबह को दूध और चाय से नाश्ता करता था। अब छटांक-भर चनों पर बसर होने लगी। 12) तो यों बचे। पान-सिगरेट आदि की मद में 3) और कम किये। और महीने के अंत में साफ 15) बचा लिये। यह विकट तपस्या थी। इंद्रियों का निर्दय दमन ही नहीं, पूरा संन्यास था। पर जब मैंने ये 15) ले जाकर दानू बाबू के हाथ में रक्खे, तो ऐसा जान पड़ा मानो मेरा मस्तक ऊंचा हो गया है। ऐसे गौरवपूर्ण आनन्द का अनुभव मुझे जीवन में कभी न हुआ था।

दानू बाबू ने सहृदयता के स्वर में कहा — 'बचाये या किसी से मांग लाये?'

'बचाया है भई, मांगता किससे?'

'कोई तकलीफ तो नहीं हुई?'

'कुछ नहीं। अगर कुछ तकलीफ हुई भी, तो इस वक्त भूल गयी।'

'सुबह को तो अब भी खाली रहते हो? आमदनी कुछ और बढ़ाने की फिक्र क्यों नहीं करते?'

'चाहता तो हूं कि कोई काम मिल जाये, तो कर लूं पर मिलता ही नहीं।'

यहां से लौटा, तो मुझे अपने हृदय में एक नवीन बल, एक विचित्र स्फुर्ति का अनुभव हो रहा था। अब तक जिन इच्छाओं को रोकना कष्टप्रद जान पड़ता था, अब उनकी ओर ध्यान भी न जाता था। जिस पान की दुकान को देखकर चित्त अधीर हो जाता था, उसके सामने से मैं सिर उठाये निकल जाता था, मानो अब मैं उस सतह से कुछ ऊंचा उठ गया हूं। सिगरेट, चाय और चाट अब इनमें से किसी पर भी चित आकर्षित न होता था। प्रात:काल भीगे हुए चने, दोनों जून रोटी और दाल। बस, इसके सिवा मेरे लिये और सभी चीजें त्याज्य थीं, सबसे बड़ी बात तो यह थी कि मुझे जीवन से अधिक रुचि हो गयी थी। मैं जिंदगी से बेजार, मौत के मुंह का शिकार बनने का इच्छुक न था। मुझे ऐसा आभास होता था कि मैं जीवन में कुछ कर सकता हूं।

एक मित्र ने एक दिन मुझसे पान खाने के लिए बड़ा आग्रह किया, पर मैंने न खाया। तब वह बोले —'तुमने तो यार, पान छोड़कर कमाल कर दिया। मैं अनुमान ही न कर सकता था कि तुम पान छोड़ दोगे। हमें भी कोई तरकीब बताओ।'

मैंने मुसकराकर कहा 'इसकी तरकीब यही है कि पान न खाओ।'

'जी तो नहीं मानता।'

'आप ही मान जायगा।'

'बिना सिगरेट पिये, तो मेरा पेट फूलने लगता है।

'फूलने दो, आप पिचक जायेगा।'

'अच्छा तो लो, आज से मैंने पान और सिगरेट छोड़ा।'

'तुम क्या छोड़ोगे? तुम नहीं छोड़ सकते।'

मैंने उनको उत्तेजित करने के लिए यह शंका की थी। इसका यथेष्ट प्रभाव पड़ा। वह दृढ़ता से बोले — 'तुम यदि छोड़ सकते हो, तो मैं भी छोड़ सकता हूं। मैं तुमसे किसी बात में कम नहीं हूं।'

'अच्छी बात है, देखूंगा।'

'देख लेना।'

मैंने इन्हें आज तक पान या सिगरेट का सेवन करते नहीं देखा।

पांचवें महीने में जब मैं रूपये लेकर दानू बाबू के पास गया, तो सच मानो, वह टूटकर मेरे गले से लिपट गये। बोले — 'हो यार, तुम धुन के पक्के। मगर सच कहना, मुझे मन में कोसते तो नहीं?'

मैंने हंसकर कहा — 'अब तो नहीं कोसता, मगर पहले जरूर कोसता था।'

'अब क्यों इतनी कृपा करने लगे।'

'इसलिए कि मुझ- जैसी स्थिति के आदमी को जिस तरह रहना चाहिए वह तुमने सिखा दिया। मेरी आमदनी में आधी मेरी स्त्री का है। पर अब तक मैं उसका हिस्सा भी हड़प कर जाता था। अब मैं इस योग्य हो रहा हूं कि उसका हिस्सा उसे दे दूं या स्त्री को अपने साथ रक्खूं। तुमने मुझे बहुत अच्छा पाठ दे दिया।'

'अगर तुम्हारी आमदनी कुछ बढ़ जाय, तो फिर उसी तरह रहने लगोगे?'

'नहीं, कदापि नहीं। अपनी स्त्री को बुला लूंगा।'

'अच्छा तो खुश हो , तुम्हारी तरक्की हो गयी है।'

मैंने अविश्वास के भाव से कहा — 'मेरी तरक्की अभी क्या होगी! अभी मुझसे पहले के लोग पड़े नाक रगड़ रहे हैं।'

'कहता हूं मान जाओ। मुझसे तुम्हारे बड़े बाबू कहते थे।'

मुझे अब भी विश्वास न आया। पर मारे कुतूहल के पेट में चूहे दौड़ रहे थे। उधर दानू बाबू अपने घर गये इधर मैं बड़े बाबू के घर पहुंचा। बड़े बाबू बैठे

अपनी बकरी दुह रहे थे। मुझे देखा, तो झेंपते हुए बोले — 'क्या करें भाई, आज ग्वाला नहीं आया, इसलिए यह बला गले पड़ी। चलो, बैठो।'

मैं कमरे में जा बैठा। बाबूजी भी कोई आधे घंटे के बाद हाथ में गुड़गुड़ी लिये निकले और इधर-उधर की बातें करते रहे। आखिर मुझसे न रहा गया, बोला — 'मैंने सुना है, मेरी कुछ तरक्की हो गयी है।'

बड़े बाबू ने प्रसन्नमुख होकर कहा — 'हां भई, हुई तो है। तुमसे दानू बाबू ने कहा होगा?'

'जी हां, अभी कहा है। मगर नम्बर तो अभी नहीं आया, तरक्की कैसे हुई?'

'यह न पूछो, अफसरों की निगाह चाहिए, नम्बर-संबर कौन देखता है!'

'लेकिन आखिर मुझे किसकी जगह मिली? अभी कोई तरक्की का मौका भी तो नहीं।'

'कह दिया, भई, अफसर लोग सब कुछ कर सकते हैं। साहब एक दूसरी मद से तुम्हें 15) महीना देना चाहते हैं। दानू बाबू ने शायद साहब से कहा-सुना होगा।'

'किसी दूसरे का हक मारकर तो मुझे ये रुपये नहीं दिये जा रहे हैं?'

'नहीं, यह बात नहीं। मैं खुद इसे न मंजूर करता।' महीना गुजरा, मुझे 45) मिले। मगर रजिस्टर में मेरे नाम के सामने वही 30) लिखे थे। बड़े बाबू ने अकेले में बुलाकर मुझे रुपये दिये और ताकीद कर दी कि किसी से कहना मत, नहीं दफ्तर में बावला मच गया। साहब का हुक्म हुआ है कि यह बात गुप रक्खी जाय।'

मुझे सन्तोष हो गया कि किसी सहकारी का गला घोंटकर मुझे रुपये नहीं दिये गये। खुश-खुश रूपये लिए हुए सीधा दीनू बाबू के पास पहुंचा। वह मेरी बांछे खिली देखकर बोले —'मार लाये तरक्की क्यों?'

'हां यार, रुपये तो 15) मिले; लेकिन तरक्की नहीं हुई, किसी और मद से दिये गये हैं।'

'तुम्हें रुपये से मतलब है, चाहे किसी मद से मिलें। तो अब बीवी को लेने जाओगे?'

'नहीं, अभी नही।'

तुमने तो कहा था, आमदनी बढ़ जायगी, तो बीवी को लाऊंगा, अब क्या हो गया?'

'मैं सोचता हूं, पहले आपके रुपये पटा दूं। अब से 30) महीने देता जाऊंगा, साल-भर में पूरे रुपये पट जाएंगे। तब मुक्त हो जाऊंगा।'

दानू बाबू की आंखें सजल हो गयीं। मुझे आज अनुभव हुआ कि उनकी इस कठोर आकृति के नीचे कितना कोमल हृदय छिपा हुआ था। बोले — 'नहीं, अबकी मुझे कुछ मत दो। रेल का खर्च पड़ेगा, वह कहां से दोगे? जाकर, अपनी स्त्री को ले आओ।'

मैंने दुविधा में पड़कर कहा — 'यार, अभी न मजबूर करो। शायद किश्त न अदा कर सकूं तो?'

दानू बाबू ने मेरा हाथ पकड़कर कहा — 'तो कोई हरज नहीं। सच्ची बात यह है कि मैं अपनी घड़ी के दाम पा चुका। मैंने तो उसके 25) ही दिये थे। उस पर तीन साल काम ले चुका था। मुझे तुमसे कुछ न लेना चाहिए था। अपनी स्वार्थपरता पर लज्जित हूं।'

मेरी आंखें भी भर आयीं। जी में तो आया कि घड़ी का सारा रहस्य कह सुनाऊं, लेकिन जब्त कर गया। गद्गद कण्ठ से बोला –'नहीं, दानू बाबू, मुझे रूपये अदा कर लेने दो। आखिर तुम उस घड़ी को चार-पांच सौ में बेच लेते या नहीं? मेरे कारण तुम्हें इतना नुकसान क्यों हो?'

'भई, अब घड़ी की चर्चा न करो। यह बताओ कि कब जाओगे?'

'अरे, तो पहले रहने का तो ठीक कर लूं।'

'तुम जाओ, मैं मकान का प्रबन्ध कर रक्खूंगा।'

'मगर मैं 5) से ज्यादा किराया न दे सकूंगा। शहर से जरा हटकर मकान सस्ता मिल जायेगा।'

'अच्छी बात है, मैं सब ठीक कर रक्खूंगा। किस गाड़ी से लौटोगे?'

'यह अभी क्या मालूम विदाई का मामला है। साइत बने या न बने या लोग एकाध दिन रोक ही लें। तुम इस झंझट में क्यों पड़ोगे? मैं दो-चार दिन में मकान ठीक करके चला जाऊंगा।'

'जी नहीं, आप आज जाइए और कल आइए।'

'तो उतरूंगा कहां?'

'मैं मकान ठीक कर लूंगा। मेरा आदमी तुम्हें स्टेशन पर मिलेगा।'

मैंने बहुत हीले-हवाले किये, पर उस भले आदमी ने एक न सुनीं। उसी दिन मुझे ससुराल जाना पड़ा।

5

मुझे ससुराल में तीन दिन लग गये। चौथे दिन पत्नी के साथ चला। जी में डर रहा था कि कहीं दानू ने कोई आदमी न भेजा हो, तो कहां उतरूंगा, कहां जाऊंगा। आज चौथा दिन है। उन्हें इतनी क्या गरज पड़ी है कि बार-बार स्टेशन पर अपना आदमी भेजें। गाड़ी में सवार होते समय इरादा हुआ कि दानू को तार से अपने आने की सूचना दे दूं। लेकिन 111) का खर्च था, इससे हिचक गया।

मगर जब गाड़ी बनारस पहुंची, तो देखता हूं कि दानू बाबू स्वयं हैट-कैट लगाये, दो कुलियों के साथ खड़े हैं। मुझे देखते ही दौड़े और बोले — 'ससुराल की रोटियां बड़ी प्यारी लग रही थीं क्या? तीन दिन से रोज दौड़ रहा हूं। जुरमाना देना पड़ेगा।'

देवीजी सिर से पांव तक चादर ओढ़े, गाड़ी से उतरकर प्लेटफार्म पर खड़ी हो गयी थीं। मैं चाहता था; जल्दी से गाड़ी में बैठकर यहां से चल दूं। घड़ी उनकी कलाई पर बंधी हुई थी। मुझे डर लग रहा था कि कहीं उन्होंने हाथ बाहर निकाला और दानू की निगाह घड़ी पर पड़ गयी, तो बड़ी झेंप होगी। मगर तकदीर का लिखा कौन टाल सकता है। मैं देवीजी से दान बाबू की सज्जनता का खूब बखान कर चुका था। अब जो दानू उसके समीप आकर संदूक उठवाने लगे, तो देवीजी ने दोनों हाथों से उन्हें नमस्कार किया। दानू ने उनकी कलाई पर घड़ी देख ली। उस वक्त तो क्या बोलते; लेकिन ज्यों ही देवीजी को एक तांगे पर बिठाकर हम दोनों दूसरे तांगे पर बैठकर चले, दानू ने मुसकराकर कहा — क्या घड़ी देवीजी ने छिपा दी थी?'

मैंने शर्माते हुए कहा — 'नहीं यार, मैं ही दे आया था, दे क्या आया था, उन्होंने मुझसे छीन ली थी।'

दानू ने मेरा तिरस्कार करके कहा — 'तो मुझसे झूठ क्यों बोले?'

'फिर क्या करता?'

'अगर तुमने साफ कह दिया होता, तो शायद मैं इतना कमीना नहीं हूं कि तुमसे उसका तावान वसूल करता; लेकिन खैर, ईश्वर का कोई काम मसलहत से खाली नहीं होता। तुम्हें कुछ दिन ऐसी तपस्या की जरूरत थी।'

'मकान कहां ठीक किया है?'

'वहीं तो चल रहा हूं।'

'क्या तुम्हारे घर के पास ही है? तब तो बड़ा मजा रहेगा।'

'हां, मेरे घर से मिला हुआ है मगर बहुत सस्ता।'

दानू बाबू के द्वार पर दोनों तांगे रुके। आदमियों ने दौड़कर असबाब उतारना शुरू किया। एक क्षण में दानू बाबू की देवीजी घर में से निकल कर तांगे के पास आयीं और पत्नी जी को साथ ले गयीं। मालूम होता था; वह सारी बातें पहले ही से सधी-बधी थीं।

मैंने कहा —'तो यह कहो कि हम तुम्हारे बिन बुलाये मेहमान है।'

'अब तुम अपनी मरजी का कोई मकान ढूंढ़ लेना। दस-पांच दिन तो यहां रहो।'

लेकिन मुझे यह जबरदस्ती की मेहमानी अच्छी न लगी। मैंने तीसरे ही दिन एक मकान तलाश कर लिया। विदा होते समय दानू ने 100) लाकर मेरे सामने रख दिये और कहा — 'यह तुम्हारी अमानत है। लेते जाओ।'

मैंने विस्मय से पूछा — 'मेरी अमानत कैसी?' दानू ने कहा — '15) के हिसाब के 6 महीने के 90) हुए और 10) सूद।)

मुझे दानू बाबू की यह सज्जनता बोझ के समान लगी। बोला — 'तो तुम घड़ी ले लेना चाहते हो?'

'फिर घड़ी का जिक्र किया तुमने! उसका नाम मत लो।'

'तुम मुझे चारों ओर से दबाना चाहते हो।'

'हां दबाना चाहता हूं। तुम्हें आदमी बना देना चाहता हूं। नहीं तो उम्रभर तुम यहां होटल की रोटियां तोड़ते और तुम्हारी देवीजी वहां बैठी तुम्हारे नाम को रोतीं। कैसी शिक्षा दी है, इसका एहसान तो न मानोगे?'

'यों कहो, तो आप मेरे गुरु बने हुए थे?'

'जी हां, ऐसे गुरु की तुम्हें जरूरत थी।'

'मुझे विवश होकर घड़ी का जिक्र करना पड़ा। डरते-डरते बोला —'तो भई, घड़ी ···'

'फिर तुमने घड़ी का नाम लिया !'

'तुम खुद मुझे मजबूर कर रहे हो।'

'वह मेरी ओर से भावज को उपहार है।'

'और ये 100) मुझे उपहार मिले हैं।'

'जी हां, यह इम्तहान में पास होने का इनाम है।'

'तब तो डबल उपहार मिला।'

'तुम्हारी तकदीर ही अच्छी है, क्या करूं।'

मैं रूपये तो न लेता था, पर दानू ने मेरी जेब में डाल दिये। लेने पड़े। इन्हें मैंने सेविंग बैंक में जमा करा दिया। 10) महीने पर मकान लिया था। 30) महीने खर्च करता था। 5) बचने लगे। अब मुझे मालूम हुआ कि दानू बाबू ने मुझसे 6 महीने तक यह तपस्या न करायी होती, तो सचमुच मैं न-जाने कितने दिनों तक देवीजी को मैके में पड़ा रहने देता। उसी तपस्या की बरकत थी कि आराम से जिंदगी कट रही थी, ऊपर से कुछ-न-कुछ जमा होता जाता था। मगर घड़ी का किस्सा मैंने आज तक देवीजी से नहीं कहा। पांचवें महीने में मेरी तरक्की का नम्बर आया। तरक्की का परवाना मिला। मैं सोच रहा था कि देखूं अबकी दूसरी मद वाले 15) मिलते हैं या नहीं। पहली तारीख को वेतन मिला, वही 45)। मैं एक क्षण खड़ा रहा कि शायद बड़े बाबू दूसरी मद वाले रूपये भी दें। जब और लोग अपने-अपने वेतन लेकर चले गये, तो बड़े बाबू बोले — 'क्या अभी लालच घेरे हुए है? अब और कुछ न मिलेगा।'

मैंने लज्जित होकर कहा — 'जी नहीं, इस ख्याल से नहीं खड़ा हूं। साहब ने इतने दिनों तक परवरिश की, यह क्या थोड़ा है। मगर कम-से-कम इतना तो बता दीजिए कि किस मद से वह रुपया जाता था?'

बड़े बाबू — 'पूछकर क्या करोगे?'

'कुछ नहीं, यों ही जानने को जी चाहता है?'

'जाकर दानू बाबू से पूछो।'

'दफ्तर का हाल दानू बाबू क्या जान सकते हैं?'

'नहीं, यह हाल वहीं जानते हैं।'

मैंने बाहर आकर एक तांगा लिया और दानू के पास पहुंचा। पूरे दस महीने के बाद मैंने तांगा किराये पर किया था। इस रहस्य को जानने के लिए मेरा दम घुट रहा था। दिल में तय कर लिया था कि अगर बच्चा ने यह षड्यन्त्र रचा होगा, तो बुरी तरह खबर लूंगा। आप बगीचे में टहल रहे थे। मुझे देखा तो घबराकर बोले — 'कुशल तो है, कहां से भागे आते हो?'

मैंने कृत्रिम क्रोध दिखाकर कहा — 'मेरे यहां तो कुशल है, लेकिन तुम्हारी कुशल नहीं।'

'क्यों भई, क्या अपराध हुआ है?'

'आप बतलाइए कि पांच महीने तक मुझे जो 15) वेतन के ऊपर से मिलते थे, वह कहां से आते थे?'

'तुमने बड़े बाबू से नहीं पूछा? तुम्हारे दफ्तर का हाल मैं क्या जानूं?'

मैं आजकल दानू से बेतकल्लुफ हो गया था। बोला — 'देखो दानू, मुझसे उड़ोगे, तो अच्छा न होगा। क्यों नाहक मेरे हाथों पिटोगे?'

'पीटना चाहो, तो पीट लो भई, सैकड़ों ही बार पीटा है; एक बार और सही। बारजे पर से जो ढकेल दिया था, उसका निशान बना हुआ है, यह देखो।'

'तुम टाल रहे हो और मेरा दम घुट रहा है। सच बताओ, क्या बात थी?'

'बात-बात कुछ नहीं थी। मैं जानता था कि कितनी किफायत करोगे, 30) में तुम्हारा गुजर होगा? और न सही, दोनों वक्त रोटियां तो हों। बस, इतनी बात है। अब इसके लिए जो चाहो, दण्ड दो।'

स्मृति का पुजारी

महाशय होरीलाल की पत्नी का जब से देहान्त हुआ वह एक तरह से दुनिया से विरक्त हो गये हैं। यों रोज कचहरी जाते हैं — अब भी उनकी वकालत बुरी नहीं है। मित्रों से राह-रस्म भी रखते हैं, मेलों-तमाशों में भी जाते हैं; पर इसलिए कि वे भी मनुष्य हैं और मनुष्य एक सामाजिक जीव है। जब उनकी स्त्री जीवित थी तब कुछ और ही बात थी। किसी-न-किसी बहाने से आये-दिन मित्रों की दावतें होती रहती थीं। कभी गार्डन-पार्टी है, कभी संगीत है, कभी जन्माष्टमी है कभी होली है। मित्रों का सत्कार करने में जैसे उन्हें मजा आता था। लखनऊ से सुफेदे आये है। अब, जब तक दोस्तों को खिला न लें, उन्हें चैन नहीं। कोई अच्छी चीज खरीदकर उन्हें यही धुन हो जाती थी कि इसे किसी की भेंट कर दें। जैसे और लोग अपने स्वार्थ के लिए तरह-तरह के प्रपंच रचा करते हैं, वह सेवा के लिए षडयन्त्र रचते थे। आपसे मामूली जान-पहचान है, लेकिन उनके घर चले जाइये तो चाय और फलों से आपका सत्कार किये बिना न रहेंगे। मित्रों के हित के लिए प्राण देने को तैयार और बड़े ही खुशमिजाज। उनके कहकहे ग्रामोफोन में भरने लायक होते थे। कोई संतान न थी, लेकिन किसी ने उन्हें दुखी या निराश नहीं देखा। मुहल्ले के सारे बच्चे उनके बच्चे थे। और स्त्री भी उसी रंग में रंगी हुई। आप कितने ही चिंतित हों; उस देवी से मुलाकात होते ही आप फूल की तरह खिल जायेंगे। न जाने इतनी लोकोक्तियां कहां से याद कर ली थीं। बात-बात पर कहावतें कहती थीं। और जब किसी को बनाने पर आ जातीं, तो रुलाकर छोड़ती थीं। गृह-प्रबन्ध में तो उसका जोड़ न था, दोनों एक-दूसरे के आशिक थे, और उनका प्रेम पौधों के कलम की भांति दिनों के साथ और भी घनिष्ठ होता जाता था। समय की गति उस पर जैसे आशीर्वाद का काम कर रही थी। कचहरी से छुट्टी पाते ही वह प्रेम का पथिक दीवानों की तरह घर भागता था। आप कितना ही आग्रह करें पर उस वक्त रास्ते में एक मिनट के लिए भी न रुकता था और अगर कभी महाशय जी

के आने में देर हो जाती थी तो वह प्रेम-योगिनी छज्जे पर खड़ी होकर उनकी राह देखा करती थी। और पचीस साल के अभिन्न सहचर ने उनकी आत्माओं में इतनी समानता पैदा कर दी थी कि जो बात एक के दिल में आती थी, वहीं दूसरे के दिल में बोल उठती थी। यह बात नहीं कि उनमें मतभेद न होता हो। बहुत-से विषयों में उनके विचारों में आकाश-पाताल का अन्तर था और अपने पक्ष के समर्थन और परपक्ष के खण्डन में उनमें खूब झांव-झांव होती थी। कोई बाहर का आदमी सुने तो समझे कि दोनों लड़ रहे है और अब हाथापाई की नौबत आनेवाली है; मगर उनके मुबाहिसे मस्तिष्क के होते थे। हृदय दोनों के एक, दोनों सहृदय, दोनों प्रसन्नचित्त स्पष्ट कहनेवाले, निःस्पृह, मानो देवलोक के निवासी हों; इसलिए पत्नी का देहांत हुआ, तो कई महीने तक हम लोगों को यह अंदेशा रहा कि यह महाशय आत्महत्या न कर बैठे। हम लोग सदैव उनकी दिलजोई करते रहते, कभी एकांत में न बैठने देते। रात को भी कोई-न-कोई उनके साथ लेटता था। ऐसे व्यक्तियों पर दूसरों को दया आती ही है। मित्रों की पत्नियां तो इन पर जान देती थीं। उनकी नजरों में वह देवताओं के भी देवता थे। उनकी मिसाल दे-देकर अपने पुरुषों से कहतीं —इसे कहते हैं प्रेम! ऐसा पुरुष हो, तो क्यों न स्त्री उसको गुलामी करे। जब से बीवी मरी है; गरीब ने कभी भरपेट भोजन नहीं किया, कभी नींद-भर नहीं सोया। नहीं तो तुम लोग दिल में मनाते रहते हो कि यह मर जाये, तो नया ब्याह रचाये। दिल में खुश होगे कि अच्छा हुआ मर गयी, रोग टला अब नयी-नवेली स्त्री लायेंगे।

और अब महाशयजी का पैतालीसवां साल था, सुगठित शरीर था, स्वास्थ्य अच्छा, रूपवान, विनोदशील, सम्पन्न। चाहते तो तुरन्त दूसरा ब्याह कर लेते। उनके हां करने की देर थी। गरज के बावले कन्यावालों ने सन्देश भेजे; मित्रों ने भी उजड़ा घर बसाना चाहा; पर इस स्मृति के पुजारी ने प्रेस के नाम को दाग न लगाया। अब हफ्तों बाल नहीं बनते; कपड़े नहीं बदले जाते। घसियारों-सी सूरत बनी हुई है, कुछ परवाह नहीं। कहां तो मुंह-अंधेरे उठते थे और चार मील का चक्कर लगा आते थे, कभी अलसा जाते थे तो देवीजी घुड़कियां जमातीं और उन्हें बाहर खदेड़कर द्वार बन्द कर लेतीं। कहां अब आठ बजे तक चारपाई पर पड़े करवटें बदल रहे है। उठने का जी नहीं चाहता। खिदमतगार ने हुक्का लाकर रख दिया, दो-चार कश लगा लिये। न लाये तो गम नहीं। चाय आयी पी ली, न आये तो परवाह नहीं। मित्रों ने बहुत गला दबाया, तो सिनेमा देखने चले गये; लेकिन क्या देखा और क्या सुना, इसकी खबर नहीं। कहां तो अच्छे-अच्छे सूटों का खब्त

था कोई खुशनुमा डिजाइन का कपड़ा आ जाय; आप एक सूट जरूर बनवायेंगे। वह क्या बनवायेंगे, उनके लिए देवीजी बनवायेंगी। कहां आप पुराने-धुराने बदरंग सिकुडे-सिकुड़ाये, ढीले-ढाले कपड़े लटकाये चले आ रहे हैं, जो अब दुबलेपन के कारण उतारे-से लगते हैं और जिन्हें अब किसी तरह सूट नहीं कहा जा सकता। महीनों बाजार जाने की नौबत नहीं आती। अबकी कड़ाके का जाड़ा पड़ा, तो आपने रुईदार नीचा लबादा बनवा लिया और खासे भगतजी बन गये। सिर्फ कंटोप की कसर थी। देवीजी होतीं, तो यह लबादा छीनकर किसी फकीर को दे देतीं; मगर अब कौन देखनेवाला है। किसे परवाह है, वह क्या पहनते हैं और कैसे रहते हैं। 45 की उम्र में जो आदमी 35 का लगता था, वह अब 50 की उम्र में 70 का लगता है, कमर भी झुक गई है, बाल भी सफेद हो गये है, दांत भी गायब हो गये। जिसने उन्हें तब देखा हो, आज पहचान भी न सके।

मजा यह है कि तब जिन विषयों पर देवीजी से लड़ा करते थे, वही अब उनकी उपासना के अंग बन गये हैं। मालूम नहीं उनके विचारों में क्रांति हो गयी है या मृतात्मा ने उनकी आत्मा में लीन होकर भिन्नताओं को मिटा दिया है। देवीजी को विधवा-विवाह से घृणा थी। महाशयजी इसके पक्के समर्थक थे; लेकिन अब आप भी विधवा-विवाह का विरोध करते है। आप पहले पश्चिमी या नयी सभ्यता के भक्त थे और देवीजी का मजाक उड़ाया करते थे। अब उस सभ्यता की उनसे ज्यादा तीव्र आलोचना शायद ही कोई कर सके। इस बार योंही अंग्रेजों के समय-नियन्त्रण की चर्चा चल गयी। मैंने कहा — इस विषय में हमें अंग्रेजों से सबक लेना चाहिए। बस, आप तड़पकर उठ बैठे और उन्मत्त स्वर में बोले — कभी नहीं, प्रलय तक नहीं। मैं इस नियन्त्रण को स्वार्थ का स्तम्भ, अहंकार का हिमालय और दुर्बलता का सहारा समझता हूं। एक व्यक्ति मुसीबत का मारा आपके पास आता है। मालूम नहीं, कौन-सी जरूरत उसे आपके पास खींच लायी है लेकिन आप फरमाते हैं — मेरे पास समय नहीं। यह उन्हीं लोगों का व्यवहार है, जो धन को मनुष्यता के ऊपर समझते है, जिनके लिए जीवन केवल धन है। जो व्यक्ति सहृदय है, वह कभी इस नीति को पसन्द न करेगा। हमारी सभ्यता धन को इतना ऊंचा स्थान नहीं देती थी। हम अपने द्वार हमेशा खुले रखते थे। जिसे जब जरूरत हो, हमारे पास आये। हम पूर्ण तन्मयता से उसका वृत्तान्त सुनेंगे और उसके हर्ष या शोक में शरीक होंगे। अच्छी सभ्यता है! जिस सभ्यता की स्पिरिट स्वार्थ हो, वह सभ्यता नहीं है; संसार के लिए अभिशाप है, समाज के लिए विपत्ति है। इस तरह धर्म के विषय में भी दम्पति में काफी वितंडा होता रहता था। देवीजी हिन्दू धर्म की

अनुगामिनी थीं, आप इस्लामी सिद्धांतों के कायल थे; मगर अब आप भी पक्के हिंदू हैं, बल्कि यों कहिए कि आप मानवधर्मी हो गये है। एक दिन बोले —मेरी कसौटी तो है मानवता! जिस धर्म में मानवता को प्रधानता दी गयी है, बस, उसी धर्म का मैं दास हूं। कोई देवता हो या नबी या पैगम्बर; अगर वह मानवता के विरूद्ध कुछ कहता है, तो मेरा उसे दूर से सलाम है। इस्लाम को मैं इसलिए कायल था कि वह मनुष्यमात्र को एक समझता है, ऊंच-नीच का वहां कोई स्थान नहीं है; लेकिन अब मालूम हुआ कि यह समता और भाईपन व्यापक नहीं, केवल इस्लाम के दायरे तक परिमित है। दूसरे शब्दों में, अन्य धर्मों की भांति यह भी गुटबन्द है और इसके सिद्धांत केवल उस गुट या समूह को सबल और संगठित बनाने के लिए रचे गये हैं। और जब मैं देखता हूं कि यहां भी जानवरों की कुरबानी शरीयत में दाखिल है और हरेक मुसलमान के लिए अपनी सामर्थ्य के अनुसार भेड़, बकरी, गाय, या ऊंट की कुरबानी फर्ज बतायी गयी है, तो मुझे उसे अपौरुषेय होने में सन्देह होने लगता है। हिन्दुओं में भी एक सम्प्रदाय पशु-बलि को अपना धर्म समझता है। यहूदियों, ईसाइयों और अन्य मतों ने भी कुरबानी की बड़ी महिमा गायी है। इसी तरह एक समय नर-बलि का भी रिवाज था। आज भी कहीं-कहीं उस सम्प्रदाय के नामलेवा मौजूद है, मगर क्या सरकार ने नर-बलि को अपराध नहीं ठहराया और ऐसे मजहबी दीवानों को फांसी नहीं दी? अपने स्वाद के लिए आप भेड़ को जबह कीजिएगा, या गाय, ऊंट या घोड़े को? मुझे कोई आपत्ति नहीं। लेकिन धर्म के नाम पर कुरबानी मेरी समझ में नहीं आती। अगर आज इन जानवरों का राज हो जाय, तो कहिए, वे इन कुरबानियों के जवाब में हमें और आपको कुरबान कर दें या नहीं? मगर हम जानते है, जानवरों में कभी यह शक्ति न आयेगी, इसलिए हम बेधड़क कुरबानियां करते हैं और समझते हैं, हम बड़े धर्मात्मा है। स्वार्थ और लोभ के लिए हम चौबीसों घण्टे अधर्म करते हैं। कोई गम नहीं, लेकिन कुरबानी का पुन लूटे बगैर हमसे नहीं रहा जाता। तो जनाब, मैं ऐसे रक्तशोषक धर्मों का भक्त नहीं। यहां तो मानवता के पुजारी है, चाहे इस्लाम में हो या हिन्दू-धर्म में या बौद्ध में या ईसाइयत में; अन्यथा मैं विधर्मी ही भला। मुझे किसी मनुष्य से केवल इसलिए द्वेष तो नहीं है कि यह मेरा सहधर्मी नहीं। मैं किसी का खून तो नहीं बहाता, इसलिए कि मुझे पुन होगा।

इस तरह के कितने ही परिवर्तन महाशयजी के विचारों में आ गये।

और महाशयजी के पास सम्भाषण का केवल एक ही विषय है, जिससे वह कभी नहीं थकते और वह है — उस स्वर्गवासिनी का गुणगान। कोई मेहमान आ

जाय, आप बावले-से इधर-उधर दौड़ रहे हैं, कुछ नहीं सूझता, कैसे उसकी खातिर करें। क्षमा-याचना के लिए शब्द ढूंढते फिरते है —भाईजान, मैं आपकी क्या खातिर करूं, जो आपकी सच्ची खातिर करता, वह नहीं रहा। इस वक्त तक आपके सामने चाय और टेस्ट और बादाम का हलवा आ जाता। सन्तरे और सेब छिले-छिलाये तश्तरियों में रख दिये जाते। मैं तो निरा उल्लू हूं, भाई साहब, बिलकुल काठ का उल्लू। मुझमें जो कुछ अच्छा था, वह सब उसका प्रसाद था। उसी की बुद्धि से मैं बुद्धिमान था, उसी की सज्जनता से सज्जन, उसी की उदारता से उदार। अब तो निरा मिट्टी का पुतला हूं भाई साहब, बिलकुल मुर्दा। मैं उस देवी के योग्य न था। न जाने किन शुभ-कर्मो के फल से वह मुझे मिली थी। आइए, आपको उसकी तस्वीर दिखाऊं। मालूम होता है, अभी-अभी उठकर चली गयी है। भाई साहब, आपसे साफ कहता हूं, मैंने ऐसी सुन्दरी कभी नहीं देखी। उसके रूप में केवल रूप की गरिमा ही न थी, रूप का माधुर्य भी था और मादकता भी, एक-एक अंग सांचे में ढला था। साहब! आप उसे देखकर कवियों के नख-शिख को लात मारते।

आप उत्सुक नेत्रों से वह तस्वीर देखते हैं। आपको उसमें कोई विशेष सौंदर्य नहीं मिलता। स्थूल शरीर है, चौड़ा-सा मुंह, छोटी-छोटी आंखें, रंग-ढंग से दहकानीपन झलक रहा है। उस तस्वीर की खूबियां कुछ इस अनुराग और इस आडम्बर से बयान किये जाते है कि आपको सचमुच उस चित्र में सौन्दर्य का आभास होने लगता है। इस गुणानुवाद में जितना समय जाता है, वही महाशयजी के जीवन के आनन्द की घड़ियां है। इतनी ही देर वह जीवित रहते है। शेष जीवन निरानन्द है, निस्पन्द है।

पहले कुछ दिनों तक वह हमारे साथ हवा खाने जाते रहे —वह क्या जाते रहे, मैं जबरदस्ती ठेल-ठालकर ले जाता रहा, लेकिन रोज आधे घण्टे तक उनका इंतजार करना पड़ता था। किसी तरह घर से निकलते भी तो जनवासे वाली चाल से चलते और आध मील में ही हिम्मत हार जाते और लौट चलने का तकाजा करने लगते। आखिर मैंने उन्हें साथ ले जाना छोड़ दिया। और तब से उनकी चहलकदमी चालीस कदम की रह गयी है। सैर क्या है — बेगार है और वह इसलिए कि देवीजी के सामने उनका यह नियम था।

एक दिन उसके द्वार के सामने से निकला, तो देखा कि ऊपर की खिड़कियां, जो बरसों से बन्द पड़ी थीं, खुली हुई है! अचरज हुआ। द्वार पर नौकर बैठा नारियल पी रहा था। उससे पूछा, तो मालूम हुआ, आप घूमने गये है। मुझे मीठा

विस्मय हुआ। आज यह नई बात क्यों! इतने सबेरे तो यह कभी नहीं उठते। जिस तरफ वह गये थे, उधर ही मैंने भी कदम बढ़ाये। इधर एक हफ्ते के लिए मैं एक नेवते में चला गया था। इस बीच यह क्या कायापलट हो गयी! जरूर कोई-न-कोई रहस्य है। और भला आदमी निकल कितनी दूर गया? दो मील तक कहीं पता नहीं! मैं निराश हो गया, मगर यह महाशय रास्ते में कहां रह गये, यहीं तो किसी से उनकी मुलाकात भी नहीं है, जहां ठहर गये हों? कुछ चिंता भी हो रही थी। कहीं कुएं में तो नहीं कूद पड़े! मैं लौटने ही वाला था कि आप लौटते हुए नजर आए। चित्त शांत हुआ। आज तो कैड़ा ही और था। बाल नये फैशन से कटे हुए, मूंछे साफ, दाढ़ी चिकनी, चेहरा खिला हुआ, चाल में चपलता, सूट पुराना पर ब्रश किया हुआ और शायद इस्तरी भी की हुई, बूट पर ताजा पालिश। मुसकराते चले आते थे। मुझे देखते ही लपककर हाथ मिलाया और बोले — आज कई दिन के बाद मिले! कहीं गये थे क्या?

मैंने अपनी गैरहाजिरी का कारण बताकर कहा — मैं डरता हूं, आज तुम्हें नजर न लग जाय। अब मैं नित्य तुम्हारे साथ घूमने आया करूंगा। आज बहुत दिनों के बाद तुमने आदमी का चोला धारण किया है।

झेंपकर बोले — नहीं भई, मुझे अकेला ही रहने दो! तुम लगोगे दौड़ने और ऊपर से घुड़कियां जमाओगे। मैं अपने हौले-हौले चला जाता हूं। जब थक जाता हूं, कहीं बैठ जाता हूं। मेरा-तुम्हारा क्या साथ?

'यह दशा तो तुम्हारी एक सप्ताह पहले न थी। आज तो तुम बिलकुल अप-टू-डेट हो। इस चाल से तो शायद मैं तुमसे पीछे ही रहूंगा।'

'तुम तो बनाने लगे।'

'मैं कल से तुम्हारे साथ घूमने आऊंगा। मेरा इन्तजार करना।'

'नहीं भई, मुझे दिक न करो। मैं आजकल बहुत सबेरे उठ जाता हूं। रात को नींद नहीं आती। सोचता हूं, टहल ही आऊं। तुम मेरे साथ क्यों परेशान होगे?'

मेरा विस्मय बढ़ता जा रहा था। यह महाशय हमेशा मेरे पैरों पड़ते रहते थे कि मुझे भी साथ ले लिया करो। जब मैंने इनकी मन्थरता से हारकर इनका साथ छोड़ दिया, तब इन्हें बड़ा दुःख हुआ। दो-एक बार मुझसे शिकायत भी की — हां भई, अब क्यों साथ दोगे? अभागों का साथ किसने दिया है, या तुम कोई नयी नीति निकालोगे? जमाने का दस्तूर है जो लंगड़ाता हो उसे ढकेल दो, जो बीमार हो, उसे जहर दे दो। और वही आदमी आज मुझसे पीछा छुड़ा रहा है? यह क्या रहस्य है?

यह चपलता प्रसन्नत और सजीवता कहां से आ गयी? कहीं आपने बन्दर की गिल्टी तो नहीं लगवा ली! यह नया सिविल सार्जन गिल्टी-आरोपण-कला में सिद्धहस्त है। मुमकिन है, इन्हें किसी ने सुझा दिया हो और आपने हजार-पांच सौ खर्च करके गिल्टी बदलवा ली हो। इस पहेली को बूझे बगैर चैन कहां। उनके साथ ही लौट पड़ा।

दो-चार कदम चलकर मैंने पूछा — सच बताओ भाईजान! गिल्टी-विल्टी तो नहीं लगवा ली?

उन्होंने प्रश्न की आंखों से देखा — कैसी गिल्टी? मैं नहीं समझा।

'मुझे सन्देह हो रहा है कि तुमने बन्दर की गिल्टियां लगवा ली हैं।'

'अरे यार, क्यों कोसते हो? गिल्टियां किसलिए लगवाता? मुझे तो इसका कभी खयाल भी नहीं आया।'

'तो क्या कोई बिजली का यन्त्र मंगवा लिया है?'

'तुम आज मेरे पीछे क्यों हाथ धोकर पड़े हो? विधवा भी तो कभी सिंगार कर लेती है? जी ही तो है! एक दिन मुझे अपने आलस्य और बेदिली पर खेद हुआ। मैंने सोचा, जब संसार में रहना है, तो जिंदों की तरह क्यों न रहूं। मुर्दें की तरह जीने से क्या फायदा। बस और न कोई बात है, न रहस्य।'

मुझे इस व्याख्या से सन्तोष न हुआ। दूसरे दिन जरा और सबेरे आकर मुंशीजी के द्वार पर आवाज दी; लेकिन आप आज भी निकल चुके थे। मैं उनके पीछे भागा। जिद पड़ गई कि इसे अकेले न जाने दूंगा। देखूं, कब तक भागता है। कोई रहस्य है अवश्य। अच्छा बचा, आधी रात को आकर बिस्तर से न उठाऊं तो सही। दौड़ तो न सका; लेकिन जितना तेज चल सकता था, चला। एक मील के बाद आप नजर आये। बगटुट भागे चले जा रहे थे। अब मैं बार-बार पुकार रहा हूं — हजरत, जरा ठहर जाइए, मेरी सांस फूल रही हैं; मगर आप हैं कि सुनते ही नहीं। आखिर जब मैंने अपने सिर की कसम दिलायी, तब जाकर आप रुके। मैं झपाटे से पहुंचा, तो तिनककर बोले — मैंने तो तुमसे कह दिया था, मेरे घर मत आना, फिर क्यों आये और क्यों मेरे पीछे पड़े? मुझे आप धीरे-धीरे घूमने दो। तुम अपना रास्ता लो।

मैंने उनका हाथ पकड़कर जोर से झटका दिया और बोला — देखो, होरी लाल, मुझसे उड़ो नहीं, वरना मुझे जानते हो, कितना बेमुरौवत आदमी हूं। तुम यह धीरे-धीरे टहल रहे हो या डबल मार्च कर रहे हो! मेरी पिंडलियों में दर्द होने लगा और पसलियां दुख रही हैं। डाक का हरकारा भी तो इस चाल से नहीं दौड़ता। उस

पर गजब यह कि तुम थके नहीं हो, अब भी उसी दम-खम के साथ चले जा रहे हो अब तो तुम डंडे लेकर भगाओ, तो भी तुम्हारा दामन न छोडूं। तुम्हारे साथ दो मील भी चलूंगा, तो अच्छी-खासी कसरत हो जायगी, मगर अब साफ-साफ बतलाओ, बात क्या है? तुममें यह जवानी कहां से आ गयी? अगर किसी अकसीर का सेवन कर रहे हो, तो मुझे भी दो। कम-से-कम उसे मंगाने का पता बता दो, मैं मंगवा लूंगा; अगर किसी दुआ-ताबीज की करामात है, तो मुझे भी उस पीर के पास ले चलो।

मुस्कराकर बोले — तुम तो पागल हो, झूठ-मूठ मुझे दिक कर रहे हो। बूढ़े हो गये, मगर लड़कपन न गया। क्या तुम चाहते हो कि मैं हमेशा उसी तरह मुर्दा पड़ा रहूं? इतना भी तुमसे नहीं देखा जाता! तब तो तुम्हारे मिजाज ही न मिलते थे। कितनी चिरौरी की कि भाईजान; मुझ भकुवे को भी साथ ले लिया करो। मगर आप नखरे दिखाने लगे। अब क्यों मेरे पीछे पड़े हो? यह समझ लो, जो अपनी मदद आप करता है, उसकी मदद परमात्मा भी करते हैं। मित्रों और बन्धुओं की मुरौवत देख ली! अब अपने बूते पर चलूंगा।

वह इसी तरह मुझे कोसते जा रहे थे और मैं उन्हें छेड़-छेड़कर और भी उत्तेजित कर रहा था कि एकाएक उन्हाने उंगली मुंह पर रखकर मुझे चुप रहने का इशारा किया और जरा कद और सीधा करके और चेहरे पर प्रसन्नता और पुरुषार्थ का रंग भर मस्तानी चाल से चलने लगे। मेरी समझ में जरा भी न आया, यह संकेत और बहुरूप किसलिए? वहां तो दूसरा कोई था भी नहीं। हां, सामने से एक स्त्री चली आ रही थी; मगर उसके सामने इस पर्देदारी की क्या जरूरत? मैंने तो उसे कभी देखा भी न था। आसमानी रंग की रेशमी साड़ी, जिस पर पीला लैस टंका था, उस पर खूब खिल रही थी। रूपवर्ती कदापि न थी, मगर रूप से ज्यादा मोहक थी उसकी सरलता और प्रसन्नता। एक बहुत ही मामूली शक्ल-सूरत की औरत इतनी नयनाभिराम हो सकती है, यह मैं न समझ सकता था।

उसने होरीलाल के बराबर आकर नमस्कार किया। होरीलाल ने जवाब में सिर तो झुका दिया; मगर बिना कुछ बोले आगे बढ़ना चाहते थे कि उसने कोयल के स्वर में कही —'क्या अब लौटिएगा नहीं? आप अपनी सीमा से आगे बढ़े जा रहे है। और हां, आज तो आपने मुझे देवीजी की तस्वीर देने का वादा किया था। शायद भूल गये, आपके साथ चलूं?'

महाशयजी कुछ ऐसे बौखलाये हुए थे, कि मामूली शिष्टाचार भी न कर सके। यों वह बड़े ही भद्र पुरुष हैं और शिष्टाचार में निपुण; लेकिन इस वक्त

जैसे उनके हाथ-पांव फूले हुए थे। एक कदम और आगे बढ़कर बोले —आप क्षमा कीजिए। मै एक काम से जा रहा हूं।

महिला ने कुछ चिढ़कर कहा — आप तो जैसे भागे जा रहे है। मुझे तस्वीर दीजिएगा या नहीं?

महाशयजी ने मेरी ओर कुपित नेत्रों से देखकर कहा — तलाश करूंगा।

सुन्दरी ने शिकायत के स्वर में कहा — आपने तो फरमाया था कि वह हमेशा आपकी मेज पर रहती है। और अब आप कहते है —तलाश करूंगा। आपकी तबीयत तो अच्छी है? जब से आपने उनको चरित्र सुनाया है, मैं उनके दर्शनों के लिए व्याकुल हो रही हूं। अगर आप यों न देंगे, मैं आपकी मेज पर से उठा लाऊंगी। (मेरी ओर देखकर) आप मेरी मदद कीजिएगा महाशय। यद्यपि मैं जानती हूं, आप इनके मित्र हैं और इनके साथ दगा न करेंगे। आपको ताज्जुब हो रहा होगा, यह कौन औरत महाशयजी से इतनी निस्संकोच होकर बातें कर रही है। इनसे पहली बार मेरा परिचय सब्जीमंडी में हुआ था। मैं शाक-भाजी खरीदने गयी हुई थी। अपनी भाजी मैं खुद लाती हूं, जिस चीज पर जीवन का आधार है, उसे नौकरों के हाथ नहीं छोड़ना चाहती। भाजी लेकर मैंने दाम देने के लिए रुपया निकाला, तो कुंजड़े ने उसे टंकारकर कहा — दूसरा रुपया दो, यह खोटा है। अब मैंने जो खुद टंकारा, तो मालूम हुआ, सचमुच कुछ ठस है। अब क्या करूं! मेरे पास दूसरा रुपया न था, यद्यपि इस तरह के कटु अनुभव मुझे कितनी बार हो चुके है; मगर घर से रुपया लेकर चलते वक्त मुझे उसे परख लेने की याद नहीं रहती। न किसी से लेती ही बार परखती हूं।

इस वक्त मेरे संदूक में ज्यादा नहीं बीस-पचीस खोटे रुपये पड़े होंगे, और रेजगारियां तो सैकड़ों की ही होंगी। मेरे लिए अब इसके सिवा दूसरा उपाय न था कि भाजी लौटाकर खाली हाथ चली आऊं। संयोग से महाशयजी उसी दूकान पर भाजी लेने आये थे। मुझे इस विपत्ति में देखकर आपने तुरन्त एक रुपया निकालकर दे दिया···

महाशयजी ने बात काट कर कहा — तो इस वक्त आप वह सारी कथा क्यों सुना रही है? हम दोनों एक जरूरी काम से जा रहे हैं। व्यर्थ में देर हो रही है।

उन्होंने मेरा हाथ पकड़कर अपनी ओर खींचा।

मुझे उनकी यह अभद्रता बुरी लगी। कुछ-कुछ इसका रहस्य भी समझ में आ गया। बोला — तो आप जाइए; मुझे ऐसा कोई जरूरी काम नहीं है, मै भी अब लौटना चाहता हूं।

महाशयी ने दांत पीस लिए, अगर वह सुन्दरी वही न होती, तो न-जाने मेरी क्या दुर्दशा करते। एक क्षण मेरी ओर अग्नि-भरे नेत्रों से ताकते रहे, मानो कह रहे हों — अच्छा, इसका मजा न चखाया, तो कहना और चल दिये। मैं देवी के साथ लौटा।

सहसा उसने हिचकिचाते हुए कहा — मगर नहीं, आप जाइए, मैं उनके साथ जाऊंगी। शायद मुझसे नाराज हो गये है। आज एक सप्ताह से मेरा और उनका रोज साथ हो जाता है और वे अपनी जीवन-कथा सुनाया करते है। कैसी नसीबवाली थी, वह औरत, जिसका पति आज भी उनके नाम की पूजा करता है। आपने तो उन्हें देखा होगा। क्या सचमुच इन पर जान देती थी?

मैंने गर्व से कहा — दोनों में इश्क था।

'और जब से उनका देहान्त हुआ, यह दुनिया से मुंह मोड़ बैठे?'

'इससे भी अधिक! उसकी स्मृति के सिवा जीवन में इनके लिए कोई रस ही न था।'

'वह रूपवती थी?'

'इनकी दृष्टि में तो उससे बढ़कर रूपवती संसार में न थी।'

उसने एक मिनट तक किसी विचार में मग्न रहकर कहा — अच्छा आप जायें। मैं उनके साथ बात करूंगी। ऐसे देवता पुरुष की मुझसे जो सेवा हो सकती है, उसमें क्यों देरग करूं? मैं तो इनका वृत्तान्त सुनकर सम्मोहित हो गयी हूं।

मैं अपना-सा मुंह लेकर घर चला आया। इत्तफाक से उसी दिन मुझे एक जरूरी काम से दिल्ली जाना पड़ा। वहां से एक महीने में लौटा। और सबसे पहला काम जो मैंने किया, वह महाशय होरीलाल का क्षेम-कुशल पूछना था। इस बीच में क्या-क्या नयी बातें हो गयीं — यह जानने के लिए अधीर हो रहा था। दिल्ली से इन्हें एक पत्र लिखा था; पर इन हजरत में यह बुरी आदत है कि पत्रों का जवाब नहीं देते। सुन्दरी से इनका अब क्या संबंध है, आमदरफ्त जारी है, या बन्द हो गयी, उसने इनके पत्नी-व्रत का क्या पुरस्कार दिया, या देने वाली है? इस तरह के पश्न दिल में उबल रहे थे।

मैं महाशयजी के घर पहुंचा, तो आठ बज रहे थे। खिड़कियों के पट बन्द सामने बरामदे में कूड़े-करकट का ढेर था। ठीक वही दशा थी, जो पहले नजर आती थी। चिन्ता और बढी। ऊपर गया तो देखा, आप उसी फर्श पर पड़े हुए — जहां दुनिया-भर की चीजें बेढंगेपन से अस्त-व्यस्त पड़ी हुई हैं — एक

पत्रिका के पन्ने उलट रहे हैं। शायद एक सप्ताह से बाल नहीं बने थे। चेहरे पर जर्दी छायी थी।

मैंने पूछा — आप सैर करके लौट आये क्या?

सिटपिटाकर बोले — अजी, सैर-सपाटे की कहां फुर्सत है भई, और फुर्सत भी हो तो वह दिल कहां है! तुम तो कहीं बाहर गये थे?

हां, जरा देहली तक गया था। अब सुन्दरी से आपकी मुलाकात नहीं होती?'

'इधर तो बहुत दिनों से नहीं हुई।'

'कहीं चली गयी क्या?'

'मुझे क्या खबर!'

'मगर आप तो उस पर बेतरह रीझे हुए थे।'

"मैं उस पर रीझा था। आप सनक तो नहीं गये है! जिस पर रीझा था, जब उसी ने साथ न दिया, तो अब दूसरों पर क्या रीझूंगा?'

मैंने बैठकर उसकी गर्दन में हाथ डाल दिया और धमकाकर बोला — देखो होरीलाल, मुझे चकमा न दो। पहले मैं तुम्हें जरूर व्रतधारी समझता था, लेकिन तुम्हारी यह रसिकता देखकर, जिसका दौरा तुम्हारे ऊपर एक महीना पहले हुआ था, मैं यह नहीं मान सकता कि तुमने अपनी अभिलाषाओं को सदा के लिए दफन कर दिया है। इस बीच में जो कुछ हुआ, उसका पूरा-पूरा वृत्तान्त मुझे सुनाना पड़ेगा। वरना समझ लो, मेरी और तुम्हारी दोस्ती का अन्त है।

होरीलाल की आंखें सजल हो गयीं। हिचक-हिचककर बोले — मेरे साथ इतना बड़ा अन्याय मत करो, भाईजान! अगर तुम्हीं मुझ पर ऐसे सन्देह करने लगोगे, तो मैं कहीं का न रहूंगा। उसी स्त्री का नाम मिस इंदिरा है। यहां जो लड़कियों का हाईस्कूल है, उसी की हेड मिस्ट्रेस होकर आयी है। मेरा उससे कैसे परिचय हुआ, यह तो तुम्हें मालूम ही है। उसकी सहृदयता ने मुझे उसका प्रेमी बना दिया। इस उम्र में और शोक का यह भार सिर पर रखे हुए, सहृदयता के सिवा मुझे उसकी और कौन-सी चीज खींच सकती थी? मैं केवल अपनी मनोव्यथा की कहानी सुनाने के लिए नित्य विरहियों की उमंग के साथ उसके पास जाता था। वह रूपवती है, खुशमिजाज है, दूसरों का दुःख समझती है और स्वभाव की बहुत कोमल है, लेकिन तुम्हारी भाभी से उसकी क्या तुलना! वह तो स्वर्ग की देवी थी उसने मुझ पर जो रंग जमा दिया, उस पर अब दूसरा रंग क्या जमेगा। मैं उसी ज्योति से जीवित था। उस ज्योति के साथ मेरा जीवन भी विदा हो गया। अब तो मैं

उसी प्रतिमा का उपासक हूं, जो मेरे हृदय में है। किसी हमदर्द की सूरत देखता हूं, तो निहाल हो जाता हूं, मेरे सभी मित्र इसी कारण मुझसे भागते है, यह भी जानता हूं। लेकिन क्या करूं भैया, किसी-न-किसी को दिल की लगी सुनाये बगैर मुझे नहीं रहा जाता। ऐसा मालूम होता है, मेरा दम घुट जायेगा। इसलिए जब मिस इंदिरा की मुझ पर दया दृष्टि हुई; तो मैंने इसे देवी अनुरोध समझा और उस धुन में — जो मेरे मित्र वर्ग दुर्भाग्यवश उन्माद समझते हैं — वह सब कुछ कह गया, जो मेरे मन में था और है एवं मरते दम तक रहेगा। उन शुभ दिनों की याद कैसे भुला दूं? मेरे लिए तो वह अतीत वर्तमान से भी ज्यादा सजीव और प्रत्यक्ष है। मैं तो अब भी उसी अतीत में रहता हूं जिस इंदिरा को मुझ पर दया आ गयी, एक दिन उन्होंने मेरी दावत की और कई स्वादिष्ट खाने अपने हाथ से बनाकर खिलाये। दूसरे दिन मेरे घर आयीं और यहां की सारी चीजों को व्यवस्थित रूप में सजा गयीं। तीसरे दिन कुछ कपडे लायीं और मेरे लिये खुद एक सूट तैयार किया! इस कला में बड़ी चतुर हैं।

एक दिन शाम को क्वींस पार्क में मुझसे बोलीं — आप अपनी शादी क्यों नहीं कर लेते?

मैंने हंसकर कहा — इस उम्र में अब क्या शादी करूंगा, इंदिरा! दुनिया क्या कहेगी!

मिस इंदिरा बोलीं — आपकी उम्र अभी ऐसी क्या है। आप चालीस से ज्यादा नहीं मालूम होते।

मैंने उनकी भूल सुधारी — मेरा पचासवां साल है।

उन्होंने मुझे प्रोत्साहन देकर कहा — उम्र का हिसाब साल से नहीं होता, महाशय; सेहत से होता है। आपकी सेहत बहुत अच्छी है। कोई आपको पान की तरह फेरने वाला चाहिए। किसी युवती के प्रेम-पाश में फंस जाइए। फिर देखिए, यह नीरसता कहां गायब हो जाती है।

मेरा दिल धड़धड़ करने लगा। मैंने देखा मिस इंदिरा के गोरे मुखमंडल पर हल्की-सी लाली दौड़ गयी है। उनकी आंखें शर्म से झुक गयी हैं और कोई बात बार-बार उनके ओंठों तक आकर लौट जाती है। आखिर उन्होंने आंख उठायी और मेरा हाथ अपने हाथ में लेकर बोली — अगर आप समझते हों कि मैं आपकी कुछ सेवा कर सकती हूं, तो मैं हर तरह हाजिर हूं, मुझे आप से जो भक्ति और प्रेम है, वह इसी रूप में चरितार्थ हो सकता है।

मैंने धीरे से अपना हाथ छुड़ा लिया और कांपते हुए स्वर में बोला — मैं तुम्हारी इस कृपा का कहां तक धन्यवाद दूं, मिस इंदिरा; मगर मुझे खेद है कि मैं सजीव मनुष्य नहीं, केवल मधुर स्मृतियों का पुतला हूं। मैं उस देवी की स्मृति को अपनी लिप्सा और तुम्हारी सहानुभूति को अपनी आसक्ति से भ्रष्ट नहीं करना चाहता।

मैंने इसके बाद बहुत-सी चिकनी-चुपड़ी बातें कीं, लेकिन वह जब तक यहां रही, मुंह से कुछ न बोलीं। जाते समय भी उनकी भंवें तनी हुई थीं। मैंने अपने आंसुओं से उनकी ज्वाला को शांत करना चाहा; लेकिन कुछ असर न हुआ, तब से वह नजर नहीं आयीं। न मुझे ही हिम्मत पड़ी कि उनको तलाश करता, हालांकि चलती बार उन्होंने मुझसे कहा — जब आपको कोई कष्ट हो और आप मेरी जरूरत समझें तो मुझे बुला लीजिएगा।

होरीलाल ने अपनी कथा समाप्त करके मेरी ओर ऐसी आंखों से देखा जो चाहती थी कि मैं उनके व्रत और संतोष की प्रशंसा करुं; मगर मैंने उनकी भर्त्सना की — कितने बदनसीब हो तुम होरीलाल, मुझे तुम्हारे ऊपर दया भी आती है और क्रोध भी! अभागे, तेरी जिन्दगी संवर जाती। वह स्त्री नहीं थी ईश्वर की भेजी कोई देवी थी, जो तेरे अंधेरे जीवन को अपनी मधुर ज्योति से आलोकित करने के लिए आयी थी, तूने स्वर्ण का-सा अवसर हाथ से खो दिया।

होरीलाल ने दीवार पर लटके हुए अपनी पत्नी के चित्र की ओर देखा और प्रेम-पुलकित स्वर में बोले — मैं तो उसी का आशिक हूं भाईजान, और उसी का आशिक रहूंगा।

●●